Silvio Blatter

Wir zählen unsere Tage nicht

Silvio Blatter

Wir zählen unsere Tage nicht

Roman

Piper München Zürich

Mehr über unsere Autoren und Bücher:
www.piper.de

FSC
www.fsc.org
MIX
Papier aus verantwortungsvollen Quellen
FSC® C014496

ISBN: 978-3-492-05645-8

Gesetzt aus der Stempel Garamond
Satz: abavo, Buchloe
Druck und Bindung: GGP Media GmbH, Pößneck
Printed in Germany

Für Petra Amerell

Es sieht phantastisch aus, rühmte die Verkäuferin, das Kleid ist sagenhaft, es sitzt wie angegossen.

Isa ließ sich die Schmeichelei gern gefallen. Sie drehte sich langsam vor dem dreiteiligen Spiegel, beschaute sich von allen Seiten.

Es passt zur Farbe Ihrer Augen.

Ist der Ausschnitt nicht zu tief?

Nein, Sie können sich das leisten. Darf ich?

Die Verkäuferin zupfte ein wenig am kleinen, offenen Stehkragen, lobte Isas Figur, das Kleid ist wie für Sie gemacht.

Isa glaubte, in der hellen Stimme einen vertrauten Akzent zu erkennen, wie sie einzelne Vokale aussprach.

Napoli?

Sie fragte wie nebenbei, bewunderte sich im Spiegel.

Hört man das?

Ich liebe es!

Die Verkäuferin lächelte.

Der Stoff ist ganz leicht, er fällt schön. Es wäre auch mit einem Gürtel attraktiv.

Das Kleid war sommerlich luftig und bedeckte das halbe Knie. Isa gefiel sich darin, sie war mit den Jahren etwas knochiger geworden, flacher, eine ausgeprägte Taille hatte sie nie gehabt. Der Stoff floss weich an ihrem Körper herab.

Gibt es denn eine Farbe, die nicht zu meinen Augen passt?

Am besten sieht es immer aus, meinte die Verkäuferin, wenn die Farbe der Kleidung die Augenfarbe aufgreift, Ihre Augenfarbe ist jetzt ganz eindeutig definiert.

Die beiden Frauen betrachteten einander im Spiegel. Sie hatten die gleichen dunkelbraunen Augen. Doch die Verkäuferin hätte dieses elegante Kleid nicht tragen können.

Sie sind doch beim Radio?

Isa lachte, ja, bin ich.

Ich habe Ihre Stimme erkannt, freute sich die Verkäuferin.

Ja, ich bin Isa Lerch.

Der heimliche Schwarm meines Vaters, verriet die Verkäuferin, das Idol meiner Mutter.

Beide lachten.

Ich nehme es.

Ich beglückwünsche Sie.

Die Verkäuferin, die Isa ein wenig an ihre Tochter erinnerte, legte das Kleid über den Arm und trug es zur Kasse. Es wurde in Seidenpapier eingeschlagen und sorgfältig in eine lackierte blaue Tüte geschoben. Isa zahlte mit Karte und trat auf die Straße.

Gleißender Nachmittag. Viele junge Frauen fielen Isa auf, ihre langen Beine, präsentiert in Strümpfen mit Phantasiemustern. Es sah gut aus, klasse. Isa war voller Bewunderung. Der Anblick versetzte ihr aber auch einen Stich. In so knappen Shorts und kurzen Röcken herumzulaufen war das Privileg der Jugend. Die Frauen, die sie anhatten, blieben jung, auch wenn sie sich umdrehten. En face sahen sie ein wenig blasiert aus und vielversprechend.

Ach, die Schuhe, toll!

Verliebt in Schuhe, darüber hatte Isa vor Jahren eine Sendung gemacht. Einer der Studiogäste, ein prominenter Designer, hatte ausgeführt: Wenn eine Frau High Heels trägt, hebt sich ihr Po, er wölbt sich und gewinnt optisch fünfundzwanzig Prozent.

Isa hatte die sonore Stimme wieder im Ohr: Ein Viertel mehr Rundung, Sie haben richtig gehört, meine Damen, das hohe Gesäß wertet die Silhouette unglaublich auf.

Wie bei einer kleinen Turnerin mit Hohlkreuz, lästerte die in der Gesprächsrunde sitzende Orthopädin.

Lassen wir das so stehen, bestimmte Isa – und darauf hatten im Studio die Telefone geklingelt.

Die Straßenbahn schrillte. Kleine Vögel hockten in staubblättrigen Bäumen. Junge Leute, die sich selbst und einander in witzigen Posen und Verrenkungen mit dem Smartphone fotografierten. Sie amüsierten sich, Daumen hoch, gefällt mir. Ein Drehorgelmann aus einer anderen Welt sammelte in seinem Zylinder Geld für einen guten Zweck.

Rettet das Weiße Nashorn.

Isa trug die gleiche Retrosonnenbrille wie Julia Roberts im Film *Erin Brockovich*. Sie genoss es, die Geschäfte und Boutiquen an der Bahnhofstraße abzuklappern. Zielstrebig auf Beutezug. Heute war sie bei Feldpausch fündig geworden. Der Kauf hatte sie glücklich gemacht, und das wirkte sich auf alles aus, was sie wahrnahm.

Im Schaufenster einer Buchhandlung entdeckte sie das neue Buch von Murakami; sie nahm den Roman als Geschenk für ihren Mann mit. Für sich kaufte sie das *Berliner Journal* von Frisch, ein Tagebuch, das zwanzig Jahre im Banksafe auf seine Veröffentlichung hatte warten müssen. Der Buchumschlag und die Tüte, in der ihr Kleid lag, hatten dieselbe Farbe. Natürlich würde auch

Severin den Frisch lesen; als junger Mann hatte er den Schriftsteller verehrt, der zu viel getrunken und sich schon mit sechzig steinalt gefühlt hatte. Aber zuerst würde Severin sich auf den Murakami stürzen. Seine Figuren waren anrührend weltverloren und erfrischend jung, die superklugen Murakami-Mädchen, die noch mit abstehenden Ohren sexy waren, könnten auch einem Manga entspringen.

In einem Café trank sie einen doppelten Espresso und erlaubte sich einen kleinen Brandy. Sie blätterte in dem Journal, bestellte einen zweiten Brandy, versank in dem blauen Band. Frisch war klein, dick und sich selbst unsympathisch. Seine Selbstbezogenheit verwunderte sie nicht. Auf Frischs Grab wucherten gewiss Mimosen. Der samtige Brandy entfaltete die Wirkung eines Weichzeichners. Isa verzieh dem armen Schriftsteller, der in seiner Männerwelt schmorte und Frauen nie verstanden hatte. Sie waren ihm zu anstrengend gewesen.

Severin Lerch blätterte in einem seiner Skizzenbücher, betrachtete Entwürfe für Skulpturen, ergänzte Bemerkungen am Rand oder strich sie aus. Er liebte diese Tätigkeit, war manchmal verwundert über das, was er früher notiert und gezeichnet hatte, was er für gut befunden oder verworfen hatte und wie die vergangene Zeit den Blick darauf veränderte.

Im Regal standen mehr als einhundert Skizzenbücher.

Sein Tablet lag auf dem Tisch; ein leuchtendes Display, auf dem er mit dem Finger zeichnete. Es fühlte sich sonderbar an, ließ ihn aber nicht kalt.

Wenn er ins Freie hinaustrat, hatte er den Eindruck, sich in einem Krater aufzuhalten. Die Vorstellung behagte ihm. Kies und Schotter und Sand, senkrecht stieg die Nordwand hoch, der Grund lag tief unter Ackerland und Wald.

Die stillgelegte Kiesgrube war sein Arbeitsplatz.

Früher hatte da eine windige Baracke gestanden, er hatte sie abgerissen und ein Atelier mit Oberlicht und einer Rückwand aus Glas gebaut. Severin liebte diesen Ort, nichts lenkte ihn von der Arbeit ab, kein überflüssiges Grün, kein Firlefanz, kein Mensch. Es wuchsen ein paar Brennnesseln, Ampfer und Disteln. Vor dem Atelier sandige Kuhlen, in denen Vögel badeten. Steinbrocken und Schutt. Es gedieh hier nichts Besonderes, es gab nichts mehr zu holen. Aller Kies abgetragen, die Grube ausgebeutet. Nur Schienen und ein Rollwagen waren die Zeugen des ehemaligen Kieswerks, seiner profitablen Epoche.

Dieser Platz taugte Severin Lerch für seine Kunst. Eine Mondlandschaft, wie ausgestanzt. Bevölkert von seinen Skulpturen. Es war ihm wichtig, sie im Gelände zu platzieren, seine Abkömmlinge, seine Androiden. Darüber spannte sich der Himmel mit wechselnden Farben und fahrenden Wolken. Hier konnte er abtauchen, hier verfügte er über die Zeit, verwaltete er die Zeit, vergaß er die Zeit, wenn das Empfinden und die Hände denselben Takt hatten und er wie glücklich ferngesteuert an einer Skulptur arbeitete.

Bloß im Winter, wenn es schneite und schneite, kam es vor, dass ihn der Gedanke heimsuchte, seine Welt verkehre sich in ihr Gegenteil, und er glaubte, an diesem Ort gefangen zu sein, und fürchtete, umgeben von weißen Mauern, nie mehr wegzukommen, lebenslang im selbst geschaffenen Paradies ausharren zu müssen.

Als junger Künstler hatte er die Grube auf einer Landkarte entdeckt und sie im Gelände gesucht. Er fand den Krater und wusste sogleich: Hier bleibe ich. Er fühlte sich wie ein Neusiedler, wie ein Pionier, wie ein kühner Eroberer, der vom Pferd stieg und seinen Speer in die Erde rammte.

Das ist mein Platz.

Er wollte in großen Zeitabschnitten denken.

Ja, es ging um ein Langzeitprojekt.

Um ein Lebenswerk.

Er sprach mit dem Grubenbesitzer, verhandelte mit den Behörden. Niemand trug Einwände vor. Der Mann stört ja keinen dort. So einfach begann seine Lebens- und Liebesgeschichte mit dem heilignüchternen Ort.

Um in der Abgeschiedenheit nicht einsam zu sein, kaufte er einen Hund, seinen ersten Akita. Der imposante Wächter mit dem Herzen und Blut eines Wolfs sollte Severins Welt beschützen: der schneeweiße Akita I.

Doch nun war die Zeit von Akita IV. Und trotz der Anwesenheit des braven Hundes, der sich tagsüber auf dem Gelände aufhielt und nachts ins Atelierhaus eingesperrt wurde, hatte Lerch zu seinem Ärger feststellen müssen, dass sich Krieger in der Grube herumtrieben. Skulpturen waren mit Farbe bespritzt, eine große Arbeit war mutwillig umgestürzt worden.

Lerch hatte die Vorfälle der Polizei gemeldet. Zwei Beamte waren mit dem Streifenwagen vorgefahren, hatten die malträtierten Skulpturen überprüft und Severin Lerch nach ihrer Besichtigung des Grubengeländes mitgeteilt: Klarer Fall. Es handelt sich um Farbspuren von Druckluftwaffen.

Ist Ihnen nie etwas Verdächtiges aufgefallen, haben Sie keine Beobachtungen gemacht?

Doch, das hatte er.

Vom Tisch aus, an dem er saß und lustlos über das Tablet strich, ging der Blick auf die Wand der Kiesgrube, die er schon oft gezeichnet und fotografiert hatte.

Es war ihm klar, dass er auf dem Tablet nicht eigentlich kritzelte und zeichnete, seine Finger zogen Linien, aber ob sie dick oder dünn, weich oder hart ausfielen, war nicht vom Druck abhängig, den er erzeugte, sondern von der Einstellung. Die Werkzeuge waren virtuell. Nicht er trug mit dem Pinsel Farbe auf, das Gerät ließ Farben auf einen Befehl hin erscheinen. Severin konnte sie verändern, speichern und wieder löschen. Es war nicht möglich, das eigene Werk zu berühren, die Finger berührten einen Bildschirm, immer denselben Bildschirm, dieselbe Oberfläche, was auch darauf dargestellt war.

Die Wand der Grube überragte das Atelier weit. Oben, am Rand, standen Bäume, deren Wachstum Severin Lerch über die Jahre hinweg verfolgt hatte, um einmal Skulpturen aus ihren Stämmen zu sägen. In der schroffen Wand nisteten Schwalben. Den stillen Tümpel, der im Hochsommer manchmal austrocknete, bevölkerten jetzt Frösche.

Sobald Severin an einer neuen Skulptur herumdachte, begann er, im Lager nach geeignetem Holz zu suchen, nach einem Stamm, dick genug für das Werk, das in seiner Vorstellung Gestalt annahm, während sich Augen und Hände mit dem Rohmaterial beschäftigten.

Ein Weg führte westwärts ansteigend aus der Kiesgrube hinaus, an seinem Ende begann die vertraute Landschaft – Wiesen, Ackerland, ein paar Gehöfte –, in welcher der Krater lag. Er war nicht eingepasst wie ein natürlicher See. Er ähnelte dem Einschlagloch eines Meteors. Die am Kraterrand stehenden Bäume, zwischen denen Severin die maskierten Männer mit den futuristischen Waffen zum ersten Mal hatte herumschleichen sehen, gehörten zum anschließenden Wald.

Isa hatte das teure Kleid gestern gekauft, um es heute anzuziehen, bei der Liveübertragung aus dem kleinen Konzertsaal, die sie für das Radio moderieren würde. Leider würde es nur das anwesende Publikum sehen; Tausende draußen hörten ihre Stimme, ohne einen Gedanken an das Äußere der Moderatorin zu verschwenden. Isa Lerchs neues Kleid war ihnen egal, jeder fabrizierte, wenn überhaupt, sein eigenes Bild von der Moderatorin, und dieses Bild war sehr vage, das hatte Isa oft erlebt, wenn sie bei Livesendungen mit dem Publikum ins Gespräch kam. Erst in der Verneinung gewann es Züge, wenn die Leute verwundert fragten: Sie sind Isa Lerch? Ich habe Sie mir ganz anders vorgestellt.

Spät am Morgen. Das Haus knarrte, Holz dehnte sich, die Sonne prallte auf das alte Dach. Isa machte sich im Bad zurecht, die Wasserleitung summte. Das Radio lief und brachte Welt ins Haus.

Der Spiegel war ehrlich. Besonders nachdem sie die Kontaktlinsen eingesetzt hatte. Doch die Augen waren akzeptabel, das Braun glänzte, das Weiß schimmerte wie Schildpatt. Isa schminkte die Lippen mit einem satten Zinnober. Das war der vollkommene Ton für heute. Die Entscheidung, ob sie eine Halskette oder Ohrringe tragen sollte, fiel ihr nicht leicht. Sie legte die Kette um den Hals und befestigte die Ohrringe. Schwere Kreolen. Zu viel

Gold, sagte der Spiegel, und sie ziehen die Ohrläppchen nach unten.

Isa hatte eine Schwäche für Gold. Den Ring mit dem Rubin, den Severin ihr zum letzten runden Geburtstag geschenkt hatte, ließ sie bestimmt nicht weg. An manchen Tagen war er ein wenig zu groß und rutschte vom Finger, wenn sie mit der Hand eine zu heftige Bewegung ausführte.

Du hast dich ganz schön aufgebrezelt.

Isa wusste, dass Severin sie mit so einer Bemerkung nur aufziehen wollte. Er liebte ihre Art, sich zu kleiden, sie konnte gar nichts falsch machen, es amüsierte ihn, dass seine Frau, wenn ihr danach war, einen Nachmittag lang durch die Stadt stromerte, um den Gürtel zu finden, der ihr für das neue Kleid vorschwebte, denn unter dem Dutzend, die im Schrank hingen, entsprach keiner ganz ihrer Vorstellung.

Dabei habe ich ein Buch lesen wollen, konnte sie danach sagen, oder: Ich hatte einen Besuch im Museum geplant, die Pompeji-Ausstellung, schau, leider habe ich keinen Gürtel gefunden, aber Schuhe, die grünen Pumps sind doch genial.

Übertreib es nicht, könnte Severin heute einwenden.

Sie sollte die Kreolen doch lieber ablegen.

Severin war in ihrem Leben der Rückhalt, und sie war in seinem Leben doch auch eine feste Größe. Daran glaubte Isa. Sie wollte das glauben. Ihr Mann war ihr größter Fan und gab ihr das Gefühl, geliebt zu werden, immer noch. Wie eine Schauspielerin würde sie in der Küche auftreten, zum Brunch erscheinen. Um gelobt und bestätigt zu werden. Um den ersten Applaus des Tages entgegenzunehmen.

Severin hörte Isa die Treppe herunterkommen. Sie lebten seit vielen Jahren allein in dem großen Haus, doch Severin hätte die Schritte seiner Frau auch unter vielen anderen sogleich erkannt.

Er hatte den Tisch gedeckt, sogar Gänseblümchen in ein Glas gestellt. Sie war überrascht, strahlte, danke, Severin. Ein besonderer Tag, sie wusste seine Aufmerksamkeit zu schätzen. Gab ein paar kehlige Laute von sich, schaute auf die Uhr an ihrem Handgelenk.

Sie hatten vierzig Minuten Zeit.

Alles war vorbereitet, der Kaffee, ein perfektes Ei für Isa, und auch ihr Toastbrot genau so geröstet, wie sie es am liebsten mochte. Es musste noch warm sein, damit die Butter zerlief und die Orangenmarmelade in die Krume sickerte.

Isa umarmte ihren Mann.

Sie küsste ihn nicht, der frische Lippenstift.

Es war fast schmerzhaft schön. Sein Körper fühlte sich gut an, sein Herz klopfte laut. Verlangen flammte auf, verengte ihre Pupillen; sie hatte Lust, mit ihm zu schlafen. Aber das war jetzt nicht möglich, einmal mehr. Meistens wollte sie mit ihm schlafen, wenn er im Atelier arbeitete, und er wollte es, wenn sie sich im Radiostudio aufhielt. So blieb das Bett kalt.

Isa schmiegte sich an ihn, er roch frisch nach Morgen, ja, Severin war bestimmt schon draußen gewesen, war zum Atelier gefahren, um seinen Hund, das riesige Vieh, über das sie ein Hausverbot verhängt hatte, zu versorgen und ins Freie zu lassen. Auf dem Heimweg hatte er Käse und Schinken, Eier, Tomaten, Olivenpaste und frische Feigen für ihren Brunch eingekauft.

Das Radio lief auch in der Wohnküche.

Severin löste sich aus Isas Armen, hielt sie weiter an den Händen, pries das neue Kleid.

Isa schleckte bittersüße Marmelade vom Finger. Gefiltert von den mächtigen Kronen der Obstbäume, zwischen denen Severins große Skulpturen standen, strömte Helligkeit in die Küche.

Das Licht modellierte die Gegenstände.

Severin achtete darauf.

Isa empfand das Licht als Überschwemmung und behauptete, der Himmel sei nicht nur hellblau, sondern auch hellhörig, ein hochempfindliches Aufnahmegerät, dem nichts entgeht.

Wenn Severin einen Raum beträte, in Gedanken abwesend, an einem fremden Ort, wo er Isa nicht vermutete – aber unerwartet anträfe: In diesem unschuldigen Augenblick würde er sie als schöne Frau wahrnehmen.

Severin begehrte Isa noch immer.

Doch sie waren kein symbiotisches Paar, nie gewesen.

Es war das erste Mal in dieser Woche, dass sich Isa und Severin am Tisch gegenübersaßen, es war Freitag. Sie schliefen seit Jahren in getrennten Zimmern, er übernachtete hin und wieder auch im Atelier, und es war keine Seltenheit, dass sie ein paar Tage nichts voneinander hörten und sich im Haus auch nicht begegneten, zu unterschiedlich waren ihre Tagesabläufe und die innere Uhr.

Er stand früh auf, sie ging spät ins Bett.

Heute beginnt die Saison, *Konzert am Nachmittag*, wie du weißt, sagte sie, ich war mit den Vorarbeiten beschäftigt, habe mich einhören müssen, eingewöhnen.

Nicht gerade Tanzmusik, sagte Severin.

Nein, eher Musik wie ein Kreisverkehr im Kopf.

Ich habe viel gezeichnet in der letzten Zeit, sagte er, mit ein paar Blättern bin ich ganz glücklich.

Entspannt besprachen sie die verstrichenen Tage, ein Update, scherzte Isa. Jeder von ihnen liebte, was er tat, doch sie hatten sich das Interesse für die Arbeit des anderen bewahrt.

Severin freute sich über den neuen Murakami, den sie ihm schenkte, er hatte bereits darüber gelesen.

Sandra und Matthias, die erwachsenen Kinder, waren ein ergiebiges Thema, die kolossal tüchtige, stets um die Familie bemühte Tochter, die gern das Haus voll fröhlich lärmender Kinder hätte, und der manchmal abgehobene Sohn, ein smarter Coach, der Seminare mit dem Ziel leitete, das Selbst der Teilnehmer zu entwickeln und zu optimieren.

Es ist immer zu viel los, stöhnte Isa.

Du wärst doch unglücklich, wenn es anders wäre.

Das stimmt, gab sie zu.

Als Isa nach dem Brunch wegfuhr, ins Studio, wo sie noch Vorbereitungen zu treffen hatte und von ihrem jungen Assistenten mit den letzten Neuigkeiten vertraut gemacht wurde, räumte Severin den Tisch ab und stellte das Geschirr in die Spülmaschine. Auf dem Glas und der Tasse, die Isa benutzt hatte, waren Abdrücke von ihrem Lippenstift. Überall hinterließ sie Lippenstiftspuren. Er hatte einmal überlegt, sie festzuhalten, weibliche Markierungen. Malen konnte er das nicht, es blieb zu stofflich, gezeichnet stellte es ihn auch nicht zufrieden, als Comic wurde es zu hart, beim Fotografieren gelang es am besten, das Flüchtige und Fette zugleich, das konturlos Verschmierte. Wenn sie mitten in der Nacht heimkam und Durst hatte. Wenn sie aus der Flasche trank und er am Morgen den Lippenstift zuerst schmeckte, danach den Abdruck sah. Es war eine Unart. Isa verstand ihn nicht, Lippenstift hat doch keinen Geschmack, erklärte sie, Frauenzungen bemerken das nicht mehr, Frauen schlecken ihren Lippenstift weg und schlucken, ohne mit der Wimper zu zucken.

Isa Lerch verfügte über eine robuste Stimme, eine sympathische Stimme mit einem hohen Wiedererkennungswert, wie geschaffen für das Mikrofon. Sie wusste um diese Vorzüge und spielte damit. Das Mikrofon verstärkte Nuancen und Obertöne, ihr, wenn sie es einsetzte, verführerisches Timbre.

Dieser Stimme war der junge Severin erlegen. Ihrer Verführungsmacht. Fern im letzten Jahrhundert, nach dem Kurs Aktzeichnen an der Akademie. Statt nach Hause zu gehen, folgte er einer Eingebung, lief er der Nase nach. Und saß bald bei Freunden in einem Biergarten, an einem von einer blühenden Kastanie beschatteten Tisch. Eine Frau kam dazu, Isa, Isabella Leardi hieß sie. Neben Severin war noch ein Stuhl frei. Darf ich? Ja. Und der Funke sprang schon, bevor sie sich gesetzt und den Rock zurechtgezogen hatte. Ein gemeinsamer Bekannter stellte sie vor: Isabella studiert Kunstgeschichte und jobbt beim Radio.

Sie bestellte ein Bier.

Und als kennten sie einander seit ewig, begann Isa von ihren Plänen zu sprechen. Severin hörte genau zu. Eben noch hatte er im Saal der Akademie eine Frau gezeichnet, sie war nackt und nichts als ein Körper gewesen, ein Objekt, das er mit kühlem Blick studiert hatte. Jetzt saß er einer anderen Frau gegenüber, einer irritierenden Stimme, er könnte die Augen schließen, nur die Töne und Laute hören, Silben und Wörter.

Worüber sprach sie?

Sie lachte laut. Warum? Ihr Wesen, ihre Stimme hatten etwas Ansteckendes. Severin lachte ebenfalls. Ihre Stimme nistete sich ein. In seinem Ohr, in seinem Kopf, in seinem Körper.

Endlich ein Mann, freute sich Isa, der sie verstand.

Sie erzählte lebhaft von ihrer kürzlich eigenmächtig unternommenen Reise nach New York, von dem unmöglichen Interview, das sie unbedingt möglich machen wollte und das tatsächlich Aufsehen erregt hatte.

Ich habe es gehört, Bella, sagte Severin.

Nenn mich nicht Bella, ich kann das nicht ausstehen.

Severin rieb sich die Augen. Was hatte sie ihm erzählt, wie hatte sie ausgesehen? Die Stimmungen überwogen. Am nächsten Tag, als sie sich wiedersahen, beinahe überstürzt hatten sie sich verabredet, kam Isa der Gedanke, Severin höre ihr so verständnisvoll zu, weil er sie ins Bett bekommen wolle – oder redete und redete sie selbst unaufhörlich, weil ihr die Wirkung, der Zauber ihrer Stimme bewusst war, die Magie, weil sie, die angehende Moderatorin, diesen gut aussehenden Mann und angehenden Bildhauer ins Bett bekommen wollte? Er hatte einen Körper, er zog nicht nur durch ihre Phantasie, er saß ihr gegenüber. Ein ausgeprägter Körpermensch, muskulös, strapazierfähig, mit geschickten, sensiblen Händen. Dass sie für ihn bloß eine Stimme sein könnte, auf diesen Gedanken wäre sie nie gekommen. Und so war es ja auch nicht gewesen. Einer Stimme hätte er nicht die Hand auf den Schenkel legen können. Isa war mit dieser Hand sehr einverstanden.

Was ist denn das Leben? Was hält es für uns bereit? Darüber hatten sie philosophiert. Unter der mächtigen Kastanie, bei Wein und Zigaretten und ersten Küssen. Severin hatte schon damals immer ein Buch in der Tasche, einen Roman, der sein aktuelles Lebensgefühl auf den Punkt brachte.

Mit Ausnahmen.

In der Zeit ihres Kennenlernens war er heillos in Adalbert Stifters *Der Nachsommer* verstrickt. Ein Freund, der über den Roman seine Semesterarbeit schrieb, hatte ihm das Kuriosum untergejubelt. Der Freund sah in Stifter nicht nur einen Anti-Balzac, sondern fragte sich, wie der oberösterreichische Leidenschaftsverächter wohl auf den neun Jahre früher erschienenen Roman *Die Kameliendame* von Alexandre Dumas d. J. reagiert hätte. Die Halbwelt und die Waldwelt, kalauerte er und wollte mit dem Lesefreak Severin darüber disputieren.

Isa hatte ebenfalls in den Büchern herumgeschmökert.

Stifter lullt mich ein, die Uhr tickt immer langsamer, sagte sie, ich döse weg, der Roman ist eine Schlaftablette.

Es passiert einfach nichts, stimmte Severin Isa zu, aber plötzlich erlahmt beim Lesen meine Geduld, Stifter trachtet danach, meinen Körper wie etwas Überflüssiges, ja Lästiges auszuschalten, ich will und muss dann unbedingt etwas mit den Händen schaffen.

Ohne Stifter wäre Severin nicht auf die Kettensäge gekommen.

Sagten sie später und lachten darüber.

Dumas hat *Die Kameliendame* in unserem Alter geschrieben, fasste der Freund und zukünftige Literaturwissenschaftler zusammen. Stifter war ein älterer Herr von fünfzig Jahren, als er den *Nachsommer* dichtete. Sie lebten zur gleichen Zeit in verschiedenen Jahrhunderten, sie waren wie Feuer und Wasser und verkörperten Wertesysteme, die wir heute belächeln.

Severins Bude war vollgestellt, viele Bücher und ein paar Platten, wenig Kleider und Schuhe, er besaß ein altes Röhrenradio mit großen Knöpfen und ein Grammofon. Auf seinem Tisch waren Skizzen ausgebreitet, auf der Matratze auf dem Boden lagen Kunstbände, *Michelangelo* und *Afrikanische Skulpturen*, sie mussten die Bücher wegräumen. Doch das Geschirr war gespült, nichts in der Kochnische versifft, in dem Chaos steckte eine Ordnung, sie sah das auf den ersten Blick.

Er öffnete einen Wein, bot Paprikachips an, Früchte.

Sie wollte nur wenig essen, sie wollte viel reden.

Es ist nicht nur wichtig, wer man ist, in diesem Punkt herrschte Einmütigkeit, es kommt ebenso darauf an, was man liebt: welche Bücher, welche Musik, welche Filme.

Du lernst jemanden kennen, verliebst dich, sagte Severin, und bald merkst du, dass all die Dinge, die dir lebenswichtig sind und über die du dich definierst, diese Frau gar nicht interessieren. Sie versteht nicht, dass du eine Ausstellung sehen willst, sie hasst deine Bücher und hört Musik, die dich umbringt.

Dafür hat sie eine 90-60-90-Figur, grinste Isa.

Ein Mann und eine Frau Anfang zwanzig, die sich die Zukunft als einfache Angelegenheit vorstellten: ein roter Teppich, der für uns ausgerollt wird. Sie wussten, was sie zu tun hatten. Und dass das nicht genügte, dass es getan werden musste.

Sie waren jung. Ohne dem Jungsein große Beachtung

zu schenken. Das Leben wartete auf sie, wohin sie sich wandten. Die Zeit lag so selbstverständlich vor ihnen, als ob ihr kein besonderer Wert beizumessen wäre.

Sie waren auch sachlich, nüchtern, gewissenhaft.

Isa und Severin teilten einen Apfel. Isa hätte einfach hineingebissen; Severin schnitt ihn mit dem Messer in Spalten.

Es ist ein Boskop, sagte er.

Was du nicht sagst, alberte sie, wehe, du lügst mich an.

Isa und Severin lachten viel, hielten sich an den Händen, bald konnten sie die Finger nicht mehr voneinander lassen. In seiner Bude hatten sie das erste Mal miteinander geschlafen.

Doch jetzt waren sie keine jungen Verliebten mehr, und der rote Teppich, na ja.

Das war doch die Radiostimme seiner Mutter?

Matthias horchte auf. Er saß am Tisch, dachte über sein Konzept nach, über Routine und Erfahrung, über die Abgründe, die sie bargen. Er saß still da, die Zeit war ausgeblendet. Einmal, als er noch Angestellter war, hatte er nach Feierabend im Großraumbüro so reglos dagesessen und gearbeitet, dass das von einem Bewegungsmelder gesteuerte Licht ausgegangen war.

Matthias Lerch war Personalentwickler, er bot Kurse und Seminare an. Firmen buchten ihn für die Schulung junger, für den nächsten Karriereschritt vorgesehener Spitzenleute.

Ohne Führung macht jeder, was er will.

Matthias drehte das Radio lauter.

Isa Lerch sprach mit einem Komponisten. Der Mann, der

in langen Sätzen und näselnd referierte, war ein Shootingstar und behauptete, seine Musik sei ohne Anfang und Ende.

Seine Mutter ließ den Komponisten über musikalische Strukturen und serielles Denken monologisieren. Bis er ins Stocken geriet und Musik mit einem nächtlichen Strom verglich, aus dem er mit angehaltenem Atem schöpfe.

Sie lassen sich von der Muse küssen, reizte die Mutter.

Oder sind Sie Buddhist?, hakte sie nach.

Matthias mochte ihre kernige Stimme.

Auf die romantische Erklärung des jungen Komponisten und die Fragen der Moderatorin folgte Stille. Matt fürchtete schon, die Leitung sei unterbrochen oder ein schwerer Hebel müsse noch umgelegt werden. Er wartete auf das Stück, in dessen Klänge der Sound eines Motorrads verschliffen sein würde. Kickte im Studio nicht bereits jemand die Maschine an? Oder drang der Motorenlärm von der Straße herein? Er stellte das Radio lauter. Nun war da ein Knistern. Es konnte der Grundton des Weltalls sein, die Gischt des ewigen Stroms, der sich bemerkbar machte, oder eine Störung im Gerät.

Es könnte der Anfang sein.

Gewesen sein?

Matthias Lerch war mit dem Radio aufgewachsen. Es gehörte zu seinem Leben. Als Junge hatte er es geliebt, im dunklen Zimmer im Bett zu liegen. Nur die Skala des Radios leuchtete. Er hatte darauf gewartet, seine Mama zu hören, ihre innige Stimme, gehofft, dass sie ihm eine gute Nacht wünschen würde, und einmal hatte sie es tatsächlich getan.

Der Dreiklang ertönte im Flur, ein Gong, jemand musste unten vor der Haustür auf die Klingel drücken. Ausgerechnet jetzt eine Störung. Matthias begab sich ins Schlafzimmer, wo er vom Fenster aus auf die Straße hinunterschaute. Sein Vater stand vor dem Haus, Matt sah seine Schirmmütze, seine kräftigen Schultern, seine Jacke, deren Taschen ausgebeult waren, weil er sie mit Büchern vollstopfte. Immer hatte der Vater ein Buch dabei, und darum, behauptete er, kenne er keine Wartezeit, nur geschenkte Zeit, Lesezeit. Das konnte Matthias so stehen lassen. Doch Severin neigte dazu, ihm Romane aufzuschwatzen.

Lies das, Matti, das solltest du unbedingt lesen.

Sein Hund, der japanische Akita, umstandslos auch Akita genannt, hockte neben ihm, ein großes schneeweißes Tier. Und jetzt drückte der Vater wieder den Klingelknopf. Sein Besuch passte Matt gar nicht, warum rief er nicht vorher an, um das abzusprechen? Matthias hatte überhaupt keine Lust, sich auf ihn einzulassen und sich mit ihm zu streiten.

Erneut der Dreiklang.

Gerade weil sein Vater so selbstgewiss *Hier bin ich* signalisierte, ließ Matt ihn auflaufen. Er wollte jetzt das vorn und hinten beschnittene *Opus Zwei* hören und nicht das Lamento seines Vaters, das ebenfalls kein Anfang und Ende kannte. Sein liebstes Thema, die Krise der Skulptur, kannte Matt schon auswendig. Alle Welt macht einen Aufstand um Installationen und Videos, die kein Mensch versteht, beschwerte er sich regelmäßig. Oder die Nackte auf der Kunstmesse in Basel. Schreibt BRA auf den Busen und SLIP auf den Hintern und verkündet: Ich erlöse euch damit von der Alltagsblindheit.

Genügte es nicht, den anstrengenden Vater und seinen Hund, mit dem Matthias ihn in den vergangenen Monaten öfter gesehen hatte als in Begleitung der Mutter, gelegentlich in einem Café zu treffen, damit er seine Theorien ausbreiten konnte? Während der Hund unter dem Tisch lag und Matt aufpassen musste, wohin er die Füße stellte. Denn das Tier ließ sich von Fremden nicht gern berühren, und Matt war für Akita immer ein Fremder geblieben. Er mochte das Tier nicht, Hunde generell nicht. Akita schien die Abneigung persönlich zu nehmen und hielt Abstand.

Große Hunde flößten Matthias Angst ein. Wenn sie auf ihn zutrotteten, die feuchte Nase auf sein Geschlecht gerichtet, das sie gleich ausgiebig beschnüffeln würden, nahm er die Hände hoch. Ein Fehler, den seine Mutter nicht beging. Isa empfand für den muskulösen japanischen Hund auch keine besondere Sympathie, aber sie wies das zudringliche Tier mit einem gezielten Klaps in die Schranken.

Akita ist nicht der Hellste, er hält Severin für Gott.

Matthias behandelte seinen Vater gemein, statt gelassen mit ihm umzugehen. Da Matthias dies durchschaute, beschämte ihn sein Verhalten noch mehr. Mit der exaltierten Mama kam er viel besser klar. Sie war immer in Eile, immer zielstrebig, Mama verzieh sich ihre Schwächen leicht, nicht willens, sie zu korrigieren. Lässliche Sünden. Kleingeld zählte sie nicht. Nur im Beruf war sie akribisch. Und dort konnte sie die Welt um sich herum vergessen.

Der Sohn liebte die Mutter.

Mit dem Vater hatte er Schwierigkeiten. Der Vater kam ihm zu nah. Oder er kam gar nicht an ihn heran. Sie waren beide überempfindlich. Es fehlte ihnen das Gespür für die Distanz. Dabei liebte Matthias auch seinen Vater. Leider nicht immer gleich stark, und heute liebte er ihn gar nicht. Von dieser Erkenntnis verstimmt, ging er in sein Wohnzimmer zurück, wo nun, viel zu laut, das Konzert brandete, dessen Anfang er verpasst hatte.

Er zögerte, wollte dem Gespräch ausweichen.

Da hinterließ Severin schon eine Nachricht: Warum lässt du mich nicht ins Haus, was ist los mit dir, Matti, du bist doch in der Wohnung, sei nicht so albern, mach die Tür endlich auf, ich hab dich am Fenster gesehen.

Matthias stand wieder am Fenster, beobachtete den Vater und den misstrauischen Akita, der ihm Rückendeckung zu geben schien.

Wieder redete der Vater in sein Telefon, die freie Hand, eine große Hand, lag dabei auf dem Kopf des Hundes: Hörst du mich denn nicht, bist du etwa nicht allein, Matt, aha, verstehe, lass dich nicht dabei stören, ich warte im Schreibladen an der Ecke, bis ihr fertig seid.

Doch Severin Lerch wandte sich nicht ab, er klingelte erneut. Das war typisch: Der Vater sagt dies und tut das, er ist ein Verfechter des Mottos, dass auch das Gegenteil der Wahrheit wahr ist, ja, verschiedene Wahrheiten stehen wie Skulpturen einträchtig nebeneinander.

Jetzt scharrte der Vater vor der Tür, schüttelte den Kopf, ungeduldig und ungehalten, weil sie nicht aufging. Matthias erinnerte sich, wie enttäuscht er als Junge immer wieder vor der verschlossenen Ateliertür gestanden hatte.

Am Morgen hatte der Vater ihm einen Kinobesuch versprochen, *Dschungelbuch*, abgemacht. Am Nachmittag, als Matti an die Tür klopfte, war er gar nicht da. Er hatte sein Versprechen vergessen. Einzig beim Zeichnen war auf ihn Verlass gewesen. Der Vater liebte Comics. Geduldig zeigte er seinem Jungen, wie man ein Gesicht aufbaut, wie man die Mimik verändert, wie man eine Figur entwickelt.

Schau Micky-Maus an, er hat nur vier Finger. Für alle Gesten genügen vier Finger.

Severin Lerch war von seiner Kunst besessen. Die Erde war nicht das Zentrum des Sonnensystems, der Künstler aber der Mittelpunkt seines Universums.

Mit der Kettensäge bearbeitete er Baumstämme, seine archaischen Skulpturen hatten ihn bekannt gemacht, Frauen mit spitzen Brüsten, stämmigen Beinen und einem derb geschnitzten Geschlechtsteil, das er am Schluss mit einem Farbklecks markierte.

In Mattis Erinnerung arbeitete der Vater auf dem Werkplatz, eine Dose mit Farbe in der einen Hand, den Pinsel in der anderen. Matthias näherte sich, der Vater bemerkte ihn und fragte: Willst du? Bevor der Junge sich äußerte, überließ er ihm Dose und Pinsel. Matti zögerte. Sei nicht zimperlich, ermunterte der Vater, los. Matti errötete. Der Vater grinste und nahm ihm die Gerätschaften aus den Händen, tauchte den dicken Pinsel, ohne lange zu fackeln, in die Farbe und stupste die Skulptur genau dort an, wo man nicht einfach so hinlangte.

Es war gut gelaufen. Der Dirigent und Komponist breitete die Arme aus. Sein *Opus Zwei* verhallte, sollte aber in den Köpfen und Herzen der Menschen fortwirken. Die Musiker hatten ihre Instrumente abgesetzt, wenn man es nicht besser wüsste, würde niemand glauben, dass einer Geige solche Töne zu entlocken gewesen waren. Dies hatten Musik und Zeit gemeinsam, Takt für Takt, Minute für Minuten strömten sie durch einen hindurch.

Der Beifall klang verhalten, aber der Tontechniker achtete darauf, dass der Applaus die Abmoderation angemessen untermalte. Isa Lerch wartete, sie hatte ein Gespür für Pausen, und verabschiedete sich dann von den Hörerinnen und Hörern zu Hause.

Das Lämpchen leuchtete auf.

Sie war nicht mehr auf Sendung.

Der Komponist verneigte sich, die Musiker hatten sich erhoben. Isa betrat die Bühne, umarmte den Komponisten. Er zitterte. *Opus Zwei* war nun in der Welt und keine Zukunftsmusik mehr. Gut gelaunt wandte Isa sich an das Publikum im Saal. Der Applaus umfing sie. Isa Lerch dankte, klatschte mit, alle hingen an ihren Lippen, als sie die Schlussworte sprach. Sogar das auf der Konzertbühne exotisch wirkende Motorrad, die feuerrote Ducati, schien in den Bann der klugen Moderatorin geraten zu sein.

Ein paar Minuten später strömte das Publikum ins Foyer. Zufriedene Mienen, Grüppchen bildeten sich, man redete, palaverte, bediente sich am Buffet und verdrehte den Hals nach Isa Lerch.

Sie schien immer im Licht zu stehen.

Oder leuchtete sie von innen heraus?

Isa war nach der geglückten Sendung euphorisiert, fühlte sich aber auch eingekreist, bedrängt. Sie spürte den Wunsch der Gäste – und alle waren ihre Gäste –, in ihre Nähe zu gelangen.

Eine Ducati, erstklassig, sagte ein Konzertbesucher mit buschigen Koteletten, wissen Sie, dass Harley-Davidson seinen Sound patentieren lassen hat, als geistiges Eigentum?

Isa wusste es nicht.

Ein Konkurrent aus Japan hatte einen Chip entwickelt und in seine Maschinen eingebaut, damit sie röhrten wie

Harleys. Den mussten sie wieder ausbauen, erzählte der Mann mit einem Grinsen, ich bin die Route 66 mit einer Moto Guzzi California gefahren, von Chicago nach Santa Monica. Der Komponist hat das Vibrato der Maschine in sein Stück einbezogen, so etwas hat schon Pink Floyd ausprobiert. Auf der Platte *Ummagumma* surrt eine Stubenfliege herum.

Isa nahm sich Zeit, hörte geduldig zu, sie genoss das auch, den persönlichen Kontakt mit ihren Fans, den Austausch mit ein paar Stellvertretern der Tausendschaften, die draußen zugehört hatten.

Ich bin mit meiner Frau hier, sagte der Mann, aber eigentlich bin ich wegen Ihnen gekommen, Isa. Hätte ich noch mein Motorrad, würde ich Sie zu einer Spritztour einladen.

Das geht nun leider nicht, folgerte Isa, dafür könnten Sie mir ein Glas Prosecco besorgen.

Yep, das mach ich sehr gern, es ist mir eine Ehre.

Der willige Mann, der sein kostbares Resthaar hinten zu einem Schwänzchen zusammengebunden hatte, machte sich zügig auf den Weg zur Theke.

Seine Frau blieb bei Isa stehen und kommentierte das *Opus Zwei*: Meins war das nicht, ich steh immer noch auf Johnny Cash.

Isa bemerkte, dass die etwas klapprige Frau ein indianisches Armband trug. Ihr Haar war rabenschwarz, sie hatte schwere rote Lippen.

Der Mann mit dem Entenschwänzchen brachte Isa und seiner Frau ein Glas Prosecco.

Danke, rief Isa, hob das Glas.

Auf Led Zeppelin, knurrte der Mann und zwinkerte seiner Frau zu, die beiden waren im Gleichklang.

Stairway to Heaven.

Der nette Proseccoholer und Led-Zeppelin-Fan freute

sich und zeigte Isa ein Foto auf seinem Handy: Er lehnte mit nacktem Oberkörper lässig an einer Moto Guzzi, seine Frau saß im Sattel, lange Beine in Hotpants, beide waren nicht wiederzuerkennen.

Da tragen Sie eine Levi's 501, sagte Isa.

Das stimmt, bestätigte der Mann, die 501 bleibt unübertroffen.

Er ist in Sie verliebt, verriet seine Frau und zupfte an seiner Krawatte. Er folgt Ihnen auf Facebook.

Eine reizende Dame mischte sich ein, sie war nervös: Ich möchte nicht stören, Frau Lerch, ihre Stimme überschlug sich, ich höre Sie immer beim Autofahren, ich habe Ihnen Truffes du Jour mitgebracht.

Lächeln aus Freundlichkeit. Isa war gewillt, deutlich zu zeigen, wie wichtig ihr die Leute waren. Ältere Herrschaften, treue Hörerinnen und Hörer, ihre Generation oder ein paar Jahre älter. Einige von ihnen waren früher Blumenkinder gewesen, sie hatten Marihuana geraucht und am Strand Liebe gemacht.

Ein storchenbeiniger Herr sprach Isa an, Beatles-Mähne, geföhnt und schneeweiß.

Heutzutage fehlt der Welt die Magie, behauptete er und räusperte sich, mit Verlaub, Frau Isa, *Sgt. Pepper's Lonely Hearts Club Band* ist noch immer meine Lieblingsplatte.

When I'm 64, augenzwinkernd deutete er die Melodie an.

Ja, lachte Isa, das hören wir jetzt mit anderen Ohren.

Damals war der Popsong ein launischer Vorgriff gewesen, Zukunftsmusik, nicht einmal ihre Eltern waren so alt gewesen.

Viele von Isas Jahrgängern hatten auch damals einen gediegenen Liederabend den angesagten neuen Krachmachern vorgezogen. Andere hatten sich wirren Sinfonien wie schicksalhaften Stürmen überlassen. Und Tausende hatten schlichte Schlager geträllert. Nicht jeder schaffte es, rechtzeitig in der Zeit anzukommen, in der er lebte. Das galt auch für Isa. Sie steckte nicht selten mit dem rechten Fuß in einem anderen Jahrzehnt als mit dem linken.

Zeit, das schien etwas Unverbindliches zu sein, es gab massenhaft davon, verschiedene Zeiten, ineinander verschoben und verschachtelt. Die meisten Leute ihres Alters hatten sich wohl aus diesem Grund irgendwann einmal erlaubt, einen Schnitt zu machen. Als wären sie der Gegenwart überdrüssig geworden. Als hätten sie Augen am Rücken, eine neue Sicht, die es ihnen nahelegte, ohne Ironie zu verkünden: Zu meiner Zeit.

Es war ein anderer Ausdruck für damals. Darauf kamen sie am liebsten zurück, immer neu. Mit einem verstörenden Lächeln. In jedem Leben schien es so etwas wie ein Goldenes Zeitalter zu geben, von dessen Helden man sich schwerer als vom Ehepartner trennte. Isa wusste das nicht zuletzt aus Gesprächen mit Radiohörern, die sich ihr am Telefon anvertraut hatten.

Nun waren sie in Scharen gekommen, gut gelaunt, um ein paar Worte mit Isa zu wechseln. Hier zu sein erfüllte sie mit Stolz, sie wähnten sich ihr in einer Art Komplizenschaft verbunden. Autogramme verlangten sie nicht; aber bitte ein Foto, sie hielten ihr Phone schon in der Hand, und sie wollten mit Isa Lerch anstoßen.

Sie waren wirklich sehr verschieden, gleich nur im Alter. Und alle waren sie weiter entfernt von ihrem ersten Tanz als von ihrem letzten.

Rock 'n' Rollstuhl.

Einige hatten in ihrer Zeit im Bach-Chor gesungen und

in Weiß geheiratet. Andere hatten in ihrer Zeit in Konzerten randaliert und Stühle kaputt geschlagen. Jetzt standen sie einträchtig um das Buffet herum, nippten an Sektgläsern, kosteten Häppchen und waren darauf bedacht, dass nichts zwischen den Zähnen hängen blieb.

Hände weg von Mohnbrötchen.

Dauerlächeln, Isa spürte ihr Gesicht nicht mehr.

Merci, sagte eine muntere Lady mit rosafarbenem Haar, sie betrachtete das Foto auf dem Display, lächelnd, das zeige ich meinen Freunden heute Abend im Tangokurs.

Mit einem Mal fühlte Isa sich müde, die Anspannung war von ihr gewichen, der Adrenalinspiegel sank, die Zuneigung hatte sie ausgelaugt, der Prosecco benebelt. Sie hatte an diesem Ort nichts mehr zu tun und den Wunsch, abzuhauen. Natürlich war ihr klar, dass das nicht ging, dass sie das nicht tun durfte, es wäre ein Affront. Durchzuhalten gehörte zu ihrem Job, entspann dich, Isa.

Kommen Sie einmal zu uns in den Scrabble-Club? Ich darf Sie offiziell einladen, ich bin die Präsidentin.

Die Dame trug einen violetten Businessanzug und eine rosa Rüschenbluse, sie kramte in der Handtasche und überreichte Isa ihre Visitenkarte, ohne dass sich in ihrem Gesicht dabei ein Fältchen bewegte.

Die Techniker und der Staff vom Radio hatten sich verabschiedet, die letzten Gäste das Foyer endlich verlassen. Das Personal der Cateringfirma räumte auf, und Isa sah sich unvermittelt in einem neuen Mittelpunkt stehen, im Zentrum der Leere.

Jetzt durfte auch sie gehen.

Gut gemacht, Respekt.

Matthias hatte ihr eine SMS geschickt: Der wohlerzogene Sohn lobte das Konzert, aber das war nicht die Hauptsache, wichtig war, dass er seiner Mutter ein Zeichen gab, genau wenn sie es brauchte.

Eine junge Frau fing Isa vor der Ausgangstür ab. Sie hatte ein schmales Gesicht, rostrotes Haar, asymmetrisch geschnitten, eine üppige Strähne fiel ihr über die Augen.

Sie strich das Haar beiseite.

Isa glaubte, sie zu kennen, ihr Gesicht war ihr aufgefallen, in der Cafeteria. Sie erinnerte sich auch an die Geste, mit der sie den Haarvorhang beiseiteschob, nicht aber an ihren Namen.

Sie waren doch Redakteurin bei uns?

Ja, Sie haben ein gutes Gedächtnis, vor bald einem Jahr, ich heiße Dorit Rösner. Hätten Sie ein bisschen Zeit für mich?

Isa spürte, dass sie die Stirn runzelte, während sie zu verstehen suchte, was sich hinter der harmlosen Frage verbarg.

Kommen Sie mit, forderte Isa die Frau auf.

Durch die Glastür trat sie ins Tageslicht, die Helligkeit schmerzte in den Augen, sie schützte sich mit der Sonnenbrille.

Gleich um die Ecke war ein Pub, dort ging sie gern hin, das Lokal war angenehm düster. Nach Auftritten zog Isa die Höhle einem Straßencafé vor. Sie hatte für heute genug Licht abbekommen. Ein Guinness war jetzt das Richtige, ein Absacker.

Sie zogen los.

Schon wieder hatte Isa jemanden im Schlepptau.

Leider zieht *Konzert am Nachmittag* kein junges Publikum an, begann Isa und ärgerte sich, warum machte sie ihre eigene Sendung herunter? Die jüngsten Zuhörer, fuhr sie trotzdem fort, sind mittelalt, kultivierte Endvierziger.

Das liegt auch an der Musik, sagte Dorit. Es ist Musik, zu der einem kein Tanzschritt einfällt, man erstarrt, verkrampft sich, ich habe morgen Muskelkater, weil ich mich nicht entspannen konnte.

Dann hat Ihnen das Konzert überhaupt nicht gefallen?

Dorit schüttelte den Kopf. Mir musste es ja nicht gefallen. Ich bin wegen Ihnen hier. Und es hat mir auch großen Spaß gemacht. Die Musiker waren süß. So erwachsen bei der Sache.

Der Bubi-Pianist und die Bambi-Geigerin, scherzte Isa: Das Publikum vergöttert Musiker, die ihre Enkel sein könnten, nur kein Streichquartett im Rentenalter.

Und sie vergöttern Isa Lerch, antwortete Dorit.

Die junge Frau schaute ihr fadengerade in die Augen.

Lassen wir das so stehen, sagte Isa ruhig.

Sie waren phänomenal, Isa, wie Sie den Switch zwischen Radioübertragung und Konzertsaal geschafft haben, ich bewundere das. Die Leute zu Hause und im Saal haben alle dasselbe gedacht: Isa Lerch ist nur für uns da. Jeder hat gedacht: Sie spricht zu mir persönlich. Am Schluss habe ich vermutet, die geniale rote Ducati stehe für Sie bereit: Die Moderatorin steigt auf das Motorrad und fährt davon. Ich hätte Ihnen das zugetraut, Isa, ich lerne von Ihnen. Man kann sich wirklich eine Scheibe abschneiden. Die Farbe des Kleides und die Farbe der Ducati, das war perfekt aufeinander abgestimmt.

Genau deswegen habe ich das Kleid ja gewählt, flunkerte Isa.

Das habe ich mir schon gedacht, schwindelte Dorit.

Worauf wollen Sie hinaus, was wollen Sie von mir, Dorit?, fragte Isa unerwartet schroff.

Wie fühlen Sie sich, Isa? Sie haben eben die neue Saison eröffnet, Ihre letzte, Sie gehen in die letzte Runde.

Isa musterte Dorit Rösner. Sieh dich vor, dachte sie, du weißt zwar nicht, was in ihrem Kopf vorgeht, welche Hintergedanken sie hat, aber sie weiß genau, was sie will und dass sie es bekommt.

Ich bewundere Sie, Isa, ich darf ein großes Feature über Sie machen, sagte Dorit, ich habe schon mit dem Chef gesprochen und grünes Licht erhalten. Ich hoffe, Sie unterstützen mein Projekt. Das wäre sehr hilfreich. Ich habe bereits recherchiert. *Mein Weg* ist der Arbeitstitel.

Oh, das höre ich natürlich gern, Dorit, da darf ich mich ja geehrt fühlen, fast müsste ich erröten, sagte Isa.

Frank Sinatra, rief Dorit und lachte.

Jetzt errötete Isa Lerch tatsächlich; zum ersten Mal seit vielen Jahren wurde sie rot, aber die Erwähnung des legendären Sängers machte sie auch stutzig, und wie Dorit Rösner sie nun anschaute, ihr frisches Lachen, sie war doch sympathisch.

My Way, ich mache das mit Freude, unser Chef sieht es als Hommage, wir rollen den roten Teppich aus.

Arbeiten Sie wieder in der Abteilung?

Nächste Woche steige ich ein, bestätigte Dorit, die Abteilung wird neu organisiert. Aber das wissen Sie besser als ich.

Und Sie kauern in den Startlöchern?

Der bissige Satz war Isa entwischt. Ein Flashback. Genau diese Frage hatte auch sie zu hören bekommen, wörtlich, von der populären Radiotante, die damals das langatmige Wunschkonzert moderiert hatte, als sie mit zwanzig in deren Büro hineinmarschiert war, siegesgewiss, als ginge es um die Stabübergabe.

Dorit Rösner zog es vor, nicht auf die Bemerkung einzugehen, sie ignorierte die Spitze, Isa konnte ihr das nicht verdenken. Natürlich witterte sie ihre Chance.

Dorit senkte den Kopf, die Strähne bedeckte die Augen, sie durfte jetzt nicht auftrumpfen, nicht zurückschlagen, nein, die Abgängerin, die alternde Diva war vielleicht nachtragend.

Sie schob die rostrote Strähne beiseite und grinste breit.

Es ist bestimmt ein harter Einschnitt.

Sie hatte eine kindliche Lücke zwischen den Schneidezähnen. Der klare Blick sagte, ich kann lieb, ich kann zickig, ich kann grausam.

Ich bewundere den Weg, den Sie hingelegt haben, wirklich.

Danke, das freut mich.

Isa musterte Dorit. Es war nun einmal ein Gesetz, dass neue Sterne aufgingen und am Himmel erstrahlten.

Isa winkte den Kellner herbei, trinken Sie noch etwas, Dorit?

Ja, einen Club-Mate.

Das kann ich Ihnen leider nicht bieten, sagte der Kellner.

Dann bringen Sie mir noch einen Smoothie.

Für mich einen doppelten Espresso, sagte Isa zu dem jungen Mann, und ein großes Glas Wasser.

Dorit Rösner würde nicht nur eine Hommage gestalten, eine wunderbare Sendung, mit der Isa Lerchs Arbeit gewürdigt und ihr der Abschied versüßt werden sollte, Dorit Rösner würde auch die Nutznießerin des bevorstehenden Wechsels sein. Isa Lerch machte sich nichts vor. Sie saß ihrer künftigen Nachfolgerin gegenüber.

Sie trank einen großen Schluck kaltes Wasser.

Sie musste sich besinnen, sammeln, sie musste sich neu ausrichten. Keine hochmütige Anwandlung zulassen, nicht mit Erfahrung punkten wollen. Bleib gelassen, Isa, ganz entspannt.

Noch war sie ja im Spiel, Isa Lerch, noch hatte sie das Sagen. Dabei glaubte sie gerade, Schminke zerlaufe auf ihrem Gesicht, bestimmt hatte sie Lippenstift an den Zähnen.

Sie fuhr mit der Zunge darüber.

Isa rang mit sich. Wenn sie sich einbildete, eine indische Atemtechnik würde helfen, entfaltete der Gedanke an sich schon eine Wirkung. Nein, es war kein abgekartetes Spiel. Es wäre falsch, das Ganze so einzuschätzen. Immerhin war die junge Dorit Rösner auf sie zugekommen und hatte sich vor ihr verneigt. Die große Lerch musste das anerkennen, die kleine Dorit wollte ein Radiofeature über sie machen.

Isa strengte sich an, liebenswürdig zu sein.

Mehr als vierzig Jahre, eine unnachahmliche Leistung.

Isa hob leicht das Kinn.

Beneidenswert.

Dorits Stimme war zwar dünn. Doch genau das war gefragt: das Kindliche, das Mädchenhafte, das Quirlige, das Piepsige, das Freche, das Ungezogene – alles macht Spaß, alles muss Spaß machen. Genau das drückte ihre Stimme aus, der Stimmbildung nur schaden würde.

Bleib jung, bezahle nie.

Wo hatte Isa den Satz gehört, gelesen?

Das Leben der Erwachsenen war nun einmal langweilig, man musste Pläne machen und Verantwortung übernehmen, und darum war es eine gute Strategie, nicht erwachsen, nicht geformt zu werden. Das war der große Unterschied zwischen ihrer und der jungen Generation. Und um die Glattheit der jungen Generation zu bestärken, schoss es Isa Lerch durch den Kopf, rasierten die Jungen sogar die Schamhaare weg. Coole Jungs und Mädchen tragen so was Grausliches nicht, dachte sie gallig. Schamhaare, das ist was für Erwachsene. John Updike hat sie mit Seegras verglichen. Daher rührt wohl der strenge Geruch auf den Ü40-Partys.

Sie lebten nicht mehr zusammen. Matthias war bei Amelie ausgezogen. Endgültig. Ein festes Paar waren sie nie gewesen, hatten aber ein Kind zusammen. Ihre Lucie kam nun in die erste Klasse, die Kleine wuchs rasend schnell, sie würde auch in der Schule die Größte sein.

Leider hatte das gemeinsame Kind ihre Liebe nicht gefestigt, sie hatten sich nicht zu einer stabilen Familie gefügt, waren immer auf Crashkurs geblieben, Matthias und Amelie, ein unverheiratetes Elternpaar, das sich nicht zueinander bekannte.

Amelie, so kam es ihm vor, litt wenig darunter. Sie war eine fokussierte Sportlerin, der Club war ihre Familie. Matthias hatte sich damit abzufinden. Diese Amelie Brisac hatte sein Herz gestohlen, aber auf der Liste ihrer Prioritäten war er bestenfalls auf Platz vier gelandet.

Ich bin froh, dass das ewige Drama endlich beendet ist, hatte seine Mutter gesagt und ein ungewohntes Register gezogen, als hätte sie einen auffallend schwierigen Fall zu moderieren. Glaub mir, lieber Matti, Frauen wissen, was Frauen wollen: Amelie will dich nicht.

Trotzdem ist sie die Mutter meiner Tochter.

Das Kind hat in ihre Planung gepasst, Matthias, und du bist ein guter Vater, verlässlich und solvent, sagte Isa süffisant und fuhr nach einer gezielten Pause fort: Als Coach bis du erfolgreich, deine Seminare sind ausgebucht, aber wenn es um Frauen geht, fehlt dir die Erleuchtung.

Er rümpfte die Nase.

Herzensangelegenheiten lassen sich nicht mit dem Kopf optimieren.

Seine Mutter ließ nicht locker. Er konnte es nicht ausstehen, wenn Isa ihn bewertete.

Amelie ist nicht der Typ Frau, die ihr Leben nach den Erwartungen eines Mannes ausrichtet, strich sie heraus: Ich hätte dir das voraussagen können, und du hättest es voraussehen müssen.

Halt endlich die Klappe, Mama.

Doch Isa beendete ihren Gedanken aufreizend ruhig: Versteh mich bitte nicht falsch, unsere quirlige Lucie, mein Lieber, deine batteriebetriebene Kleine ist ein Riesenschatz.

Ob er Amelie verlassen oder ob Amelie ihn weggeschickt hatte? Matthias war sich nicht ganz sicher. Wenn er nicht gegangen wäre, hätte sie ihn vor die Tür gesetzt. Seine Drohungen auszuziehen hatten sie nie besonders beeindruckt, Mattis Beteuerungen, bei ihr und Lucie bleiben zu wollen, blieben wirkungslos. Matt war an den Regeln gescheitert, die Amelie aufgestellt hatte.

Ich kann nicht mehr mit dir zusammen sein.

Geh doch, hatte sie gefaucht, ich halte dich nicht auf.

Ihre Worte verletzten und ärgerten ihn, aber er spürte auch Erleichterung. Er beherrschte sich, sagte zum wiederholten Mal: Lucie ist auch meine Tochter, Lucie ist mein Kind, und ich habe als Vater auch Rechte!

Eine halbe Stunde lang redete er auf sie ein.

Nein, ein Sorgerecht hast du nicht.

Matthias hatte nie infrage gestellt, Lucies Vater zu sein, hatte die Vaterschaft schriftlich anerkannt, alle Formulare ausgefüllt, wie es die Behörde von ihm verlangte.

Der amtliche Beistand hatte einen Pflichtbesuch gemacht, Matt hatte sich aufgeregt. Ein Beistand, wozu? Zum Schutz des Kindes und der Mutter, hatte die Amtsperson, ein freundlicher, unaufdringlicher Mensch, dem herabgewürdigten Vater erklärt. Nichts zu beanstanden, Herr Lerch, so hatte er Matt verabschiedet und zu Amelie gesagt: Melden Sie sich bei mir, wenn es Probleme gibt, wenn Sie mich brauchen.

Amelie brauchte sie beide nicht. Weder den amtlichen Beistand noch den leiblichen Vater. Amelie bestimmte, Lucie trug ihren Namen, Lucie war ihr Mädchen, sie zog es vor, eine alleinerziehende Mutter zu sein, unterstellte Matthias gar, sie in die Abhängigkeitsfalle locken zu wollen, und wies ihn zurück.

Wir leben doch unter einem Dach zusammen, begehrte er auf.

Schon viel zu lange, schrie sie ihn an und machte, als er tatsächlich ging, keinerlei Anstalten, ihn zum Bleiben zu bewegen.

Jeder Schmerz verpufft einmal, schrie die schwedische Sängerin ins Mikrofon, deren Album Matthias immer wieder hörte, seit er sie bei einem Open Air erlebt hatte. Ihre Stimme, ihre Texte, wie sie tanzte, ihr Auftritt hatte ihn bewegt, er war von ihren Songs begeistert gewesen.

Dass Schmerz verpufft, hörte sich akzeptabel an, es war

eine brauchbare These. Aber Matthias spürte den Schmerz noch in den Knochen und wartete darauf, dass er Amelie nicht mehr vermisste. Bei ihm baute sich der Schmerz langsam ab, wie ein beharrlicher Muskelkater. Eines Morgens würde Matthias aufwachen, sich die Augen reiben und feststellen, dass etwas fehlte.

Der Schmerz.

Amelie Brisac kam aus der Romandie, aus Lausanne. In der Sportabteilung eines Warenhauses betreute sie halbtags den Shoe-Corner, der auf die doppelte Größe gewachsen war, seit die CD-Abteilung geschlossen worden war. Außerdem testete Amelie Schuhe für die großen Hersteller und lief immer in den neuesten Modellen herum. Sie wusste Bescheid über Schuhe. Und über seine Füße war sie Matthias das erste Mal nähergekommen. Er hatte ein Zipperlein beim Joggen erwähnt.

Wie schwer bist du, hatte sie gefragt, läufst du auf Asphalt oder im Wald? Wie lang? Zieh Schuhe und Socken aus.

Amelie hatte seine nackten Füße in die Hände genommen, sie angeschaut, abgetastet, gedehnt und gesagt: Für dich sind Asics Gel-Kayano die besten.

Da Amelie dieselbe Schuhnummer wie Matthias hatte, schenkte sie ihm ein Paar aus ihrer Kollektion.

Kennengelernt hatte er Amelie im Fitnessstudio. Zuerst hatte Matt sie auf einem der Bildschirme entdeckt, die überall hingen, zur Kontrolle, als Ansporn. Sie arbeitete mit einer Kraftmaschine, trainierte gezielt den Rücken und die Schulterpartie.

Eine große Frau, schlank, athletisch. Matthias hatte noch nie einen so klar definierten weiblichen Rücken gesehen, Deltamuskel, Trapezmuskel, es war überwältigend.

Matt konnte den Blick nicht mehr von ihr abwenden.

Er brach sein Work-out ab, als sie ihr Training beendete. Sein Plan ging auf. Geduscht, die Haare noch nass, kam sie aus der Garderobe geschlendert und setzte sich an die Theke. Matthias gesellte sich dazu, bestellte einen Milchshake. Sie trug ein lilafarbenes T-Shirt mit dem Schriftzug *Volero Zürich*.

Wofür steht der Name?

Für Volleyball, so heißt mein Club.

Du spielst Volleyball?

Du hast es erraten, sagte sie, ich bin Amelie Brisac.

Ich heiße Matt, sagte er, Matthias Lerch.

Amelie trank einen doppelten Espresso mit viel Zucker und aß einen Powerriegel. Als sie ging, war ihr kurzes Haar trocken, sie setzte eine lila Cap auf, boxte ihn kurz gegen die Brust, grinste.

Er besuchte ihr nächstes Spiel und richtete es so ein, dass sie ihn in der Halle entdecken musste. Er war von ihrer Athletik und Technik beeindruckt, wie hoch sie sprang, wie genau getimt sie blockte, wie mutig sie nach Bällen hechtete. Der Lärm der Zuschauer, die Kommandos der Spielerinnen, ihre Freude, ihre Enttäuschung. Sie schwitzten und schrien und klatschten einander nach jedem gewonnenen Punkt ab.

Der Duft von weiblichem Testosteron.

Amelie verausgabte sich für jeden Punkt, sie hatte ein Kämpferherz. Wenn sie schlecht gespielt hatte, schleuderte sie zornig die Sportschuhe weg. Ein erfolgreicher Schmetterball machte sie überglücklich. Sie sprang hoch, reckte die Faust.

Er kam auch zu den folgenden Spielen, kaufte sich sogar einen lila Schal mit dem Schriftzug *Volero Zürich*. Matt ließ nicht locker. Seine Hartnäckigkeit ließ Amelie nicht kalt.

Amelie hatte keine Zeit für Kino oder Essengehen; sie verabredeten sich zum Joggen im Wald. Matthias hatte Mühe, ihr zu folgen, mit langen, ausgreifenden Schritten lief sie vorneweg. Im Fitnessstudio, bei den Kniebeugen mit der freien Hantel, lud Amelie viel mehr Gewicht auf als er.

Matthias hatte es sich angewöhnt, Amelie nach dem anstrengenden Volleyballtraining in der Halle abzuholen. Das schätzte sie. Amelie saß erschöpft und aufgedreht neben ihm im Auto, sie redete, analysierte, es gab noch Details, die nicht abgehakt waren. War endlich alles geklärt, sackte Amelie in sich zusammen, und das Schild der lila Volero-Cap bedeckte ihr Gesicht. Vor dem Haus, in dem sie allein wohnte, stieg sie aus dem Auto und war schon durch die Eingangstür, bevor Matthias den Motor abstellen konnte.

Endlich das erste Mal.

Sie nahm Matthias mit in ihre Wohnung und begann gleich sich auszuziehen, zuerst den Trainingsanzug, den sie fast immer anhatte, flink, als schickte der Trainer sie aufs Feld, als gelte es, keine Zeit zu verlieren, und als erwäge sie eine taktische Maßnahme, stand in ihrer atmungsaktiven und blickdichten Sportlerinnenunterwäsche eine stramme Sekunde lang vor ihm still, bevor sie auch diese Teile zügig ablegte.

Sie war größer als er.

Nackt, bis auf die lila Volero-Cap.

Prunklose Sportlerinnenbrüste.

Blaue Flecken, Amelie hatte beim letzten Spiel und im Training ein paar Bälle und Schläge abbekommen, Körpertreffer.

Ganz nackt hatte er sie kein einziges Mal gesehen, Amelie trug meistens eine Kniebandage, und auf ihrem Rücken und den Schenkeln klebten immer Tapes, farbige Streifen.

Auch ihre Finger waren getapt. Aber noch nie hatte Matt mit einer Frau geschlafen, deren Begehren so heftig war, die so geschmeidig und stark war, so laut, als hätte sie lange unter Entzug gelitten.

In jener Nacht hätte die Zeit stehen bleiben sollen. Es hätte für sie nie morgen werden dürfen. Doch als hätten sie als Paar keine Wahl gehabt, wurde Amelie bald schwanger. Sie wollte das Kind behalten, unbedingt, trainierte bis kurz vor der Geburt und kam überraschend schnell aus der Babypause zurück.

Als die Kleine das Gehen lernte, spielte Amelie besser als je zuvor, und Lucie, eine lila Volero-Cap auf dem Köpfchen, krabbelte und trampelte vom Wohnzimmer über den Flur ins Kinderzimmer. Die Wohnung roch nach Penaten-Creme und Pampers, überall lagen Kindersachen und Sportutensilien herum, flauschige Plüschtiere, Amelies große Volleyballschuhe, Lucies lederne Schühchen, die in Lerchs Hand Platz hatten, die Puppe mit den starren Schlafaugen, blaue und rote Tape-Rollen, Schweißbänder und lustige Comicfiguren aus Gummi, auf denen Lucie herumbiss, wenn ihr das Zahnfleisch wehtat, durch das bald weiße Zähnchen brechen würden.

Ist es nicht ein Elend, dass man Dinge und Menschen hinter sich lassen muss?, hatte Matt in der bittersten Zeit nach der Trennung bei seiner älteren Schwester gejammert.

Er besuchte sie zu Hause.

Sandra Flimm, die überzeugte Familienfrau und Mutter eines achtjährigen Söhnchens, zu dem sich zu ihrem Kummer kein Schwesterchen gesellen wollte, war die falsche Person für egozentrische Bemerkungen. Unglückliche Familien verstörten sie, Sandys Pupillen weiteten sich vor Entsetzen, die Trennung vom Partner, ist das nicht wie eine Amputation? Und deine Lucie, hatte Sandra vorwurfsvoll gefragt, wie konntest du deine kleine Tochter verlassen?

Ich bin ja keine Ausnahme, es ist doch meistens der Mann, der ausziehen muss, behauptete er. Der Mann packt Wäsche und Rasierzeug in eine Reisetasche, Hemden, Jeans, Anzüge – und geht. Der Unglückliche darf zwar einen Schlüssel behalten, ihn aber nicht benutzen. Männer werden abserviert.

Sie machen sich vom Acker, spottete seine Schwester.

Ein Mann verlässt nicht nur seine Familie, erweiterte Matti seine Beschwerde, er verliert auch sein Zuhause. Er wird ein Sonntagsvater – und er wird Zahlvater.

Warum hast du das getan?, fragte sie.

Sie fragte ihn derart spitz, dass er befürchtete, Sandra stecke selbst in dieser Situation, voller Sorge, und hoffe nun, aus seiner Antwort ein Rezept zu destillieren, ein Gegengift.

Er presste die Lippen zusammen.

Du musst mir nichts erzählen, was du nicht willst, Bruderherz, sagte Sandy und umarmte Matt. Ich weiß, dass du manchmal zu viele Gefühle hast.

Die schwedische Sängerin, deren Musik Matthias aufbaute, schaffte das Kunststück, menschliche Verstrickungen mit ein paar Worten auf den Punkt zu bringen.

Wir leben alle mit Dingen, die zu groß und zu stark für uns sind.

Matthias hielt ihre Lieder für seismografisch. Aber den Grad seiner Verzauberung gab er nicht preis. Er wollte nicht, dass seine Schwester ihn für den unkritischen Bewunderer, ja, Verehrer einer jungen Popsängerin hielt. Sandra belächelte Höhenflüge und Hirngespinste. Ausdenken kannst du dir vieles, Bruderherz, du solltest dich weniger mit deiner Innenwelt und mehr mit der Außenwelt beschäftigen, würfe sie ihm gewiss vor.

Doch die Sicht der standfesten Schwester half ihm nicht weiter, die schwedische Sängerin schon. Packte sie sein Schlamassel und Frauendrama in eine Ballade, würden die Konzertbesucher wie damals beim Open Air Feuerzeuge aufflammen und die LED-Armbänder blinken lassen, Tränen wären nicht zu unterdrücken.

In Mattis Kopf klang ein alter Refrain nach, die Worte, die Verliebte beim Abzupfen von Blütenblättern flüstern.

Sie liebt mich ein bisschen, liebt mich sehr, liebt mich leidenschaftlich, liebt mich wie verrückt, sie liebt mich überhaupt nicht.

Früher, als die große Schwester den kleinen Bruder hüten musste, hatte sie ihm beim Frühstück viel Schokopulver in die Milch gerührt, so viel, wie er haben wollte. Sandra hatte schon damals für ihre künftige Familie geübt. Sie rieb ihm das schmerzende Knie mit Spucke ein, während sie sich schwor, eine bessere Mutter als die eigene zu werden. Isa Lerch, die Moderatorin, ihre schöne Mama, ständig auf Achse, Isa, die das meiste im Schnelldurchlauf erledigte und Selbstgespräche auf Italienisch führte, die Mutter, die Matti, weil sie Termine hatte, weil sie Proben hatte, eine Konferenz der Redaktion oder Frühdienst am Mikrofon, ihrer Tochter überließ. Isa schien vergessen zu können, dass sie zwei Kinder hatte. Die zwei Kinder saßen zu Hause und hörten ihrer Mutter zu, wie sie redete und aus dem Radio heraus lachte.

Auch am Nachmittag hörte Matthias die Mutter: Guten Tag, sechzehn Uhr siebzehn, am Mikrofon Isa Lerch, willkommen zur Sendung *Klick*.

Was hat Ihr Leben umgestülpt? Rufen Sie mich an.

Hallo, hier Isa Lerch.

Matti saß am Tisch, vergaß Bücher und Hefte und drehte am Kugelschreiber herum. Die Geschichten, die wildfremde Menschen seiner Mutter anvertrauten, fesselten ihn mehr als der Schulstoff. Erzählen Sie mir, ermunterte seine Mutter die Anrufer, was Ihnen einen Kick gegeben hat, was Sie aus der Bahn geworfen hat, was Sie beinahe vernichtet hätte – und was Sie gerettet hat.

Schlüsselerlebnis, Knackpunkt, Wende, *Klick*.

Alles bedeutet etwas, bis es nichts mehr bedeutet, orakelte Isa. Der hingeworfene Brocken beschäftigte Matthias noch abends im Bett. Die Grundidee von *Klick* sollte er später einmal in sein eigenes Programm übernehmen.

Die fürsorgliche große Schwester lud Matthias manchmal zum Essen ein, seit er definitiv wieder Single war. Gern überraschte sie ihn mit Spaghetti Bolognese, die er als Junge besonders geliebt hatte und die auch Lars' Lieblingsspeise waren.

Warum hast du Lucie nicht mitgebracht?, fragte der Junge.

Sie wohnt bei ihrer Mutter.

Vermisst du sie manchmal?

Ja, sicher. Und du, vermisst du Lucie nicht auch?

Nein, sagte Lars.

Laaarsi, fuhr Sandra dazwischen.

Ehrlich nicht, empörte sich Lars, beim Fußball steht sie nur herum und stänkert, sie hat immer ihren eigenen blöden Ball dabei und will Volleyschläge üben, Lucie nervt.

Lars kickte allein im Garten, er versuchte, ein Minitor zu treffen, das sein Vater für ihn gekauft und aufgebaut hatte, doch der Ball blieb ständig stecken. Das Gras war zu hoch. Der Kleine stampfte vor Missmut: Papa soll endlich den Rasen mähen.

Sandra hatte einen Rotwein geöffnet, sie würde mit Matti im Garten bleiben, bis ihr Mann nach Hause kam. Rainer war auf einer politischen Versammlung. Sobald er heimkam, übernahm er Lars und brachte ihn ins Bett. Das waren die Spielregeln. Nur waren sie in letzter Zeit nicht immer eingehalten worden. Rainer hatte Termine, Sitzungen zogen sich hin, er schickte lustige Smileys und treuherzige Schwüre.

Du hättest Amelie heiraten sollen, als sie schwanger war, vor der Geburt, meinte Sandra.

Amelie will nicht heiraten, antwortete Matt ein wenig genervt, Amelie liebt ihre Unabhängigkeit mehr als mich; sie wäre nie eine unglückliche Ehe eingegangen, vermutlich hatte sie Angst, als meine Frau in der deutschen Schweiz leben zu müssen.

Sie hat doch hier eine gute Stelle.

Trotzdem geht sie zurück in die Romandie, natürlich mit Lucie, Amelie will wieder für Sagres NUC spielen.

Das wird hart für dich, Matti.

Die Strecke zwischen Zürich und Neuchâtel ist die geringste Distanz zwischen uns, spottete er.

Könntest du dir vorstellen mitzugehen, in die französische Schweiz umzuziehen?

Es würde mir schwerfallen, ehrlich, gab Matthias zu, die Romandie, nein, das reizt mich gar nicht, ich will hier nicht weg.

Und wenn Amelie es zur Bedingung macht?

Das tut sie ja nicht.

Du weichst mir aus, Matthias.

Du weißt, dass es nicht funktioniert, Sandra.

Du hättest härter kämpfen sollen, Matti, davon war Sandra überzeugt, wenn du...doch der Konjunktiv hilft dir nun gar nichts.

Es war Sandra klar, dass es ihr nicht zustand, weiter in ihn zu dringen. Matthias war dreiunddreißig, und sie selbst hasste es genauso, wenn jemand glaubte, von außen in ihre Ehe hineinsehen zu können.

Der Duft von Linden, ein prächtiger Abend, der Wein war gut.

Die Geschwister tranken, schwiegen.

Matthias sah Amelie kurz vor sich, ein Snapshot: Sie zeigte Lucie, wie man einen tiefen Ball mit beiden Händen wegbaggerte, die Daumen parallel nebeneinander, sonst verstauchst du sie.

Mutter und Tochter trugen die gleiche lila Volero-Cap.

Hat Amelie denn nicht gesehen, wie wichtig dir das ist?, fing Sandra wieder zu sprechen an.

Sie wollte es nicht sehen.

Sandra stand auf, holte noch einen Wein.

Sandra Flimm steuerte ihr Familienschiff vorbildlich, besaß dafür einen inneren Kompass. Hunderte Romane mochten die Familie als Hölle darstellen, als ein männlich dominiertes Ordnungsprinzip. Sandra sah die Kehrseite, Sandra wusste es besser. Ihr Mann durfte sich glücklich schätzen, sie als Frau zu haben, aber Matthias hatte noch nie beobachtet, dass seine Schwester versuchte, sexy zu sein, oder dass es zwischen dem Paar knisterte, gar dass sie sich nach einander verzehrten.

Manchmal rührte sich in Matthias der Verdacht, seine das Leben mit Bravour meisternde Schwester stehe unter Selbsthypnose.

Eine glückliche Familie ist wie ein Marmorkuchen, klärte sie ihn auf. Seine Zutaten machen ihn aus, sie sind herrlich ineinander verbacken.

Was war denn schiefgelaufen, was hatte er falsch gemacht?

Amelie war auf dem Volleyballfeld am glücklichsten. Eine Volleyballnight hätte sie einer Nacht mit ihm jederzeit vorgezogen. Er erinnerte sich, wie traurig es war, Rücken an Rücken mit ihr im Bett. Die große Amelie trug einen Pyjama, ähnlich dem Strampelanzug ihrer kleinen Tochter. Wenn er sich zu Amelie drehte und die Hand auf ihre Hüfte legte, kam es ihm vor, als berührte er einen großen Teddy, einen stählernen Teddy.

Das war Vergangenheit.

Die Trennung von Lucie aber war bloß räumlich und zeitlich definiert. Vater und Tochter lebten nicht mehr in derselben Wohnung, sie blieben einander trotzdem verbunden.

Eine komplizierte Nähe.

Matt hatte mit Amelie die Vereinbarung, Lucie immer anrufen und mit ihr etwas unternehmen zu dürfen. Aber er litt in der Zwischenzeit, Lucie fehlte ihm, die Zeit bis zum nächsten Treffen war zu lang. Er zählte die Tage, fiebrig, und hoffte, dass auch Lucie mitfieberte, noch zweimal schlafen, bis Papa mich abholt. Doch wenn er mit seiner Tochter unterwegs war, verlief der Nachmittag, ob im Zoo oder in der Badeanstalt, ob im Spielzeugmuseum oder in der Eisdiele, oft gar nicht harmonisch. Gerade nach schönen Erlebnissen zog Lucie sich zurück, als hätte sie Angst, sich auf ihren Vater einzulassen, als zweifelte sie an seiner Loyalität. Die Kleine konnte widerspenstig sein, sich auf den Ball setzen, den sie immer mit sich trug, und schmollen. Matt war erleichtert, wenn er sie wieder bei Amelie abgeliefert hatte.

Der Umstand, allein in einer großen Wohnung zu leben, in der nichts Lebendiges anwesend war, nur das Radio, niemand, mit dem er sich austauschen konnte, verleitete Matthias zu Selbstgesprächen.

Ich mache einen Kaffee, einen Espresso. Möchtest du auch eine Tasse?

Matthias hätte gern eine Frau, eine verlässliche Gefährtin, mit der er das Leben, den Alltag, seine Wünsche und Aufgaben teilen könnte. Ihm fehlte ein Lebensmittelpunkt, um den sich alles fügte. Aber das musste sich ergeben, es war nicht zu erzwingen, und er fürchtete sich vor einem weiteren Missglücken.

Die Liebe war, wenn er sie am Schreibtisch in den Griff zu bekommen versuchte, a) ein idealistisches System und b) ein Kommunikationsmedium zur Reduktion von Komplexität.

In der Theorie hörte sich das blendend an, ohne Störfaktoren leicht zu leben. Doch wie und warum und wann und wo sollten jemals zwei Wesen vollkommen kompatibel sein?

Matthias hatte die Gabe, an die eine, einmalige und große Liebe zu glauben, eingebüßt. Er stellte sich verschiedene Lieben vor: eine Liebe nach der anderen – statt einer Liebe für immer. Eine Kette aus bunten Perlen, schön aufgereiht, eine Frau nach der anderen.

Er hatte darum Momente, in denen er den Paarwunsch leugnete, ihn brüsk ablehnte und betonte: Ich lebe gern allein. Es ist gut, Single zu sein, es verdoppelt die Zeit. Man muss sich nie rechtfertigen. Man wartet nicht ständig.

Amelie besaß viele Wesenszüge, die ihm überhaupt nicht fehlten: ihr sturer Durchsetzungswille, der animalische Bewegungsdrang, ihre Unfähigkeit, auch nur eine Minute still zu sitzen.

Wenn er die Einzahl verwarf und von der Mehrzahl ausging, bedeutete das auch, dass nicht nur eine Frau, sondern viele Frauen unterwegs waren, mit denen er glücklich werden könnte. Du stehst vor dem Fahrstuhl, die Tür geht auf, und die Frau kommt heraus, ein flüchtiger Blick, sie bemerkt dich, du steigst ein, und die Tür geht zu. Das wäre sie gewesen, das wäre eine von ihnen gewesen.

Eine von einhundert?

Eine von einer Million?

Die Auswahl überforderte ihn, die unmögliche Quote führte ihm vor, wie komplex und zufällig das Leben war, wie viel mehr Möglichkeiten man hatte als Zeit.

Matthias hatte mit Sicherheit nur eine Tochter, sie fehlte ihm, das spillerige Mädchen, zu groß und zu dünn für ihr Alter. Lucie konnte eine Schnute ziehen, die ihn rührte. Das Schlimmste wäre, wenn sie, seine Einzige, ihn nicht auch schrecklich vermisste.

Ein Vater möchte sein Kind schützen. Niemals hatte er Lucie im Stich lassen wollen. Er gäbe viel dafür, ihre Hand in seiner zu spüren. Er liebte Lucie. Ihr Bonbonatem, ihre Comicstimme, ihr Mädchengeplapper fehlten ihm.

Die Vorstellung, auf der Beliebtheitsliste der Kleinen abzusteigen, betrübte ihn und erinnerte ihn an eine Lehrstunde im Museum, als er noch ein Junge war. Sein Vater hatte ihm die Bedeutungsperspektive erklärt: Auf mittelalterlichen Gemälden ist das Wichtige groß gemalt und das Vernachlässigbare klein.

Die Bedeutungsperspektive hatte Matthias in das Programm seines Seminars aufgenommen. Jeder Teilnehmer musste bildlich darstellen, wie er in der Welt zu stehen glaubte, und abschätzen, wie er von anderen platziert wurde.

Davor zeigte Matt alte Gemälde und Comics. Comics funktionieren gleich, das Besondere wird hervorgehoben. Und auf vielen Kinderzeichnungen fällt der ständig abwesende Vater aus dem Bild.

Die Vorstellung, dass Matthias eines Tages bei Lucie an der Haustür klingelte, die erwachsene Tochter aber nicht aufmachte und dachte, ich will den Vater nicht sehen, ich kann meinen Vater nicht ausstehen, war entsetzlich.

Was kannst du von meinem Hund lernen?, hatte Severin seinen Sohn auf einem Spaziergang gefragt. Matthias hatte die rhetorische Frage nicht vergessen. Sein Vater stellte sie, um seine Ansichten vor ihm auszubreiten.

Mein Akita hat immer nur einen Gedanken, verfolgt diesen Gedanken aber hartnäckig.

Leider hat dein Akita insgesamt nur zwei Gedanken,

wenn man das Gewitter in einem Hundehirn überhaupt so bezeichnen darf, immer die gleichen zwei Gedanken, sein ganzes Hundeleben lang: Akita will fressen. Akita will raus.

Severin Lerch rümpfte die Nase.

Von japanischen Hunden verstehst du nichts, herrschte er seinen Sohn an, außerdem hat mein alter Akita Wolfsblut.

Er brach in Gelächter aus, Matthias stimmte ein, und beide heulten in ihrem Übermut wie Wölfe.

Der Sohn hatte seinen Vater im Atelier besucht, sie stiefelten zusammen über die Felder, Matt erzählte ihm von der endgültigen Trennung.

Das tut mir leid, ehrlich, sagte sein Vater. Ich mochte Amelie, ich dachte, ihr rauft euch zusammen. Sie sieht riesig gut aus, sie hat eine Wahnsinnsfigur, und es gefällt ihr, wenn man etwas länger hinschaut, sie zeigt sich gern, ihr Körper, sagte er mit einem Seufzer, ist eher gemeißelt als entbunden.

Sie hat definitiv einen Bauchnabel, sagte Matthias.

Der Vater legte ihm den Arm um die Schultern.

Ich weiß keinen Rat.

Dass Amelie ihn nicht genug liebte, dass er sich etwas vorgemacht hatte, dass er nicht weit genug gedacht hatte, behielt Matthias für sich. Es war zu kompliziert, wie sollte er über Desillusion sprechen? Erklär mir das Wort *glücklich*, wie sollte er seinen belesenen Vater so etwas Albernes fragen? In seinem Seminar lehrte Matthias: Das Ziel der Denkarbeit ist das Vermeiden von Verwirrung.

Eine kopflastige These, würde sein Vater wohl einwenden.

Der weiße Akita blaffte jeden Hund an, dem sie begegneten. Er fletschte die Zähne.

Dafür ist er sehr kinderlieb, beteuerte Severin.

Dass im Blau ein Milan über ihm kreiste und ihn im Auge hatte, schien der Hund nicht zu bemerken. Oder es beunruhigte ihn nicht. Akita scheuchte Saatkrähen auf, unermüdlich. Er tobte sich aus. Severin pfiff nach dem Hund, der sich weit entfernt hatte und in einer Sonnenblumenplantage ein Loch grub. Akita gehorchte nicht. Der Hund buddelte.

Siehst du, trumpfte Severin auf. Er lässt sich nicht ablenken, Akita ist autonom, souverän.

Akita ist schlecht erzogen, widersprach Matthias.

Nach dem Spaziergang tranken sie ein Bier im Atelier, in dem es nach frisch gesägtem Holz duftete. Severin nahm ein Buch aus dem Regal. Lesen ist wie ein Kameraschwenk, behauptete er, wusch, und du bist in einem anderen Leben. Schau da einmal rein, sagte er, ich hab das Buch gern gelesen, es öffnet einem die Augen. F. Scott Fitzgerald hat eine Vorliebe für traurige junge Männer, sagte Severin, sie glauben an die große Liebe. Aber die Frauen, die sie anbeten, haben nur eines im Sinn: ihnen den Kopf zu verdrehen.

Severin drückte Matthias *Der große Gatsby* in die Hand.

Wenn du dir diese Daisy genau anschaust, die Frau, der Jay nachtrauert, für die er sein Leben und Vermögen aufs Spiel setzt, es lohnt sich nicht, nicht für diese Frau, sagte er.

Es war schon halb neun an diesem Morgen, acht Uhr siebenundzwanzig, um genau zu sein. Auf Sandras To-do-Liste stand: Matt anrufen. Der Bruder würde doch um diese Zeit schon wach sein? Sie zögerte, dachte daran, wie oft sie Matti geweckt hatte, wie schwer er in den Tag gefunden hatte, wie ungern der kleine Wuschelkopf zur Schule gegangen war, den Tornister auf dem Rücken.

Sie setzte neuen Kaffee auf, seit mehr als zwei Stunden war Sandra schon auf den Beinen. Eben hatte sie Lars in die Schule geschickt: Hast du die Zähne geputzt, Schatz, hast du auch nichts vergessen?

Lars, anhänglich und widerspenstig, erinnerte sie an den kleinen Matti. Wenn Lars Nähe wünschte, kam er angezottelt, kletterte auf ihren Schoß, ein schmächtiger Junge im Trikot des FC Bayern, der in die Arme genommen werden wollte. Falls aber sie ihren kleinen Sohn ohne Bewilligung küsste oder ihm mit gespreizten Fingern durchs Haar kämmte, konnte er sich angewidert schütteln. Er wollte nicht Schatz genannt werden, er hasste es, wenn sie ihm einen Klaps auf den Po gab. Jede ungebetene mütterliche Zuwendung schien ihm zu missfallen. Er rutschte vom Stuhl und tanzte durch die Küche davon in den Garten. Er düste mit dem Ball über den Rasenplatz und kickte ihn grimmig ins Blumenbeet. Oder er versuchte, eine der hölzernen Mamsellen von Opa Lerch zu treffen, die wie eine Abwehrmauer zu viert nebeneinander aufgestellt waren.

Sandra ließ sich mit dem zweiten Kaffee auf den weißen Sitzball vor dem Aquarium sinken und folgte mit den Augen den Bewegungen der Fische. Ihre Farben und Muster waren prächtig. Ihnen zuzuschauen tat ihr gut und hielt sie im Gleichgewicht.

Nach den kontemplativen Minuten mit den Zierfischen verrichtete sie im Handumdrehen all das, was im Haushalt einer kleinen Familie zu erledigen war. Sie arbeitete sorgfältiger und schneller als früher ihre Mutter, Sandy hatte klügere Hände. Außerdem verfügte sie über einen hilfreichen Maschinenpark: Geschirrspüler, Waschmaschine, Wäschetrockner, Staubsauger für das Grobe. Pürierstab, Milchschäumer, Multimixer für die Feinarbeit in der Küche; und selbstverständlich besaß sie die beste Kaffeemaschine der Welt, die Maschine mit den sündhaft teuren Kapseln. Ihr von elektrischen Haushaltsgeräten begeisterter Mann schenkte ihr ständig neue zum Geburtstag oder legte sie mit einer Schleife geschmückt unter den Weihnachtsbaum.

Einen Kirschenentsteiner.

Eine elektrische Saftpresse.

Sandra, nimmermüde bis zum Kollaps, bemühte sich auch, das heikle Verhältnis zu den Eltern in der Balance zu halten. Um ihre viel beschäftigte Mutter zu treffen, fuhr sie möglichst jeden Mittwoch ins Schwimmbad. Ab elf Uhr zog Isa dort ihre Bahnen. Auch Sandra schwamm gern, besuchte das Bad aber vor allem, um mit ihrer Mutter Kaffee zu trinken und ausgiebig zu plaudern, wobei beide Frauen sich hüteten, wunde Punkte zu berühren.

Das war bequem, aber selten befriedigend. Am liebsten fragte Isa ihre Tochter über Lars aus oder erzählte von ihren Projekten. In der letzten Zeit mischte sich aber ein anderer Ton darunter. Ich habe viele Pläne, hatte sie neulich gesagt, aber keine Zeit mehr. Jung zu sein bedeutet doch, dass die Jahre vor einem liegen, dass man sie mit Ideen ausfüllen kann. Sandra hatte den beklagenden Ton noch im Ohr.

Arme Mama. Selbstgefällige Mama.

Die Schwierigkeiten, die Sandra mit der Nachwuchsplanung hatte, dass die Tochter die Eileiter hatte durchspülen lassen, dass sie über eine lange Zeit ihre fruchtbaren Tage errechnet und ihr Liebesleben danach gerichtet hatte, kamen kaum zur Sprache. Ebenso wenig war der immer wieder auffällig nach Pfefferminz riechende Atem der Mutter ein Thema.

Nach dem Schwimmen und der Konversationsstunde, während die Tochter heimfuhr, zerfloss die Mutter auf einer Liege im Wellnessbereich, wo sie sich von einem Masseur durchkneten ließ.

Dem Vater stand Sandra näher; da gab es wenig Reibung. Sie hielt sogar einen Trinknapf für seinen Hund bereit und hatte Kekse im Vorrat. Akita dankte ihr das und beäugte jeden, der sich ihr näherte, er würde sie beschützen.

Sandra drückte die Sieben, Matthias' Nummer erschien.

Ja, Sandy?

Hallo, Matt, begann sie munter, um nach dem geschwisterlichen Geplänkel vorwurfsvoll anzumerken: Du hast Papa verärgert.

Mag sein, aber ich habe mich entschuldigt, wehrte sich Matt, bausch die Sache nicht auf.

Wenn die große Schwester wie die Teilnehmer in seinem Seminar mit einem Wort ausdrücken müsste, was ihre Stärke war, würde sie *organisieren* sagen. Nein, sie würde *vermitteln* sagen. Warum darf es eigentlich nur ein Wort sein, Matti, würde sie fragen.

Papa ist bei mir angetrabt gekommen, erzählte sie.

Tut mir leid, Sandra.

Nein, nein, es war ganz unkompliziert. Wir haben Kaffee getrunken, Papa hat Erdbeertörtchen mitgebracht, wir haben über Mama gesprochen.

Und natürlich hat er dir ein Buch ans Herz gelegt.

Wie immer.

Was wollte er eigentlich von mir?, fragte Matthias.

Das weiß ich nicht, aber Papa ist aufgebracht, jemand hat einige seiner Skulpturen mit Farbe beschmiert.

Wie, wann?

Hat er es dir nicht erzählt?

Nein, davon höre ich zum ersten Mal, sagte Matt.

Wahrscheinlich wurden die Skulpturen mit Munition beschossen, die beim Explodieren Farbe freisetzt.

Du meinst Paintball-Farbkugeln?

Ja, Paintball, so hat er das genannt, dieser neue Sport. Papa ist aufgebracht, eine Gruppe Maskierter ballert in der Kiesgrube herum, mit Gasdruckwaffen, sagt er.

Man nennt die Gewehre Markierer, belehrte sie Matt.

Was die Angriffe auf die Skulpturen angeht, hat Papa die Freizeitkrieger in Verdacht, sagte Sandra, er blickt aber noch nicht ganz durch.

Das überrascht mich nicht.

Sei nicht unverschämt, Matti, unser Vater ist ein großzügiger Mann, und wie er sich mit Lars versteht…

Ich weiß, er liebt den Jungen, sagte Matt.

Papa zeichnet mit Lars Comics. Er sammelt auch selbst Ideen für einen langen Comic, fuhr Sandra fort. Er hat mir sein iPad vorgeführt, er zeichnet jetzt auf dem Bildschirm.

Mit der Kettensäge?

Blödmann, Sandy lachte. Die Kettensäge hat Papa schon lange nicht mehr angeworfen, sie ist ja so schwer, und mitunter, denke ich, hat er auch den Lärm satt. Er fuchtelt mit der Kettensäge herum, um Eindruck zu schinden, es sieht gefährlich aus, er spielt den altmodischen Künstler Severin Lerch, der noch mit Holz arbeitet. Der romantische Berserker. Die Rolle scheint ihm zu gefallen.

Ich habe ihn gebeten, meine nächste Gruppe zu empfangen.

Dein Seminar ist ihm heilig, Matti, das ist ein Auftritt nach seinem Geschmack. Es wird ihm sicher guttun, die Farbangriffe zehren an ihm. Bis jetzt hat er sich nie groß kümmern müssen, die Skulpturen stehen in der Kiesgrube herum, sie sind die Einheimischen, hat er gewitzelt, aber jetzt werden sie angegriffen.

Hat er sich über mich beschwert?

Wieso du die Tür nicht aufgemacht hast, du warst doch zu Hause. Er hat gesagt: Warum ist Matt derart verklemmt? Manchmal denke ich, mein Sohn braucht ein Antiblockiersystem.

Matt fühlte sich durchschaut.

Du solltest umgänglicher sein, Matti, nicht so angespannt, nicht so wertend. Tief durchatmen, locker bleiben, wenn Papa anruft. Du weißt doch, wie er ist.

Mama war im Radio, als er vor der Tür stand.

Ich habe das Konzert auch gehört, es klang reichlich verworren, sagte Sandra. Mama meint allerdings, Neue Musik sei komplex, sie kann ja allem etwas abgewinnen.

Sie hat sich reingehängt, lobte Matthias.

Mama tut sich schwer damit, dass sie aufhören muss, sagte Sandra.

Ich weiß, antwortete Matthias, Mama kann das Wort Rentnerin nicht einmal in Anführungszeichen denken.

Wer ist sie schon ohne Radio?, fragte Sandra trocken, nichts Besonderes, eine gewöhnliche Frau wie ihre Tochter.

Mama verachtet das, sagte Matt.

Sie hält uns für Spießer, höhnte Sandra und ahmte Isa nach: Wie kann man zufrieden sein mit einem so bescheidenen Glück?

Matthias fiel dazu nichts ein, er wechselte das Thema: Bei ihrem Interview hat der Komponist über Musik ohne Anfang und Ende gesprochen. Das ist ein unwissenschaftlicher Ansatz. Eher eine wilde Ahnung als eine These. Wir stecken immer in etwas drin, mittendrin, aber wann hat es begonnen?

Und wann ist das letzte Stück gegessen?, fiel Sandra ihm ins Wort. Das erinnert mich an einen Kuchen. Ich hätte Lust, wieder einmal zu backen und die Familie einzuladen, du darfst den Anfang machen und das erste Stück herausschneiden.

Ich komme gern, sicherte er zu.

Du bekommst eine SMS, wenn es so weit ist, versprach Sandra.

Sandra schaute durch ein breites Fenster auf das frühere Gartenhaus, ihr Reich. Sie hatte einen Trödelladen aufgebaut, In & Out, wo sie alte Sachen neu verkaufte. Das Geschäft lief gut, vor zwei Jahren hatte sie Esther eingestellt, die jetzt vor der gläsernen Tür stand, den Kaffeebecher in der Hand, und vier Freischwinger daraufhin inspizierte, ob sie ins Angebot aufgenommen werden konnten oder ob Henry, Esthers Mann, sie zuerst restaurieren musste.

Auch Sandras Aquarium stammte aus einer Wohnungsauflösung. Damals hatte sie den wertvollen Hausrat nur unter der Bedingung erhalten, dass auch das Zweihundert-Liter-Aquarium mitsamt den Fischen mitgenommen wurde. Seitdem stand es im Wohnzimmer, ein leuchtender Behälter, ein geschlossenes System, abhängig von Sandras

Betreuung, Wasser, Pflanzen, Steine, leises Blubbern, aufsteigende Bläschen und kleine farbige Fische, die nach eigenen Gesetzen darin lebten.

Sandra und Rainer Flimm hatten ein Haus in der Region gesucht, nicht allzu weit von Rainers Arbeitsort entfernt, auch für Sandras Pläne geeignet, und die leer stehende Villa eines ehemaligen Fabrikanten erwerben können, der bis zum Untergang der Textilindustrie Taschen und Gürtel aus Leder hergestellt hatte. Mit dem Kauf und der Renovierung des Hauses, bei der sie monatelang mitgearbeitet hatten, setzte sich das Familienprojekt in ihren Köpfen und Träumen immer stärker fest. Sie wollten, dass die geplanten vier Kinder einmal viel Platz und Auslauf hatten. Zum Einzug hatte Severin dem Paar zwei den Eingang flankierende Hunde geschenkt, imposante Türhüter aus heller Buche.

Das war der Anfang gewesen.

Die Flimms waren inzwischen längst heimisch geworden. Es gefiel ihnen hier, die hügelige Landschaft, der Wald und die Felder, der vertraute Lebensraum, ihr Dorf.

Sie waren angekommen. Kein Ende in Sicht.

Längst war die ehemalige Fabrikantenvilla in die neue Dorfmitte gerückt und von Wohnblocks und Einfamilienhäusern mit Rasenflächen und Kinderspielplätzen umrahmt. Die Anbindung an die öffentlichen Verkehrsmittel war gut. Die Autobahnzufahrt lag in der Nähe, zudem gab es ein Einkaufszentrum mit Parkplatz, ferner ein neues Schulhaus…

Fußballclub.
Tennisanlage.
Kulturverein.
Naturschutzgebiet.

Die Infrastruktur ist erstklassig, lobte Rainer, die Gemeinde ist ein idealer Standort für Familien und Gewerbe.

Rainer Flimm war Mitglied der Grünliberalen Partei. Es lag ihm am Herzen, Umweltaspekte, Soziales und wirtschaftliche Interessen zu vereinbaren. Grünliberales Denken und Handeln sollte rentabel sein und Geld abwerfen, faire Gewinne.

Seit acht Jahren fuhr Rainer jeden Morgen mit dem Rad ins lokale Industriegebiet. Sein Arbeitsplatz war eine Schredderanlage. Tonis Autowelt. Die Firma hatte sich auf die Entsorgung spezialisiert, Rainer Flimm war der kaufmännische Geschäftsführer. Die Abwrackbranche hatte klare Zukunftsaussichten, aber nur, wenn sie umweltfreundlich wirtschaftete. Tonis Autowelt, ein Familienbetrieb mit einem Dutzend Mitarbeiter, sollte endlich im ökologischen Zeitalter ankommen. Es gab inzwischen schlauere Verfahren, nachhaltigere Konzepte. Doch die Besitzerfamilie schöpfte zu viel Gewinn ab. Rainer Flimm kannte die Bücher genau. Man müsste viel mehr Geld in den Betrieb stecken. Ohne die dringende Umstellung verlor Tonis Autowelt den Anschluss. Die Zeit lief erbarmungslos ab.

Rainer predigte für taube Ohren. Darum erwog er, sich einen anderen Job zu suchen. Er wollte das folgenschwerste Szenario für Tonis Autowelt, die Insolvenz, nicht miterleben. Das Image der maroden Firma, fürchtete er, könnte sein Ansehen als grünliberaler Vordenker der Gemeinde beschädigen.

Akita lag auf dem Platz vor dem Atelier. Er bevorzugte keine bestimmte Stelle, sondern passte sich an und döste an einem milden Tag wie heute auf einem besonnten Fleck. Inmitten der Skulpturen aus verschiedenen Holzarten sah der weiße Körper des Hundes aus wie ein von Lerch geschaffenes Kunstwerk.

Der lebhafte Hund musste seinem Herrn manchmal Modell sitzen, Severin hatte Akita aus einem Block gesägt, in harter Buche, in weicher Pappel, überhaupt war der Künstler seinen frühen Mamsellen untreu geworden, er hatte sie kühn abgewandelt, ihre Beine und Arme gestreckt und sie tanzen lassen, und er hatte andere Motive bevorzugt. Trotzdem hatte er eine Truppe von mehr als einhundert Mamsellen in ganz verschiedenen Posen geschaffen. Ihre plumpen, hölzernen Körper, die groben Gesichter und spitzen Brüste waren der Ausdruck einer zeitlosen Komik, doch erst der farbige Klecks auf dem Geschlecht, der sie individualisierte, rot, blau, gelb, hatte sie vollendet, hatte sie, wie er fand, zum Leben erweckt, seine Nena, Nina, Nella, Anni. Er hatte sie gut verkauft, seine Mamsellen, wirklich gut verkauft, der Künstler Severin Lerch müsste nicht mit einem alten VW-Bus herumfahren.

Severin breitete neu entstandene Zeichnungen auf dem Tisch aus. Ein paar davon waren gelungen. Trotzdem spürte er keinen Druck, eine auszuwählen und in eine Skulptur umzusetzen, er hatte nicht einmal Lust, im Lager nach geeignetem Holz zu suchen. Severin schwante, dass er die Entwürfe, so vielversprechend sie aussehen mochten, nicht ausführen würde.

Sie mussten auf dem Papier bleiben.

In dieser Hinsicht bot ihm das Tablet Vorteile, die Zeichnungen ließen sich leicht löschen. Es war, als wären sie nie gewesen. Nie aus der Vorstellung heraus gewachsen. Da sie materiell nicht existiert hatten, musste Lerch sie nicht einmal vergessen.

Severin kannte keine stärkere Gier als den Augenblick, in dem er die Kettensäge startete, um dann, nach einem Moment des Innehaltens, mit dem Schwert der Säge ins Holz zu fahren. Nichts verschaffte ihm mehr Befriedigung als der lustvolle Anfang. Die Kette lief um das Schwert. Der erste Schnitt war voller Kraft. Voller Zuversicht. Der letzte Schnitt hingegen, der letzte Schlag, der abschließende Stups mit dem farbigen Pinsel: Das waren Gesten. Und nach dem heftigen Aufflammen der Freude über das Gelingen fiel er am Ende eher in ein Vakuum als in einen selig machenden Rausch.

Beim Arbeiten war die Zeit verweht. Die Gegenwart vibrierte. Erst wenn er die Schutzbrille abnahm, begann die Uhr wieder zu ticken.

Jede Skulptur war ein von ihm in die Welt gesetztes Werk. Beim Arbeiten kam er mit dem entstehenden Werk ins Gespräch. Sobald die Skulptur vollendet war und er ein paar Schritte zurücktrat, um sie zu betrachten, veränderte sie sich und wandte sich ab. Vor der neuen Skulptur befiel ihn dieselbe Ratlosigkeit und Ernüchterung wie manchmal vor dem erwachsenen Sohn.

Er meinte dies, Matti verstand jenes.

Die frühere Vertrautheit war verschwunden.

Aber sie wagte sich wieder heraus, wenn sich sein Sohn mit der Seminargruppe in der Kiesgrube aufhielt. Severin referierte gern über das Kreative, das Künstlerische, über die Eckpfeiler seiner Welt, und er erwähnte den Zwiespalt des Künstlers, der zwischen Größenwahn und der Angst schwankte, Konfektionsware zu liefern. Doch die Teilnehmer kamen im Gespräch fast nie auf diese Ambivalenz zurück, sondern stellten ganz andere Fragen.

Was bezwecken Sie mit den Skulpturen, Herr Lerch?

Haben Sie ein Zielpublikum?

Rechnet sich das Ganze?

Verbessert die Kunst die Welt?

Meine Skulpturen sind Einzelgänger, gefiel es Severin zu antworten, jedes Werk verändert zumindest den ihm zugewiesenen Ort.

Wann haben Sie mit der Bildhauerei angefangen?

Ich weiß nicht mehr genau, wann das angefangen hat, ich weiß aber, dass es noch nicht zu Ende ist.

Halten Sie eine bestimmte Arbeitszeit ein?

Sie meinen, von acht bis achtzehn Uhr?

Bei uns kommen noch Überstunden dazu, machte sich jemand in der Runde lustig, wir gehören der Firma.

Wir gestalten die Firma, korrigierte Matthias.

Ich bin die Firma, erklärte Severin belustigt. Ich schaue gar nicht erst auf die Uhr. Und natürlich stecke ich auch in Abläufen, die sich wiederholen.

Sie sind also nicht vierundzwanzig Stunden am Tag kreativ?

Jeder Skulptur folgt eine Leere, sagte Severin, dieser Leere entspringt die nächste Skulptur; und so fort. Weil sich nach dem Abschluss der Arbeit unweigerlich die Frage einstellt, was denn nun getan werden muss, ist es eine Fortsetzungsgeschichte.

Angst vor der Leere, Horror Vacui, nuschelte jemand.

In die Hände spucken, los geht's, konterte Severin.

Das klang so selbstgewiss, ein positives Motto. Dabei

könnte Severin ebenso gut von seinen Bedenken sprechen.

Ich muss immer wieder neu beginnen, immer wieder von vorn anfangen, ohne zu wissen, warum das so ist.

Eine Sisyphusarbeit.

Weiter, weiter, immer weiter.

Das draufgängerische Formulieren bewirkte starke Momente bei den Besuchern. Der Seminarleiter und Sohn schritt mit Elan auf seinen Vater zu, um ihm zu danken und ihn zu umarmen.

Dranbleiben führt zum Erfolg.

Die Teilnehmerinnen und Teilnehmer applaudierten.

Mit einem Gefühl des Misslingens löschte Severin eine Zeichnung auf dem Tablet, verließ das Atelier und ging zum Hund auf den Vorplatz. Akita rührte sich nicht. Severin stieß das träge Tier sanft mit dem Schuh an, Akita ließ sich nicht stören.

Du stinkiger, fauler Japaner, du, schimpfte Severin.

Die Kränkung blieb ohne Wirkung, bewegte nichts im Kopf von Akita, das Tier ignorierte seinen launischen Herrn.

Der Werkplatz war mit einer Schicht von Spänen und Häcksel bedeckt. Neben dem Atelierhaus befand sich ein Unterstand, ein Wellblechdach auf hölzernen Stützen, die in Sockel eingelassen waren. Unter dem Dach standen nicht verkaufte Skulpturen, als suchten sie Nähe und Schutz beieinander, eine traurige Herde, ein erstarrtes Rudel, das keiner haben wollte. Sitzen gebliebene Mamsellen mit farbigem Geschlecht, so wollte es ihm heute erscheinen. Vergeblich Wartende. Keine Liebhaber in Sicht. Keine Abnehmer. Weder ein Sammler noch ein Museum. Kein Park, kein Garten, kein Standort in Aussicht. Der Künstler betrachtete seine Arbeiten, der Anblick beschämte ihn. Die Skulpturen taten ihm leid, er konnte mit ihrem Schicksal nicht einverstanden sein.

Severin lebte mit seinen Skulpturen, fühlte sich für ihr Wohl verantwortlich. Einmal hatte ihn ein Fotograf inmitten seiner Figuren fotografiert, die Bilder waren in einer Kunstzeitschrift erschienen. Eine Art Familienporträt.

Plötzlich begann Severin heftig zu fluchen und mit den Schuhen gegen die vorderste Skulptur zu treten, in der er sein Abbild zu erkennen glaubte. Er spuckte sie an. Eine hässliche Gestalt. Die Skulpturen waren seine Doppelgänger, und sie waren Gespenster. Sie repräsentierten seine verholzte Seele. Er rümpfte die Nase. Schlug sich gegen die Stirn. Selbsterkenntnis erforderte Hemmungslosigkeit.

Der Hund erhob sich schwerfällig, lief aber nicht zu Severin, um ihm die Schnauze zwischen die Beine zu schieben, sondern blieb vor ihm stehen, Späne im zottigen Fell, mit hochgezogenen Lefzen, die Ohren angelegt. Der alte Akita knurrte seinen Herrn an, das hatte er sich noch nie erlaubt, es war neu.

Severin beachtete ihn nicht weiter und entfernte sich mit raschen Schritten.

Nach einer Weile blieb er abrupt stehen und drehte sich um. Der Anblick seines verwitterten Ateliers mit dem Unterstand für die fertiggestellten Skulpturen und dem erstklassig bestückten Holzlager hatte ihm bisher stets

Befriedigung verschafft. Was es hier zu sehen und zu rühmen gab, hatte er mit eigenen Händen erzeugt. Es war sein Werk. Severin Lerch hatte dafür gelebt. Und das befremdete ihn jetzt. Es kam ihm vermessen vor, ein wenig lächerlich, wie er immer wieder im Überschwang verkündet hatte, dafür geboren worden zu sein. Ich, Severin Lerch, bin auf der Welt, hatte er herausposaunt, um dies zu schaffen.

Inzwischen war die Anlage in die Jahre gekommen, sah schäbig aus, und fatalerweise konnte man auch zur Erkenntnis gelangen, sein Werkplatz sei ein Ort, an dem die Zeit stehen geblieben war. Oder an dem sie vorbeigerauscht war. Statt den Ort mitzunehmen, hatte die Zeit den Ort hinter sich gelassen. Die Zeit und die Welt hatten ihn vergessen. Der Schienenstrang im Krater war ein Abstellgleis. Nicht nur die Kiesgrube, auch Severin Lerch war stillgelegt. Und diese beklagenswerten Umstände begünstigten, dass Männer mit Schutzwesten und Masken und Schusswaffen die Kiesgrube wie das Land eines schwachen, feindlichen Königs zu erobern suchten, um ihre Fahne zu hissen.

Langsam und rückwärts gehend entfernte Severin sich von seinem Atelier, von seinem ewigen Werkplatz und Werk. Die Anlage ähnelte einer ins Vergessen versenkten Ruine, sein Haus war eine schäbige Bude aus verwitterten Balken, die ein Bulldozer in einem halben Tag beseitigen könnte. Der Krater, das riesige Loch in der Landschaft; man könnte ihn mit Bauschutt auffüllen. Severin hörte die Lastwagen schon heranfahren. Aber warum einen so großen Aufwand betreiben, es war gar kein schweres Baugerät notwendig; es genügte, dem Ort den Rücken zu kehren.

Aus den Augen, aus dem Sinn.

Nein, das stimmte nicht, in seinem Kopf hatte das Gelände für immer Bestand, Severin wusste das. Aus seinem Kopf könnte es nicht einmal ein wütender Bulldozer entfernen.

Und ein weiteres Szenario nährte seinen Verdacht, dass die Zeit nicht nur unbekümmert stehen blieb oder weiterzog, sondern sich bestimmte Orte als Versteck aussuchte. In seiner Kiesgrube verbarg sie sich schon lange, sie hatte nichts verändert, aber die Dinge ausgehöhlt.

Er hatte Jahre gebraucht, um das zu begreifen.

Er konnte es immer wieder sogleich vergessen.

Es war eine Frage der Tagesform.

Severin überlegte, ob er das leicht- oder schwernehmen sollte. Doch konnte er entscheiden? So, wie man einen Hut wählte? Konnte er anordnen: Ab sofort sehe ich die Dinge in einem anderen Licht?

Leider neigte er dazu, das, was ihm Sorgen bereitete, durch ein Vergrößerungsglas zu betrachten.

Du solltest wieder einmal eine Party veranstalten, hatte Isa ihm vorgeschlagen. Lade die besten Freunde und die treuesten Sammler ein. Er sollte Isas klugen Rat befolgen und das Atelierhaus und den Vorplatz mit Lampions und bunten Lichterketten schmücken. Ein feines Cateringteam würde die Gäste verwöhnen. Elegante Kellner und hübsche Kellnerinnen mit bodenlangen weißen Schürzen schenkten den Wein ein. Feuerkörbe müssten aufgestellt werden. Ein Spanferkel gebraten. Die Kunst sollten sie feiern, die Holzbildhauerei, und gemeinsam hochleben lassen, das großartige Leben. Eine junge Band sollte spielen, damit man tanzen könnte. Doch wollte Severin das? Um ein lohendes Feuer herumtanzen?

Für ein paar Sekunden quälte den Künstler die Vision, er müsse das Ganze abfackeln. Ein Streichholz, und es wäre vorbei. Er würde hier warten, bis es in Schutt und Asche lag, und dann gehen.

Ruhig trabte der Hund auf seinen Herrn zu. Severin blieb stehen und wartete. Als Akita vor ihm stand, beugte Severin sich zu ihm herunter und umarmte seinen Hals. Er drückte sein Gesicht in das raue Fell des Tieres. Die Liebkosung dämpfte die Angst, dass seine Welt auch ohne sein frevlerisches Dazutun untergehen könnte. Er hatte von den Eigentümern der Kiesgrube einen eingeschriebenen Brief erhalten, den zu öffnen er sich noch weigerte, etwas in ihm sträubte sich dagegen.

Matthias besuchte jeden Morgen ein in der Nähe seiner Wohnung gelegenes Stehcafé, er liebte es, ein paar Schritte zu gehen, schätzte die Freiheit, sich den Tag selbst einteilen zu dürfen.

An der Theke bestellte er einen Latte Macchiato und zwei Croissants. Elmira, die ihn bediente, wusste, dass er seinen Kaffee am Stehtisch trank, und ließ ihn in eine Tasse einlaufen.

Bitte, sagte sie freundlich.

Danke, sagte er freundlich, und noch während er den Kaffee und die Croissants entgegennahm, wurde Elmira von einer männlichen Stimme in die Backstube gerufen.

Wegen Elmira war er hier.

Das Brot & Mehr war nichts Besonderes, schmucklos, ein Stehcafé in der Bäckerei. Gegenüber der gläsernen Theke mit den Backwaren standen hohe Hocker und zwei runde Stehtische mit Blick auf den Gehsteig. Laufkundschaft trug Tüten mit Gebäck und Coffee to go im gedeckelten Pappbecher davon.

Matthias, häufig der einzige Gast, gönnte sich hier eine Stunde ohne Minutenzahl. Und das Beste war, es lief keine Musik. Er legte den Laptop auf den Tisch, entnahm seiner Tasche einen Post-it-Block und den Kugelschreiber. Er schrieb seine Ideen und Gedanken mit der Hand auf farbige Zettel, erst wenn er eingestimmt war, wechselte er auf den Laptop. Das Smartphone war ohnehin nicht wegzudenken, eine Erweiterung des Körpers, die elektronischen Arbeitsgeräte machten ihn von jedem Ort unabhängig.

Matthias genoss den Latte Macchiato, die knusprigen Croissants und wähnte sich für einen Moment im Kino. Platanen säumten die Straße. Auf dem Radweg preschten Radler vorbei, auf der Fahrbahn rollte der Verkehr. Zulieferer parkten in Durchgängen und Einfahrten. Männer luden Waren aus, kontrollierten, lasen Codes ab.

Elmira kam zu ihm an den Stehtisch; sie berührte ihn mit der Hand am Oberarm, schaute auf die Straße und sagte: Heute ist viel los.

Er stimmte ihr zu.

All diese sich kreuzenden Leben.

Man konnte auf der pulsierenden Straße Lebensmittel, Blumen und italienisches Eis kaufen. Ebenso eine Brille oder Zubehör für sein Fahrrad. Es gab die Dönerbude, eine Filiale der Raiffeisenbank, ein indisches Restaurant, die Apotheke, den kleinen Supermarkt und den Kiosk mit Lottoscheinannahme.

Sie musste zurück, ein Kunde wartete.

Matthias trank den letzten Schluck seines Kaffees.

Du lebst in einem Kontinuum, schrieb er auf einen blauen Zettel, die Gegenwart hat keinen Anfang und kein Ende.

Blickte er zur Tür, kamen und gingen Kunden. Elmira hinter der Theke führte immer wieder die gleichen Handgriffe aus. Um die Variationen ihres Lächelns wahrzunehmen, musste er sie beobachten. Das tat er insgeheim. Er hörte ihre Stimme, achtete auf ihre Worte. Elmira war schlank und blond. Sie trug eine Arbeitsschürze mit dem Logo der Firma. Wenn sie niemanden bediente und Gedanken nachhing, wirkten ihre Gesichtszüge härter.

Jetzt wandte sie sich ihm zu, helle Augen.

Bitte, noch einen Macchiato, sagte er.

Es war jeden Tag gleich, ein Ritual. Seit wann? Ein Morgen wie der andere. Wann hatte das angefangen? Matthias kam wegen dieser Frau, schon seit Wochen kam er nur wegen dieser Frau. Und er merkte es erst jetzt.

Ihm war, als hätte er sich selbst ertappt.

Auch schon, als er Kaffee trank und Notizen machte, hatte er geglaubt, von ihr beobachtet zu werden, er hatte ihren Blick gespürt, falls Blicke Haut berühren konnten. Und einmal hatte er sie unter dem Vorwand, ein paar Aufnahmen vom Raum machen zu wollen, mit dem Smartphone fotografiert und die Bilder zu Hause auf seinen Laptop geladen.

Er würde sich gern einmal länger mit ihr unterhalten, stellte sich vor, Elmira, nachdem sie zusammen um die Häuser gezogen waren, aufzufordern, für den letzten Drink mit in seine Wohnung hochzukommen.

Matthias bereitete sich auf die mittlere Führungsriege der BatX-Holding vor, eine ehrgeizige Gruppe, mehr Frauen als Männer. Der Personalchef hatte ihn für einen Workshop gebucht, und Matt hatte mit seinem Vater vereinbart, den dritten von sechs Kursnachmittagen auf dem Werkplatz zu verbringen.

Wenn Matthias sein Seminar mit Persönlichkeiten zusammenführen wollte, die andere Prioritäten setzten, kam er immer wieder auf seinen Vater zurück. Und weil sein Vater die Gelegenheit gern zu einer Show nutzte und die Künstlermuskeln spielen ließ, wurde der Besuch in der Kiesgrube meistens ein Erfolg. Die Teilnehmer des Seminars, die Teppichetage gewohnt, betraten den unwirtlichen Krater beinahe auf Zehenspitzen. Es war für jede Gruppe ein Gang in den Steinacker. Da stand ein grob gezimmertes Haus, es fehlte bloß das offene Feuer. Die hölzernen Skulpturen, die Matts Schützlinge überall entdeckten, gemahnten sie an eine heidnische Kultstätte, an einen Ort der Götzenverehrung.

Der Bildhauer in schwarzer Cargohose und grobem Leinenkittel war nicht ohne Anziehungskraft und besonders bei Frauen in mittleren Jahren beliebt, ein aufreizendes Beispiel für eine andere Lebensgestaltung. Diese Frauen, selbst eher draufgängerisch als zart besaitet, zuckten erfreut zusammen, wenn Severin die Kettensäge anwarf. Der Typ, der sich ohne Spiegel nass rasierte, der unbändige Künstler als Original. Einige Kursteilnehmer unter dreißig sahen ihn allerdings als Kauz. Der alte Mann erheiterte sie.

In Severins Atelier stand ein Flipperkasten aus den Sechzigerjahren. Matthias hatte als Junge oft gespielt, eine Zeit lang fast jeden Tag wie besessen. Er kannte den Kasten, seine Macken; aber er hatte nie herausgefunden, ob es eine Rolle spielte, mit wie viel Gefühl er die Kugel ins Feld schoss, ob er die ganze Spannkraft der Feder nutzen oder die Kugel sanft auf die Reise schicken sollte, ob sich das Üben lohnte.

Es ist ein Glücksspiel, Matti.

Es ist ein Scheißspiel, Papa.

Mit vierzehn gab er das Flipperspiel von einem Tag auf den nächsten auf. Doch die frühere Leidenschaft hatte ihn auf die Idee gebracht, in seinen Kursen zu behaupten, der Kopf arbeite wie ein Flipperkasten.

Die Bahn der Kugeln ist unberechenbar, das gilt für das erste Spiel, und es ist immer noch gültig, nachdem man tausendmal gespielt hat.

Der Vergleich diente der mentalen Auflockerung, jeder sollte querdenken dürfen, ohne ständige Angst, noch Unausgereiftes zu äußern. Die saloppe Bemerkung hatte außerdem zur Folge, dass die Kursteilnehmer sich in den Pausen auch am Flipperkasten versuchten. Mitunter verschob das Spiel, die Art und Weise, wie der einzelne flipperte, die Hierarchie – oder machte sie erst recht deutlich. Matthias spielte mit; noch immer faszinierten ihn die Vibrationen und das Geräusch, die Mischung elektrischer und mechanischer Impulse, während eine Rechenmaschine bunte, in einem Fenster sichtbare Zahlen addierte und eine Figurine, eine Tänzerin im Tutu, ihre Pirouette drehte.

Schon beim Aufstehen und unter der Dusche hatte er sich auf das Café an der Ecke gefreut. Es war eine feste Koordinate in seinem Alltag geworden.

Matthias sah den Jungen nicht hereinkommen.

Wenn er später an den Vorfall dachte, erinnerte er sich zuerst an den Lärm. Jemand rollte vor die Eingangstür, Matt hörte den harten Tritt, den das Skateboard abbekam, damit es dem abgestiegenen Fahrer in die Hände sprang.

Reflexe auf einer Glaswand.

Matthias hätte dem keine Bedeutung beigemessen.

Matt lehnte gegen den Stehtisch, Blick auf die Straße, ein stiller Gast im Café. Er beobachtete einen Ausschnitt. Ein Wimmelbild. Erst wenn er sich mit einer Kamera einmischte und ein Element aus der Totalen herausbräche, wenn er den Jungen mit dem Skateboard heranzoomte, kämen Anfang und Ende ins Spiel. Sie steckten den Rahmen für eine Geschichte ab, für den Kurzfilm mit dem Jungen als Hauptdarsteller, der eine offene rote Kapuzenjacke über einem grünen T-Shirt mit der Aufschrift *Hulk* trug.

Aus dem Strom geschöpft.

Mit angehaltenem Atem.

Was sich gerade in der Bäckerei abspielte, nahm einen freundlichen Anfang. Elmira musste in einem hinteren Raum beschäftigt gewesen sein, als der Junge in den Laden platzte. Sie kam nach vorn, begrüßte ihn herzlich, gab ihm ein Gebäck, in das er gleich gierig biss. Ihr Umgang mutete familiär an. Matt, der sich nicht als Außenstehender fühlte, erlaubte sich eine witzige Bemerkung. Der Junge machte eine Bewegung zur Backstube, rief ein

Wort, albanisch, kroatisch, aggressiv, das Matthias nicht verstand. Aber das Wort und die Lautstärke, in der der Junge es ausgestoßen hatte, veränderten die Stimmung. Matthias nahm wahr, dass der Bäcker scharf durch die Zähne pfiff und Elmira ungehalten an der Kapuzenjacke des Jungen zupfte.

Die Situation kippte.

Streitgebell.

Der Junge mit dem grünen Hulk-Shirt verhielt sich plötzlich wie ein Kampfsportler auf Adrenalin.

Ohne sich das vorgenommen zu haben, vielleicht unbesonnen, machte Matthias einen Schritt auf ihn zu. Der aufgebrachte Junge mochte in seiner Aufwallung glauben, der Fremde stelle sich gegen ihn, um Elmira zu beschützen, und spuckte verächtlich auf den Boden.

Misch dich nicht ein.

Matthias hob die Hände, eine besänftigende, eine beschwichtigend gemeinte Geste, die der hitzige Junge falsch verstand, er geriet in Stress, schaute sich hektisch um, jähzornig, suchte etwas, das er kaputt schlagen konnte. Und entdeckte den Laptop. Schnappte ihn, hob ihn hoch…

Nein, schrie Matt.

Statt den Laptop blindwütig auf den Boden zu schmettern, lief der Junge mit dem Gerät los, war schon durch die Tür und auf dem Skateboard davon.

Der Junge haute mit dem Laptop ab; Matthias war überrascht. Zugleich spürte er seine Entschlossenheit, und als wäre er Akita, hatte er jetzt nur einen Gedanken im Kopf: Fass den Kerl.

Matt war ein trainierter Läufer. Er hatte den Jungen vor sich und entschied jetzt, die Straßenseite zu wechseln, parallel zu dem Skateboarder zu laufen. Das war aussichtsreicher. Matt sah es voraus, ein Rotlicht. Es würde den Jungen aufhalten. Bei dem dichten Verkehr konnte der Junge nicht über die Fahrbahn, ohne sein Leben zu riskieren. Aber das würde er möglicherweise tun, wenn er einen Verfolger hinter sich entdeckte.

Rot, die Ampel stand jetzt auf Rot.

Der Verkehr der Querstraße rollte los. Der Junge stoppte ab, wandte sich um.

Matt wartete auf der anderen Seite mit pumpender Lunge.

Grün.

Matthias reagierte schneller als der Junge, stürmte nach vorn und fotografierte ihn mit seinem Smartphone.

Danach blieb er stehen, abgehetzt.

Langsam kehrte Matthias zum Ausgangspunkt der Verfolgungsjagd zurück. Nicht nur der Atem musste sich beruhigen, auch sein Gemüt; derart aufgebracht wollte er nicht in die Bäckerei treten. Er brauchte einen kühlen Kopf, eine Strategie, um sein Eigentum zurückzuerhalten.

Elmira stand nicht mehr hinter der Theke, Matts Kaffeetasse war abgeräumt. Einzig Matts Kugelschreiber lag noch auf dem Stehtisch. Hinter der Verkaufstheke stand eine andere Frau, ungefähr gleichen Alters wie Elmira.

Er zeigte sein Smartphone: Wer ist dieser Junge?

Die Frau wies ihn ab: Den Jungen kenn ich nicht.

Sie sehen, was er in den Händen hält: Das ist mein Laptop.

Die Frau schaute ihn an, schwimmende Augen, als hätte sie keine Ahnung, wovon er sprach.

Matthias erinnerte sich, die neue Bedienung schon gesehen zu haben. Er stand vor der Theke, musterte sie gehässig. Ihr Lächeln blieb. Die Frauen, die hier arbeiteten, besaßen eine Gabe zur Freundlichkeit, die ihn jetzt erboste.

Wo ist Elmira?, schnauzte er sie an.

Elmira hatte Frühdienst, sie ist nach Hause gefahren.

Die Frau behandelte Matthias nicht wie einen Stammgast, der eben für ein paar Minuten draußen gewesen und zurückgekehrt war. Sie behandelte ihn wie einen Fremden, der das Geschäft zum ersten Mal betreten hatte, abstruse Behauptungen aufstellte und sich peinlich benahm.

Ich habe den Kaffee noch nicht bezahlt, sagte er.

Die Bedienung machte keine Anstalten, den Betrag abzukassieren. Sie wusste nichts von einer offenen Rechnung.

Der Kugelschreiber dort, Matt wies auf den Stehtisch.

Den hat wohl jemand liegen lassen, meinte die Frau.

Es ist mein Kugelschreiber, lederte er wieder los. In diesem Raum, bei Brot & Mehr, wurde ich gerade bestohlen, der Junge auf dem Foto ist mit meinem Laptop durchgebrannt.

Die Frau senkte den Blick. Matthias fiel die Ähnlichkeit auf, Nase und Mund, die Bedienung, obwohl sie rundlicher war, musste mit Elmira verwandt sein.

Elmira kennt den Dieb, ich weiß das, herrschte Matt sie an. Sie hat vor meinen Augen mit ihm gestritten, und Sie können mir auch nicht weismachen, den Jungen noch nie gesehen zu haben.

Er nahm den schwarzen Parker, steckte ihn ein.

Die Frau schien ihn nicht zu beachten. Es interessierte sie gar nicht. Nun, da der Stehtisch leer war, wies nichts mehr auf Matts frühere Anwesenheit hin.

Er war genervt, begann zu fluchen.

Aus einem hinteren Raum kam der Bäcker nach vorn. Ein großer, stark behaarter, stiernackiger Kerl in fein karierten Hosen und geripptem Unterhemd. Er fixierte Matthias, in der einen Hand eine Schale mit gelber Flüssigkeit, in der anderen Hand einen Pinsel. Mit dessen Stiel zeigte er auf Matt.

Warum pöbelst du bei uns herum? Was willst du? Kennst du Elmira? Bist du ein Freund?

Ich will meinen Laptop zurück, und ich will den Namen des Jungen, belferte Matt, oder ich rufe die Polizei.

Was für einen Laptop?, fragte der Bäcker scharf.

Das wissen Sie ganz genau, Matthias fixierte ihn. Spielen Sie nicht den Ahnungslosen, damit geraten Sie bei mir an den Falschen.

Der dicke Bäcker stellte die Schüssel mit dem Eigelb auf eine Ablage, trat hinter dem Tresen hervor, spreizte Zeige- und Mittelfinger und bewegte sie auf Matthias' Augen zu.

Wovon redest du? Suchst du Streit?

Matthias hielt ihm das Smartphone mit dem Foto vors Gesicht.

Diesen Jungen suche ich.

Noch nie gesehen.

Lüg mich nicht an.

Beruhig dich, maulte der Bäcker. Mach keinen Aufstand, ich kümmere mich darum.

Geben Sie mir Elmiras Nummer.

Die hätte ich auch gern.

Der Mund ein Strich, Matthias presste Lippen und Zähne aufeinander. Verdrossen ging er nach Hause. Er hatte den dicken Bäcker unter Druck gesetzt. Nun war es klüger abzuwarten, als die Polizei einzuschalten. Er würde seinen Laptop zurückerhalten; dem Bäcker musste klar sein, dass er in der Tinte saß.

In seiner Wohnung schaltete Matthias das Radio ein. Er würde jetzt gern seine Mutter hören, das hätte ihn beruhigt, doch auf dem Sender dudelte klassische Musik, irgendein Pianist klimperte Mozart. Das war gut auszuhalten. Es senkte den Puls. Mozart war wenigstens kein Quälgeist, seine glitzernde Musik dürfte eher vom Himmel gefallen sein als aus einem nächtlichen Strom geschöpft, dachte Matt.

Oder hatte er es ausgesprochen?

Was willst du tun, jetzt?

Jetzt musst du mit deinem Seminar in die Kiesgrube fahren, auf Besuch beim Künstler Severin Lerch.

Dass er mit sich selbst sprach, häufig, seit er allein lebte, war eine Eigenart, die er für sich behielt. Es war suboptimal. Kein Tool zur Weitergabe an aufstrebende Kursteilnehmer. Doch Matt wurde in den halblauten Zwiegesprächen mit sich selbst nun einmal ruhig. Und er schaffte es auch heute, die Aufregung um den Diebstahl herunterzufahren. Matthias hatte die Gedanken daran vertrieben, was der Junge mit dem Laptop anstellen könnte, und dachte an Elmira. Warum hatte sie den Laden fluchtartig verlassen? Er glaubte, in dem Stehcafé ein bevorzugter Gast zu sein. Ihre Augen, ihre Blicke, wie Elmira mit ihm umging, dachte er, hätten es ihm offenbart. Wenn das geknüpfte Band nicht bloß in seiner Einbildung existierte, erhielt er den geklauten Laptop zurück.

Matthias stellte das Radio lauter, ein Schauspieler las eine Erzählung aus dem neuen Buch eines englischen Schriftstellers mit pakistanischen Wurzeln vor.

Er mochte diesen Kureishi.

Die Perspektive ist das Entscheidende, genau dasselbe lehrte Matthias in seinem Kurs, es kam auf die Brille an, durch die man die Welt betrachtete. Seit dem Diebstahl wich Elmiras Verhalten beträchtlich von dem ab, was er erwartet und in es hineingedeutet hatte. Mit der beherzten Verfolgungsjagd hatte er sich selbst überrascht. In seinem Seminar, wenn es um die Bildung und Entwicklung der Persönlichkeit ging, müsste er für seine impulsive Handlungsweise viel Kritik einstecken. Mehr Stresshormone, mehr Adrenalin als graue Zellen. Immerhin besaß Matt nun ein Foto vom Dieb. Matt nahm sich vor, nichts zu überstürzen. Der Junge würde den Laptop wohl nicht in die Mülltonne stopfen oder zerstören.

Matthias duschte und zog sich um: blaue Jeans, heller Gürtel mit einer Messingschnalle, ein olivfarbenes Hemd und sein Leinensakko. Er war ein groß gewachsener, sportlicher Mann. Als Schuhwerk wählte er rahmengenähte Budapester, genau richtig für die Kiesgrube.

Als er seinen Aufzug vor dem Spiegel betrachtete, fühlte er sich gut, stabil, stark. Alles passte, Matt sah smart aus. Dunkelblondes Haar, nach hinten gekämmt mit Gel. Nicht zu viel Gel. Die honigbraune Hornbrille. Ein vermessender Blick. Der kleine Professor, so nannte ihn die große Schwester manchmal. Der kleine Professor überlegte kurz, ob er einen oder zwei Knöpfe des Hemdes offen stehen lassen sollte, er probierte das aus. Ein offener

Knopf war in Ordnung; Brusthaar sollte nicht sichtbar sein, gar herausquellen. Als das geregelt war, verließ Matthias das Haus und ging zügig zur Straße, wo sein Auto parkte, ein schwarzer BMW 530 Touring.

Beim Losfahren schaltete sich Radio Kultur ein, Hanif Kureishi sprach jetzt mit einem Redakteur über das Schreiben.

Von kaum einem Menschen, weder von seinen Verwirrungen noch von seinen Metamorphosen, erfährt man mehr als von einer Romanfigur.

Ja, genau, antwortete der Schriftsteller, da stimme ich zu.

Wo findet man die komplexe und genaue Darstellung innerer Entwicklungen, wenn nicht in Romanen?

Näher kommen wir nicht an das heran, was sich in unserem Innersten abspielt, behauptete der Schriftsteller.

Severin Lerch sah und hörte die von seinem Sohn angeführte Gruppe den Weg in die Grube hinabgehen. Er erwartete sie auf dem Vorplatz. Akita hatte sich verzogen, er streunte in der Kiesgrube herum, seinem Revier und Jagdgebiet. Severin wollte gar nicht wissen, was der kräftige, große Hund schon zwischen Krallen und Zähne bekommen hatte. Das Kleingetier hatte ihn zu fürchten, während er sich ohne Feinde austobte.

Die Gruppe war jetzt so nah, dass er die einzelnen Personen unterscheiden konnte, Frauen und Männer, alle in Mattis Alter, und alle wirkten sie sportlich, waren sie schlank.

Der Besuch beim Künstler war ein Erlebnis, dem sie entspannt entgegensahen. Die Frauen erlaubten sich figurbetonte Klamotten, einen kurzen Rock und dekorative Strümpfe statt des Businessanzugs, ihre Schuhe waren teuer, die Handtaschen riesig. Die Männer waren einheitlicher gekleidet, trugen edle Jeans, schicke helle Sakkos, farbige Turnschuhe mit weißen Schnürsenkeln.

Severin begrüßte seinen Sohn mit einer Umarmung. Diese Intimität glückte beiden vor Publikum ganz leicht, als wäre sie eine Selbstverständlichkeit: Vater und Sohn, die sich gut verstehen, der eine schätzt und respektiert den anderen. Ihr Umgang wirkte ungezwungen, und beide wünschten, die innige Geste ebenso hinzubekommen, wenn sie unter sich waren. Allein hatten beide Männer sperrige Arme.

Nun lachten sie herzlich und verrieten mit diesem Lachen eine Ähnlichkeit, Vater und Sohn, unverkennbar, wobei ins Auge fiel, dass der Vater etwas Wettergegerbtes hatte, während der Sohn ein Indoor-Mensch war, mit feineren Händen, Gesicht und Körper. Matthias war eine Spur weniger kantig modelliert – der Vater hatte seine Kraft und Beweglichkeit mit körperlicher Arbeit erworben, der Sohn im Fitnessstudio und beim Joggen.

Severin gab jedem der Teilnehmer mit einem bewussten Druck die Hand, und Matthias eröffnete: Da ist er nun, der Bildhauer, wir haben viel von ihm geredet, alle Skulpturen, die auf dem Gelände stehen, hat er geschaffen; einige kennen ihn bestimmt: Severin Lerch.

Den Namen seines Vaters skandierte Matt wie ein Ansager, es gehörte zum Ritual. In der Runde wurde genickt. Manche hatten Bekannte, sogar Eltern, die eine Skulptur von Lerch besaßen. Andere hatten seine Hundegruppe in einer Ausstellung gesehen, seine Mamsellen auf einem öffentlichen Platz.

Damit Severin Lerch weiß, mit wem er es zu tun hat, bitte ich Sie nun, sich persönlich vorzustellen.

Dies war zugleich die erste Übung.

Alles ist ein Prozess und Puzzle, gerade die eigene Lebensgeschichte, hatte Matthias gesagt, als er am ersten Seminartag die Aufgabe stellte, einen Lebenslauf zu verfassen.

Zehn Zeilen, länger darf der Text nicht sein.

Fünfundvierzig Sekunden Sprechzeit, um sich vor der Gruppe zu präsentieren. Das war die nächste Herausforderung. Und überlegen Sie, hatte Matt verlangt, was Sie am besten können; sagen Sie es mir mit einem einzigen treffenden Wort.

Die Teilnehmer hingen Matthias an den Lippen, sie trieb der Wille, sich weiterzuentwickeln und zu optimieren, sie wünschten kaum etwas sehnlicher, als in ihrem Beruf vorwärtszukommen.

Sparsam, effizient – innovativ.

Wir müssen uns ständig neu darstellen, erörterte Matthias: Was kann ich, was sind meine Ziele, warum bin ich hier?

Er hatte die Kernfragen mit einer Prise Pathos behandelt: Jeder will sich ins beste Licht rücken, klar, jeder will die anderen von sich überzeugen. Doch welche Aussagen und Angaben sind dafür geeignet, wie und wo setzt man Prioritäten, was verschweigt man klugerweise, und welche Facetten streicht man heraus? Jeder hat natürlich auch ein wenig Angst, zu viel von sich preiszugeben, etwas Falsches zu sagen, einen Fehler zu machen.

Schwalben kreisten mit hoher Geschwindigkeit über der Kiesgrube; man konnte Lust und Gier aus ihren Rufen heraushören.

Nun sollte Matts Gruppe das bisher im Seminar Erarbeitete umsetzen. Die Frauen und Männer hatten das Ziel, witzig zu sein und sich knapp zu fassen. Severin Lerch beobachtete ihre Gestik und Mimik, schaute, wie sie dastanden, nahm die Blicke, das Lachen, die Stimmen wahr. Er sah seine Gäste als Skulpturen, die sich aus dem Augenblick heraus selbst schufen. Es gab begnadete Selbstdarsteller. Zu denen Severin sich selbst zählte. Er konnte sich ganz schön aufplustern.

Severin Lerch ließ sich auf Mattis Gruppe ein, es reizte ihn herauszufinden, was die Absichten jedes Einzelnen waren, was die Frau mit der dunklen Mähne oder der Mann mit den dicken Muskeln unter dem Sakko im Sinn hatte. Und weil er bei der Vorstellungsrunde aufmerksam zugehört hatte und im Gespräch ganz selbstverständlich die Vornamen benutzte, sammelte er gleich Pluspunkte.

Alle standen um die Skulpturen herum.

Darf man die Mamsellen berühren?

Jeder Besucher hielt ein Glas in der Hand, der Wein schmeckte, das Gespräch suchte noch seine Form.

Sie haben diese Skulpturen geschaffen: Sind sie wie Ihre Kinder? Es tut Ihnen gewiss weh, wenn sie weggehen?

Nein, ich verkaufe sie gern.

Die Gäste bedienten sich, nahmen vom würzigen Trockenfleisch, dem Käse aus Heumilch und dem weißen Brot.

Severins Gemüt hellte sich auf, er hatte sich gefangen, fühlte sich nicht mehr von hölzernen Figuren umzingelt. Seine Skulpturen wirkten nicht steif und stumm, sondern stoisch. Die graue Kiesgrube war wieder sein Ort, sein Platz in der Welt, dem die Zeit nichts anhaben konnte.

In Mattis Gruppe brüstete sich ein Mann, mit Skulpturen von Severin Lerch aufgewachsen zu sein, und verkündete geheimnistuerisch, schon einmal hier gewesen zu sein, bei einem Sommerfest mit seinen Eltern. Ich bin der Sohn eines Sammlers, sagte er und war gespannt, ob Severin ihn erkannte.

Alex, ein versierter Jurist, verantwortlich für Firmenanlässe und Kundenevents der BatX-Holding, definierte sich als Kulturmensch und hatte im Sinn, sich in naher Zukunft als Kulturveranstalter zu profilieren.

Bist du der Sohn von Remo Kern?

Ja, der bin ich.

Oha, machte Severin, jetzt sehe ich das, ja, klar.

Ich war vierzehn, das Sommerfest hat mich enorm beeindruckt, die ausgelassene Tanzerei unter den Lampions, fuhr Alex fort, geschmeichelt, weil Severin ihn erkannt hatte. Das Feuer, über dem ein Spanferkel drehte, toll. Ich habe hier mein erstes Bier getrunken und mich in ein Mädchen verknallt, in Sandra, die unerreichbare Tochter des Künstlers.

Alex Kern suchte Augenkontakt mit einer Frau. Sie hieß Barbara Rey, kam aus Bayern, war klein, hatte einen Pony und konnte ohne Punkt und Komma reden.

Severin genierte sich nicht, sich so zu zeigen, wie er war; ungeniert offenbarte er sein Weltbild, er schien keine Angst vor dem Leben zu kennen. Matthias' Gruppe begegnete einem angesehenen Freiberufler, der nicht in einem Team arbeitete, keiner Firma diente, weder Businessplan noch Geschäftskonzept hatte. Er könnte die Finanzlage seines Geschäfts tatsächlich auf einem Bierdeckel darstellen.

Ohne farbige Grafiken und Power-Point. Severin Lerch wusste nicht, wie lange er an einer Skulptur gearbeitet hatte, er wusste nicht, wie viel er damit pro Stunde verdiente, es interessierte ihn gar nicht, der Zeitaufwand war nie ein Kriterium, der Künstler unterschied nicht zwischen Arbeitszeit und Freizeit, er kannte keine Bürozeiten und machte sich über das Wort Feierabend lustig.

Sind Struktur und Effizienz wichtig in Ihrem Geschäft?

Arbeiten Sie kundenorientiert?

Gibt es Kriterien für die Verkäuflichkeit?

Wenn ich spüre, dass die Skulptur gelingt, wenn mir die Arbeit wie geschenkt von der Hand geht, ließ Severin die Gruppe wissen, bin ich auch davon überzeugt, dass die Skulptur einen Käufer findet.

Gelingt das so aus dem Bauch heraus?

Machen Sie keine Marktanalyse?

Wenn ich eine Skulptur im Kopf habe, gehe ich an die Arbeit. Ich realisiere sie, weil sie mich beschäftigt, weil sie mich herausfordert, und ich würde sie auch herstellen, wenn ich wüsste, dass niemand sie haben will: Ich will sie machen, ich will sie haben.

Wie sind Sie auf die Mamsellen gekommen?, fragte Barbara.

Meine Frau hat mich ermuntert, radikaler zu arbeiten.

Haben Sie schon immer Frauenskulpturen gemacht?

Ja, sagte Severin, aber Isa hat sie kritisiert.

Inwiefern?

Zu geschleckt, meinte sie, zu sehr Männerphantasie.

Und das haben Sie auf sich sitzen lassen?

Meine Frau hat mich auf die Venus von Willendorf hingewiesen. Auf den ersten Blick fand ich sie hässlich.

Ein Botero aus der Steinzeit, scherzte Alex, der sich auskannte.

Und es hat klick gemacht, mischte Matthias sich ein.

So kann man es ausdrücken, meinte Severin, die Skulptur hat mich inspiriert, wie klar die Formen sind, wie klein die Venus ist, sie hat Platz in meiner Hand, sie ist beinahe ein Handschmeichler, ursprünglich war sie dick mit roter Farbe bemalt.

Alex hatte die Venus schon gegoogelt, zeigte sie den anderen auf dem iPad.

Ich habe mich gefragt, wie ich sie groß machen und in Bewegung setzen könnte.

Das haben Sie ja toll hingekriegt, kommentierte Alex.

Ich habe die Venus betrachtet, sagte Severin, bis ich erkannt habe, dass sie auf die Fußspitzen steigen und sich in die Luft schrauben möchte, dass sie springen will.

Letzte Frage, Matthias schaute in die Runde.

Ihr legendärer Kollege Michelangelo soll behauptet haben, sagte Barbara, die Skulptur sei im Marmor verborgen, der Künstler müsse sie nur zutage fördern.

Blödsinn!

Severin zeigte auf sein Lager: In meinem Holz ist nichts versteckt. Mit der Kettensäge kann ich eine Figur schaffen oder den Baumstamm in Scheiben schneiden.

Die Fragerin warf Matthias einen Blick zu und berührte Severin kurz. Mir gefällt Michelangelos Ansatz trotzdem, redete sie drauflos. Als Konzept ist das klasse. Eine prägnante Philosophie. So ließe sich das wunderbar vermarkten: Die Skulptur ist im Material versteckt, der Bildhauer ist ein Enthüllungskünstler.

Das sehe ich genauso, funkte Alex dazwischen.

Severin Lerch hob die Arme. Wenn Sie das unbedingt so sehen möchten, er lachte.

Am Ende werde ich Ihre Managerin?

Wir sollten uns zusammentun, schlug Alex vor.

Da stehen mir ja rosige Zeiten bevor, sagte Severin mit einem Augenzwinkern, ich engagiere Sie aber nur, wenn ich mich nicht verändern muss.

Ihr Sohn hat uns eingebläut, dass man immer noch eine Schippe drauflegen kann, sagte Alex mit einem breiten Lachen.

Du hast gut aufgepasst, bestätigte Matthias, wir müssen in Alternativen denken.

Severin Lerch war charmant und schlau, auch bereit, sich auf etwas Neues einzulassen. Insgeheim war Matthias stolz auf ihn. Sein Vater war gut darin, ein Bild von sich zu zeichnen, und er liebte Schaueffekte.

Als wollte Severin den Gedankengang seines Sohnes beweisen, ergriff er die Kettensäge, startete sie in einer stürmischen Anwandlung und senkte die Schiene, um die eine scharfe Kette lief, in die Schulter der Skulptur, über die sie eben noch gesprochen hatten, die alle angefasst hatten.

Ein glatter Schnitt.

Die Mamsell, die mit angewinkeltem Schwungbein aussah, als sei sie in einer Pirouette erstarrt, fiel in zwei Stücke.

Das darf doch nicht wahr sein, entfuhr es einer Frau.

Was ist in Sie gefahren?, muckte ein Mann auf.

Nichts steckt da drin, grummelte Severin Lerch.

Das Seminar stierte auf die Schnittfläche, auf helles Holz.

Sie haben nicht tief genug geschürft, platzte Barbara heraus.

Genau, das ist der Punkt, unterstützte Alex die Kollegin.

Severin Lerch kniff die Augen zusammen. Und mit einer Könnerschaft, die beeindruckte, fräste der Bildhauer den Körper zu einem Block. Energisch schnitt er alle

Rundungen und Ausbuchtungen weg, Späne sprangen, die Säge lärmte, Holz fiel zu Boden; das Standbein verwandelte sich in einen Stiel, in kürzester Zeit schälte Severin Lerch eine Blume aus dem Holz heraus, eine Tulpe, die sieghaft aus einem Sockel herausragte. Er hatte sie befreit, führte jetzt die kleine Säge mit der feineren Schnittfläche, konzentriert, im Bann der Aufgabe, während die ihn umringenden Zuschauer unwillkürlich einen Schritt zurückgetreten waren, sein präzises Tun jedoch gespannt verfolgten, stumm, sogar ergriffen.

Ja, schrie Alex auf und strahlte: Barbara und Michelangelo hatten recht, im Holz war eine Blume verborgen.

Severin triumphierte, wer hätte das gedacht, sagte er, als wäre er selbst am meisten darüber erstaunt, in meiner verbrauchten Mamsell steckte tatsächlich eine frische Tulpe.

Er hatte die knatternde Säge ausgeschaltet und griff nach einer Dose Farbe. Was ist denn da drin? Ein Rest Gelb, stellte er mit gespieltem Staunen fest, ein helles, leuchtendes Gelb. Er tunkte einen dicken Rundpinsel hinein und stupste den Kopf der Tulpe grob an – wie er das Geschlecht der Mamsell grob angestupst hatte, vor zwanzig Jahren. So lange hatte die Skulptur mit einer Blume im Bauch, von der niemand etwas gewusst hatte, ungeschützt auf dem Vorplatz gestanden, eine in Sonne, Regen und Wind silbergrau gewordene, aus dem Holz einer Ulme gefräste, traurige Mamsell. Severin hatte die Schöne bereits zu seinem Vergangenheitskrempel gezählt.

Er stupste nochmals Gelb auf den Kopf der Tulpe.

Das wäre es, beschied er erschöpft.

Wow, der helle Wahn, cool, rief Barbara euphorisiert, alle Achtung, Herr Lerch, genial. Ich muss die Tulpe haben, unbedingt, für meine Dachterrasse, ganz wunderbar war das, Severin, danke.

Seit der Junge mit Matts Laptop abgehauen war, waren vierundzwanzig Stunden verstrichen.

Matthias betrat das Café gegen neun Uhr, doch wieder stand nicht Elmira hinter der Theke. Elmiras Ersatz stellte den Latte Macchiato auf den Tresen und kassierte ihn einsilbig ab; Matthias bemerkte ihre hellen Augen, die ihn an Porzellan erinnerten, an Lucies Schlafpuppe.

Nachdem Matthias den Kaffee getrunken hatte, ohne dass sich jemand an ihn gewandt, etwas gesagt oder gefragt oder gar zurechtgerückt hatte, beschloss er, das stumme Café am späten Nachmittag nochmals aufzusuchen. Vielleicht hatten Elmira und ihre Schwester oder Cousine die Schicht getauscht.

Hallo, sagte Matthias bei seinem zweiten Besuch, unsicher, welcher Ton nun angebracht war.

Elmira grüßte knapp, blieb ungewohnt förmlich, auch sie benahm sich, als stünde ein Fremder vor ihr, gewiss wäre sie am liebsten unsichtbar gewesen, um nicht mit Matt sprechen zu müssen.

Er bestellte eine heiße Schokolade, wollte ihr mit der Abweichung einen Kommentar abringen.

Und außerdem?, fragte sie.

Meinen Laptop, sagte er. Ich will meinen Laptop zurück.

Sie schwieg betreten.

Er las von ihrem Gesicht ab, ich kann jetzt nicht sprechen, ihm schien, sie deute mit dem Kinn kaum merklich zur Backstube, als würden sie belauscht.

Er zahlte und ging zum Stehtisch.

Er würde das Café fortan meiden und die Polizei verständigen, den Diebstahl melden und aussagen, dass eine junge

Frau, eine Bedienung in der Bäckerei Brot & Mehr, den Jungen kannte, dass dem Diebstahl ein böser Streit vorausgegangen war und er sich als Schlichter hatte einmischen wollen.

Er nahm einen Schluck von der heißen Schokolade, blickte auf den Strom der Straße.

Das Skateboard, der Junge, ein blau unterlaufenes Auge, deutlich war es zu sehen gewesen, das verquollene rechte Auge!

Matthias ließ sein Getränk stehen, wollte zur Tür.

Elmira hielt ihn auf.

Er war der einzige Kunde im Laden, aber sie redete trotzdem leise. In der Backstube wurde mit Blechen hantiert.

Geben Sie mir bitte Ihre Telefonnummer.

Er überreichte Elmira wortlos seine Visitenkarte.

Danke. Nochmals berührte Elmira seinen Arm. Ihm war, als wollte sie sich an ihm festhalten. Danke auch, dass Sie mich nicht bei der Firma angeschwärzt und keine Anzeige gemacht haben. Sie schaute ihm nun in die Augen.

Er hielt den Mund, um nichts Übereiltes zu sagen, etwas, das Elmira in Schwierigkeiten bringen könnte. Er hatte vermutet, der stiernackige Bäcker mit dem gerippten weißen Unterhemd und den stark behaarten Armen sei ihr Onkel oder gar ihr Vater, aber möglicherweise stand hinter der massigen Figur eine weitere zwielichtige Gestalt, von der er bisher nicht einmal den Schatten kannte.

Er verließ den Laden.

Das Licht auf der Straße gleißte, es war ihm, als läge ein Abglanz der Zeit auf den Dingen. Als wären die Autos mit Leuchtfarbe besprüht, die roten Töne erschienen stärker und die blauen kühler. Ein Schimmern wie das Warten, das ihm bevorstand, das Warten, bis Elmira ihn anrief.

Um Verspannungen zu lösen, beschloss Matthias, zum Training zu gehen. Er hatte das Studio gewechselt, wollte

Amelie nicht über den Weg laufen, wünschte nicht, dass sie plötzlich hereinkäme, die große Sportlerin mit der lila Volero-Cap, er hatte keine Lust, sie zu sehen, fühlte sich einer Begegnung nicht gewachsen, ihren Athletinnenschultern, dem kumpelhaften Klaps, den sie ihm auf den Rücken gäbe. Er würde es schlecht ertragen. Die dumme Cap und ihr anmaßendes Grinsen.

Er hatte die Stunde so gewählt, dass er in der gemischten Spinninggruppe mitradeln konnte, mit Musik und angeleitet von einem Vorfahrer saß er im Sattel des immobilen Fahrrads, trat kräftig in die Pedale, spulte gleichmäßig Kilometer ab, legte mörderische Zwischenspurts ein, stieg aus dem Sattel, wenn das Kommando Bergfahrt kam.

Training half am besten gegen die Überflutung des Gehirns mit Botenstoffen, die sich der Kontrolle entzogen. Zu seiner Beruhigung trug auch das von der Muskelkraft der Trainierenden erzeugte Grundgeräusch bei, ein mechanisches Summen und Sirren, das klang, als wäre ein eingeübtes Ensemble am Werk.

Vielleicht war es ein Fehler gewesen, Elmira seine Telefonnummer zu geben, nun war er zum Warten verdammt, und Passivität deprimierte ihn. Beim Spinning brachte er die Zeit am besten hinter sich. Beim Spinning stand sie nie still, und die Welt erneuerte sich.

Nach neunzig schweißtreibenden Minuten im Studio duschte er heiß und kalt, wusch sich die Haare, und als er wieder angezogen war, sich mit einem Klacks Gel frisiert und die gereinigte Brille aufgesetzt hatte, fühlte er sich erfrischt, erquickt, seine Muskeln, eben noch vom Salz der Milchsäure geflutet und elendig schmerzend, fühlten sich geschmeidig an, wie ausgewechselt.

Matthias trat mit Schwung auf die Straße.

Sein Smartphone vibrierte. Es war nicht Elmira, die mit ihm sprechen wollte, sondern eine SMS seines Vaters, der ihm mitteilte, Barbara, die witzige Deutsche aus seinem Seminar, die Kleine mit dem schwarzen Pony, hat tatsächlich angebissen, sie hat die gelbe Tulpe gekauft, ich platziere die Skulptur morgen Abend bei ihr auf der Dachterrasse.

Auf dem Weg nach Hause kam Matt an Brot & Mehr vorbei. Das Lokal war jetzt geschlossen, er schaute in den beleuchteten, leeren Raum hinein. Die Fächer der Theke und die Regale waren ausgeräumt, ein Raumpflegeteam hatte den Boden gereinigt und den gläsernen Tresen abgewischt. Von außen, ohne Warenangebot, Personal und Kundschaft, war das Café als solches kaum zu erkennen. Der Anblick löste keine Emotion aus. Wenn Matt jemandem erklären müsste, warum er fünfmal in der Woche hier anzutreffen war, würde ihm das schwerfallen.

Nicht jeder Tag ist ein guter Tag, er hörte die herbe Singstimme der schwedischen Sängerin, *manchmal genügt ein Nichts, damit das Leben aus den Fugen gerät.*

Ohne es geplant zu haben, von der Nase geführt, betrat er einen Take-away. Der Duft und die farbigen Fotos der Gerichte regten seinen Appetit an. Matt entschied sich für Nummer 9, die Pizza Napoli, er hatte Lust auf schwarze Oliven und Sardellen und Erinnerungen.

Er wartete.

Quälend lang stand er nun schon in der Schlange, in Gedanken über die sinnlose Warterei versponnen. Die Minuten stauten sich. In der Kolonne geduldiger Kunden, die ihre Wartezeit mit dem Smartphone überbrückten, trat Matt unruhig von einem Fuß auf den anderen.

Er schaute sich um. Gesenkte Köpfe. Displays leuchteten, gelenkige Daumen wischten darüber, ein Widerschein lag auf den Gesichtern. Matt kam es vor, als hätten die Wartenden etwas Abwesendes, etwas Versunkenes, als stünden sie mit den Füßen in dieser Gegenwart und spähten und horchten in eine andere hinein.

Mit der warmen Pizzaschachtel und einer Flasche Rotwein bog er in die Straße ein, in der sein Auto parkte. Er sah den BMW, aber etwas passte nicht ins Bild, und als er vor dem schwarzen Touring stand, stellte er fest, dass jemand die Frontscheibe mit Schaum verschmiert hatte.

Eine Verschwörung, fuhr es ihm durch den Kopf, das darf nicht wahr sein. Es ekelte ihn, die weiße Schmiere zu berühren, verärgert ging er um den Wagen herum. Zum Glück kein Kratzer, kein Schaden, nichts deutete darauf hin, dass jemand sein Auto hatte knacken wollen. Dennoch kam ihm der Junge, der kleine Scheißer, in den Sinn. Nachdenklich legte Matt die letzten hundert Meter zu dem Mehrfamilienhaus zurück, in dem er wohnte.

Auf allen Stockwerken brannte Licht, nur seine Wohnung war noch dunkel, niemand erwartete ihn. Gern würde er die plötzliche kleine Enttäuschung mit einer Handbewegung wegwischen. Denn trotz des Ärgers mit dem Auto hatte er vor, sich einen schönen Abend zu machen; das andere konnte warten, es hatte Zeit.

In seiner leeren Wohnung lief das Radio. Ein Politiker, den Matt nicht kannte, redete über ein Lieblingslied.

Nicht wahr, raunte er, Lieder sind Wegmarken.

Heute war Isa Lerch nicht am Mikrofon, sie hielt sich in Neapel auf, der Stadt ihrer Eltern. Matt hatte den Eindruck, dass es sie immer stärker dorthin zog, in ihre Wohnung mit Blick auf die Piazza Bellini. Er schob die erkaltete Pizza in die Mikrowelle und deckte den Tisch, als stünde ihm ein Festmahl bevor.

Das Smartphone legte er eingeschaltet auf den Tisch.

Der leutselige Entscheider im Radio meinte, das Maßgebliche im Leben seien Verlässlichkeit und Verbindlichkeit, eben: dass man loyal ist und sich selbst treu bleibt und sich nicht verbiegen lässt.

Die Pizza schmeckte Matthias, der rote Wein war süffig. Das Glas füllen – das Glas leeren war der angemessene Takt für diese schwebende Stunde.

Er hatte den prominenten Gast am Mikrofon und seine Musik aus dem Ohr verloren, war abgeschweift und kam nun wieder zurück, weil aus dem Radio schnelle, elektronische Musik funkte, die ihn nervös machte. Er hätte viel lieber seine Mutter gehört, wie früher die geliebte Radiomama, die über Kurioses plauderte, über Plastik- und Vakuumbeutel, die niemand öffnen konnte: Man versucht es mit der Schere, mit dem Messer, mit den Zähnen. Isa Lerch lästerte mit Inbrunst. Endlich ist die Verpackung überwunden, aber falsch herum, Nüsse kollern auf den Boden. Das ist mir gestern passiert.

Stimmt das?, fragten die Kinder in der Schule.

Matti nickte, er war Zeuge gewesen.

Fortgeschrittener Abend. Das letzte Glas Wein auf dem Tisch. Matthias las den schmalen Roman zu Ende, den sein Vater ihm geschenkt hatte.

Jay Gatsby war tot, erschossen, auf einer Luftmatratze trieb er im Schwimmbecken seines herrschaftlichen Anwesens.

Matthias saß eine Weile da, wie erschlagen, den Zeigefinger im geschlossenen Buch, als müsste er die Stelle nochmals prüfen, den stillsten Moment in dem zwiespältigen Roman. Er empfand keinerlei Mitleid mit dem großen Gatsby und schlug das Buch erneut auf. Gatsby wird einberufen. Krieg in Europa. Als er zurückkehrt, ist seine Traumfrau mit einem Millionär und Rüpel verheiratet. Gatsby akzeptiert die neue Situation nicht, er will Daisy zurückgewinnen, um jeden Preis.

»Sie können die Vergangenheit nicht wiederholen.«

»Nicht wiederholen?« rief er ungläubig aus. »Wieso, natürlich kann ich!...Ich werde alles so wiederherstellen, wie es vordem war.«

Matthias legte das Buch auf den Tisch, nahm das Smartphone in die Hand und schrieb seinem Vater:

Du hast recht – es ist ein destruktives Konzept.

Bald darauf schickte ihm Severin eine Zeichnung, die er auf dem iPad gemacht hatte: Daisy, Gatsbys Schwarm, dreiundzwanzig, schmal und flachbrüstig, blonder Bubikopf, getuschte Wimpern, herzförmiger Mund. Sie trägt ein weißes Hängekleid mit tief angesetzter Taille, ihre Strümpfe sind mit Perlen bestickt.

»Ich werde wa-ahnsinnig vor Glück.«

Matthias, entspannt vom Wein, liebte jetzt seinen Vater.

Am anderen Tag stand Matthias früh auf, sein Auto mit der verschmierten Frontscheibe ließ ihm keine Ruhe mehr. Er ging zum Parkplatz, der Schaum war eingetrocknet.

Keine der Türen ließ sich öffnen.

Er rief die Pannenhilfe an.

Da ihm der Servicemann mitteilte, vor elf Uhr könne er

nicht vorbeikommen, wandte Matthias sich an die Werkstätte. Sie vereinbarten einen Termin.

Um die Wartezeit zu überbrücken, beschloss er, Brot & Mehr noch einmal aufzusuchen. Auf dem Weg spürte er, wie zögerlich seine Schritte ausfielen, wie unsicher er sich zwischen Zorn und Zuversicht fühlte. Hätte er noch vor wenigen Tagen kundgetan, die Bäckerei sei so etwas wie sein Ankerplatz, kam ihm der Ort nun wie vermintes Gelände vor.

An der Theke warteten Kunden darauf, bedient zu werden. Elmira und ihre Verwandte schienen sein Eintreten nicht bemerkt zu haben oder übersahen es geflissentlich. Dafür lag, als sollte er überrascht werden, sein Laptop auf dem Stehtisch.

Das Gerät sah wie neu aus, blitzsauber, als wäre es mit einem Lappen poliert worden. Vorsichtig und skeptisch klappte Matthias den Deckel auf, schaltete das Gerät ein. Er achtete darauf, wie sich der Bildschirm aufbaute. Nichts war offensichtlich anders. Sein Laptop lief rund, es war nicht zu erkennen, ob das Gerät in der Zwischenzeit benutzt, missbraucht, präpariert oder anderweitig manipuliert worden war.

Halt, die Fotos von Elmira.

Die Aufnahmen waren gelöscht.

Matt ging zum Tresen und bestellte einen Latte Macchiato und zwei Croissants. Er sagte ein paar Worte, Small Talk, fand keinen Anknüpfungspunkt. Den Laptop erwähnte er mit keinem Wort. Elmira bediente ihn mit steifem Rücken, nickte, wenn es genügte, sprach, wenn es notwendig war. Ihm fiel der mit Make-up verdeckte Fleck auf ihrer linken Wange auf. Von einem Schlag? Außerdem bemerkte er eine schlecht kaschierte Druckstelle an ihrem

Hals, wie ein blauer Daumenabdruck sah das aus. Er musste den Blick losreißen, und als bedürfte es nun der Zeichensprache, berührte er seine Wange und seinen Hals, um ihr zu zeigen, dass er die Verletzungen gesehen und alles verstanden hatte.

Dass ihn das sprachlos machte.

Dass er diese Blessuren heilen wollte.

Er war bestürzt, überlegte, was zu sagen das Treffende wäre, und stellte fest, dass nicht nur Elmira den Augenkontakt vermied – auch er selbst wich einem Blickwechsel aus, starrte ins Leere, außerstande zu sprechen, unfähig, klar auszudrücken, was er argwöhnte: Ein Fremder oder ein heimtückisches Familienmitglied hört mit, belauscht sie und zieht Schlüsse daraus.

Falsche Schlüsse?

Doch das war nur die halbe Wahrheit. Sie schwiegen beide aus demselben Grund: Ohne Worte war alles klar. Mit Worten würde es unheimlich kompliziert werden.

Jetzt klingelte das Telefon, der Mann von der Autowerkstatt meldete, ich fahre los zu Ihrem Wagen, in fünf Minuten bin ich dort.

Matt trank den Kaffee aus und verließ das Café mit einem Nicken, es war in dieser komplizierten Situation nicht möglich, das Richtige zu sagen. Beim Gehen hielt er den Laptop mit beiden Händen fest, als befürchtete er, ein Widersacher könnte ihm das Gerät erneut streitig machen.

Matthias und der Automechaniker erreichten den schwarzen BMW fast zur selben Zeit. Der Mann im Monteuranzug hatte einen bulligen Kleinlaster neben dem Touring geparkt und suchte aus dem Werkzeugkasten auf der Ladefläche die geeigneten Instrumente heraus.

Die Türverriegelung ließ sich nicht öffnen, der Mechaniker kontrollierte die Batterie und alle Kabel, der Mann druckste, ich kann mir keinen Reim machen, da ist einer schlauer gewesen als ich. Dass die Elektronik schlappmacht, klar, kommt vor, räumte er ein, ein Kurzschluss, ein Marder. Dass aber die Mechanik nicht mehr mitspielt, dass die Mechanik ausfällt, das habe ich noch nie erlebt.

Jemand hat mich ganz schön ärgern wollen, sagte Matt.

Nehmen Sie die Geschichte nicht persönlich, riet der Werkstattleiter. Der Typ, der den Scheiß angerichtet hat, ist ein destruktiver Sack. Dass Sie als Person sein Ziel gewesen sind, glaube ich nicht.

Aber Matthias glaubte das; es machte ihm jetzt Angst.

Der Mechaniker bot Matt einen Ersatzwagen an und schlug vor, den BMW aufzuladen und in die Werkstatt zu bringen; Schadensbegrenzung, meinte er, ich könnte ein Türschloss herausbohren, ich könnte mit dem Schneider das Seitenfenster herausnehmen, aber das verursacht nur zusätzliche Kosten

Matt stimmte zu.

Der Mechaniker bereitete den Abtransport vor.

Matthias stieg auch in den kompakten Laster ein, fuhr mit in die Werkstatt und bekam dort vom Leiter die Schlüssel für einen Ersatzwagen ausgehändigt.

Ich werde einen Experten hinzuziehen müssen, bekannte der Mechaniker und wischte sich die mächtigen Hände an einem Lappen ab.

Matthias stieg in den Fiat ein, rückte den Sitz zurecht, richtete die Spiegel. Den Laptop legte er neben sich, das Gerät sah unbestimmt gefährlich aus, eine Art Blackbox, dachte Matt, als hätte er es in einem anderen Zustand, in einem unbekannten, unberechenbaren Modus zurückerhalten.

Severin Lerch hatte die spontan geschaffene gelbe Tulpe mit einer farblosen Holzbeize imprägniert und den Sockel, aus dem sie herauszuwachsen schien, auf ein dickes Eisenblech geschraubt, um die Skulptur standfest zu machen. Das sah gut aus, die Arbeit gefiel ihm, die hölzerne Tulpe hatte nichts von einer echten Blume, und trotzdem sagte jeder, der sie betrachtete, eine herrliche Tulpe, weich, obwohl aus Holz gefertigt, und rund, obwohl sie das Gegenteil davon war, kantig.

Was wollte er mehr?

Sie war keine Tulpe, sondern die skulpturale Darstellung einer Tulpe, ein Kunstwerk von Severin Lerch.

War sie wirklich in der Mamsell drin?, fragte Lars, der in der Kiesgrube weilte und bei der Endkontrolle helfen durfte.

Na ja, sagte Severin, man kann das so sehen.

Darum kann man auch fragen, was in der Tulpe drin ist, im Sockel unten, bestimmt ein Salamander?

Die Tulpe ist verkauft, sagte Severin. Sie gehört nicht mehr uns, darum dürfen wir das nicht überprüfen.

Lars runzelte die Stirn: Findest du das gut oder schlecht, dass wir das nicht mehr tun dürfen?

Ich finde es richtig, Lars, was auch immer im Sockel drinstecken mag, um es herauszusägen, müsste ich den Sockel zerstören.

Vielleicht wächst die Tulpe aus dem Kopf des Salamanders heraus. Das wäre cool. Los, forderte Lars, säg das Ding heraus.

Nein, antwortete Severin, verkauft ist verkauft, und Geld ist Geld. Ich brauche das Geld, Lars, Geld ist etwas Wesentliches, das musst du wissen, ohne Geld könnte ich ja nicht einmal die Hundekekse für Akita kaufen, ohne

Geld könnte ich das Auto nicht volltanken, ohne Geld könnte ich dir kein Eis spendieren, kein Magnum Classic, und das möchte ich nämlich tun, bevor ich dich deiner Mama wieder übergebe.

Magnum Strawberry, berichtigte Lars, für dich Classic, für mich Strawberry mit weißem Schokoüberzug.

Abgemacht, Lars.

Und wenn der Salamander aus Gold ist?

Nein, Lars, im Holz steckt kein Gold.

Das weiß man nie.

Doch, das weiß ich ganz genau, Gold ist schwerer als Holz, wenn Gold drin wäre, könnte ich die Tulpe nicht hochheben.

Das schaffst du sowieso nicht.

Ich benutze einen Stapelroller, um sie aufzuladen, und eine Seilwinde, um sie ins Auto zu hieven.

Während Severin diese Arbeit konzentriert verrichtete, schaute der Junge ihm zu und erklärte mit breitem Grinsen: Das mit dem Salamander und dem Gold sollte ein Witz sein, Opa. Und über Geld weiß ich alles.

Severin hatte Lars gern bei sich in der Kiesgrube, der Junge musste nur mit den Fingern schnippen, und Severin war bezwungen. Er ließ das bereitwillig geschehen. Es war einfach schön, den kräftigen, wendigen Körper zu beobachten. Lars spielte am Tümpel, der mit Seerosen bedeckt war. Lars jagte einem Zitronenfalter hinterher oder kurvte um die Mamsellen und anderen Skulpturen, die in der kargen Grubenlandschaft herumstanden, drohte ihnen mit der Faust und streckte die Zunge heraus.

Inzwischen hatte Severin den Brief des Grubenbesitzers, vielmehr seiner Rechtsnachfolgerin, der Firma Berger &

Söhne AG, mit verneinendem Kopfschütteln gelesen. Das sachlich abgefasste Schriftstück erklärte, er, Severin Lerch, Holzbildhauer, sei ab sofort nicht mehr der alleinige Mieter und Nutzer der Kiesgrube. Er werde einen regionalen Paintball-Club als Nachbarn bekommen, ein Team, das sich Mad-Dogs nannte.

Severins Schaffen als Künstler in Einsamkeit und Stille sollte ein Ende haben.

Und zwar sofort.

Es war bereits beschlossen.

Severin hatte den vor Jahrzehnten mit dem Besitzer Jakob Berger abgeschlossenen Vertrag hervorgeholt, ihn gelesen und studiert, aber keinen Paragrafen entdeckt, der das Angekündigte verhindern könnte. Die ausgebeutete Kiesgrube befand sich im Besitz der Firma Berger & Söhne AG, und diese hatte das Recht, das Gelände (oder Teile davon) an weitere Personen zu vermieten oder in Pacht zu geben. In Severins Vertrag fehlte sogar die genaue Positionierung seines Atelierhauses und Werkplatzes, und schon gar nicht war eine Fläche in Quadratmetern festgeschrieben worden; Severin hatte die Angelegenheit mit dem inzwischen verstorbenen Kiesunternehmer per Handschlag vereinbart, ein Schriftstück war eher pro forma aufgesetzt worden.

Keiner der Männer hatte damals in die Zukunft gedacht, dem Eigentümer war es eher kurios erschienen, dass ein junger Bildhauer in der Kiesgrube sein Paradies entdeckt zu haben glaubte, und weitere Bewerber oder Anwärter hatte es nie gegeben. Das Gelände galt als Schandfleck in der Landschaft, es war in seiner Abgeschiedenheit kein entwicklungsfähiges Bauland, es war praktisch wertlos, sein Wert war radikal herausgebaggert worden.

Und nun das.

Nun erschien die steinige Mondwelt den Mad-Dogs ebenfalls als Land der Verheißung, zwei Paradiesgärten Tür an Tür – eigentlich war ein fürchterlicher Glaubenskrieg unabwendbar.

Es gibt Jahreszeiten, es gibt Veränderungen. Severin liebte diese Wahrheit, sie war so banal wie tröstlich, finde dich damit ab. Es wäre falsch zu sagen, er hätte damals, vor bald vierzig Jahren, eben weiterdenken sollen. Er hatte seinerzeit keinen Fehler gemacht, der Handschlag als Besiegelung war doch das Übliche. Gewesen. Nun begann es zu kippen, das war wohl unaufhaltsam, ja, man konnte nichts ewig aufrechterhalten. In dieses Bild passten die Paintball-Krieger, die einander mit Farbkugeln beschossen, die den Feind markierten. Zu den Feinden zählte offensichtlich auch die Garde seiner Skulpturen.

Severin Lerch hatte ein Kämpferherz, aber er war nicht ständig in Kampfbereitschaft, er konnte auch friedfertig sein, sachte, besonnen, und dies zu wissen hatte etwas Beruhigendes. Doch dass seine Kiesgrube zum Kriegsschauplatz erkoren worden war und er jeden Tag mit dem Aufmarsch von Kampftruppen mit Paintball-Guns zu rechnen hatte, brachte ihn auf. Er wollte das nicht. Er wollte es nicht hinnehmen. Er wollte auch keine Nachsicht üben.

Severin hatte das Ungemach nicht einfach in sich hineingefressen, er hatte seine besonnene Tochter angerufen. Bei Sandra spürte er Anteilnahme wie früher bei Isa. Als Isa noch trocken war.

Sprich mit Rainer, schlug Sandra vor, mein Mann weiß, was in so einem Fall zu tun ist.

Severin fuhr zu Tonis Autowelt, um den Schwiegersohn zu treffen. Rainer hatte etwas Zeit für ihn freigeschaufelt. So nannte er das. Es gab der Zeit etwas Handfestes. In der Mittagspause liefen sie redend zwischen Autos mit eingedrückten Dächern und aufgesprungenen Motorhauben hin und her. Akita wich nicht von Severins Seite.

Rainer Flimm saß im Gemeinderat des Nachbardorfes, er war Mitglied der Baukommission. Der Schwiegersohn hatte den vorliegenden Vertrag Punkt für Punkt durchgesehen, den Brief der Firma Berger & Söhne AG Wort für Wort gelesen.

Da ist nichts zu machen, stellte er mit ruhiger Stimme fest, und mir fallen die Wörter *einvernehmlich* und *Übergangslösung* auf.

Was bedeutet das?

Severin Lerch wollte es nicht wahrhaben. Er konnte es nicht akzeptieren. Käme der Fall vor Gericht, davon war er überzeugt, müsste jeder Richter sein Anliegen als das höhere Gut bewerten.

Warum denn?, entgegnete Rainer befremdet.

Es geht um Kultur, es geht um Kunst. Begreifst du das nicht?

Darum geht es meines Erachtens nicht, das Thema ist Vermietung und Nutzung.

Rainer Flimm gab Severin den Rat, zu akzeptieren, was Sache war. Die Rechtslage ist klar, beschied er kühl.

Severin aber war heiß. Er pfiff auf das Recht und die Rechtslage, er fand das Recht beschissen ungerecht und die Lage beängstigend, er pfiff auf die Wahrheit, sie zerstörte seine Welt.

Deine Idylle.

In dieser schnippischen Bezeichnung hörte er erneut Rainers Kälte, einen schwer erträglichen Vorbehalt, den eingefleischte Rationalisten dem Künstlerischen gegenüber nie verhehlen konnten. Sein Schwiegersohn, dieser wackere Schweizer, war ein Vernunftpinsel, und seine unerträgliche Art, ihn anzusehen, ließ den Schwiegervater an einen Hund denken, der nur mit Trockenfutter versorgt wird.

Dass Severin Lerch die gelbe Tulpe aus einer verwitterten Mamsell herausgesägt und verkauft hatte, war seine trotzige Antwort gewesen. Die Lage war ernst. Der Ort und sein Werk und er selbst waren infrage gestellt. Dieser Umstand hatte ihn so radikal handeln lassen. Er hatte die Zerstörung einer Mamsell in Kauf genommen und die Tulpe gewonnen. Mit virtuoser Beiläufigkeit, so mochte die Show für das begeisterte Publikum gewirkt haben. Eine gelbe Tulpe, hergestellt für die quirlige, kluge Barbara. So war es ihm selbst erschienen. Und er hatte bei all der Aufregung nicht preisgegeben, dass diese aus Wildheit und Großtuerei und dem Wunsch, eine junge Frau aus München zu beeindrucken, dass diese ruck, zuck geschaffene Tulpe in diesem Jahr die erste Skulptur war, die ihm einfach so gelang.

Sandra Flimm wollte die Familie, wie sie es ihrem Bruder Matti schon angekündigt hatte, zu einem Treffen einladen. Das ganze Rudel, so nannte sie ihre Verwandtschaft gutmütig, das ganze Rudel sollte sich bei ihr im Garten treffen.

Marmorkuchen-Day taufte sie den Anlass.

Vor zwei Tagen hatte sie sich mit Schriften und Farben beschäftigt und mit Photoshop ausprobiert, ob die Einladung gut wirkte, wenn sie den Schriftzug so aussehen ließ, als wäre er aus einem Marmorkuchen herausgestochen worden.

Sie hatte erwogen, den Entwurf ihrem Mann zu zeigen, es aber bleiben lassen. Rainer lobte sie immer, er würde sagen, hübsch, hübsch gemacht, fröhliche Farben, Sandy, an dir ist eine Designerin verloren gegangen. Gestaltung und Farben waren nichts, was Rainer Flimm wirklich interessierte.

War ihr Marmorkuchen nicht ein Schnittpunkt von Vergangenheit und Gegenwart?

Mamas unschlagbarer Marmorkuchen.

Sandys Mutter war eine liederliche Hausfrau. Doch ihr Marmorkuchen war perfekt; es gab nie einen direkten Anlass, den Wunderkuchen zu backen, einzig die Eingebung zählte. Schwungvoll band Isa die Küchenschürze um und legte los. Wie hingezaubert stand der Kuchen am Ende auf dem Tisch.

Doch wenn sie ehrlich zu sich selbst war, hatte die Mutter höchstens zwei- oder dreimal einen Marmorkuchen gebacken. Es waren vor allem die Mütter der Freundinnen gewesen, die Marmorkuchenrezepte tauschten und um die Wette und ihr Prestige buken. Worüber Mama nur grinste. Das wäre etwas Witziges fürs Radio. Und es war Severin gewesen, der Sandra einmal gezeigt hatte, wie man Marmorkuchen nach dem Rezept seiner Mutter buk.

Omas unschlagbarer Marmorkuchen.

Den hatte Sandra aber doch geschlagen. Ihr Vater rühmte, er ist besser als der von Oma. Da war sie glücklich gewesen, stolz.

Schwalben kreisten am Himmel, die Vögel schienen aufgeschreckt worden zu sein, alarmiert. Sandra liebte die eleganten Kosmopoliten, ihre Loopings am Himmel, ihr hohes lautes Zirpen, das den Sommer eröffnete und mit dessen Verstummen der Sommer ausklang.

An das Ende des Sommers zu denken stimmte Sandra melancholisch. Graue Stoppelfelder kamen ihr in den Sinn, der abgeschnittene Mais, Sonnenblumen mit leeren schwarzen Köpfen, das letzte Heu eingefahren. Sie sehnte sich nach einer Aufmunterung, einer Abwechslung, nach etwas, was sie locker machte. Sie genoss es, als umsichtige Regisseurin im Zentrum zu stehen, und wollte deutlich machen, wie sehr ihr der Zusammenhalt der Familie am Herzen lag. Da kam ein Marmorkuchen-Day wie gerufen.

Um die Einladung in verschiedenen Varianten auszudrucken, ging Sandra über den Plattenweg zum ehemaligen Gartenhaus, wo Esther arbeitete. Es war jedes Mal eine Freude, sich dem Gartenhaus zu nähern, es anzuschauen: viel Glas, schöne Fenster, Rundbögen und der helle Boden aus Buchenholz.

Sandras Trödlerladen.

Ihr Geschäft lief gut, sie machte das clever, aber ohne Esther könnte sie es nicht führen. Und Henry war wichtig, Esthers Mann, ein Indonesier. Henry hatte in Padang Bai als Tischler und Holzschnitzer gearbeitet, hatte Möbel, Buddhas, Hausgeister und Fabeltiere hergestellt. Nun fuhr er ihre Transporte, außerdem restaurierte er Möbel. Am liebsten recycelte Henry ausgesonderte Tische, laugte sie ab, zersägte sie und baute sie neu zusammen, Tische, die bei der Kundschaft beliebt waren.

Es gibt Häuser, in denen der Tisch fest dasteht, sagte Henry.

Es gibt Häuser, in denen der Tisch wackelt.

Jetzt stand Sandra vor der gläsernen Tür, hielt einen Moment inne und sah Esther am Computer sitzen. Hinter ihr stand Henry, er hatte sich über seine Frau gebeugt und hielt sie mit den Armen umschlungen. Sandra dachte, dass nun Esthers schöne Brüste in Henrys schönen Händen lagen, dass er sie umschloss, gewiss zärtlich, und dass diese Hände warm waren und stark.

Der Anblick berührte sie, rührte etwas auf. Heute war exakt so ein Tag, an dem sie von jeder Beobachtung und jedem Gedanken aufgewühlt wurde, ein Tag, an dem die Zeit sie wie mit schwarzen Flügeln streifte.

Sie hatte in der vergangenen Nacht schlecht geschlafen. Dafür waren nicht bloß wirre Träume ausschlaggebend gewesen, sondern schlechter Sex, genauer: abgebrochener Sex. Rainer war nach einem Brainstorming-Weekend der Grünliberalen spät nach Hause gekommen, Sandra lag schon im Bett, war aber noch wach. Ihr Mann roch sonderbar, nach Alkohol, Kaffee, Parfüm, ja, nach Küsschen rechts und links und nach Umarmungen. Die Grünliberale Partei hatte viele Frauen in Führungspositionen, überhaupt waren viele Frauen in der Partei, kluge und begehrenswerte Frauen, Spitzenfrauen wie diese Barbara, die Rainer immer wieder erwähnte und zitierte und hervorhob, eine toughe Person, die wusste, was sie wollte, kurz, Rainer war überdreht nach Hause gekommen und hatte mit seiner Frau schlafen wollen. Und Sandy hatte ihren Mann nicht einmal mehr abwimmeln wollen, hatte keinen Vorwand für ihr Bitte-jetzt-nicht gesucht, sondern sich bemüht, selbst sexuelles Verlangen aufzubauen und Gefallen an der Unternehmung zu finden.

Rainer rollte stürmisch auf sie. Sandra kam sich unter

seinem massigen Körper wie plattgemacht vor. Es war anstrengend. Sie begann zu stöhnen. Damit der Winkel stimmte, verschob sie Becken und Gesäß mit einem kleinen Ruck und schlang die Beine um Rainers Hüfte. Mit zu viel Schwung. Sie hatte Leidenschaft und Hingabe signalisieren wollen, sexuelles Begehren, das es so lustvoll nicht mehr gab, und dabei war der Krampf wie ein Blitz in ihre rechte Wade gefahren.

Ein lächerlicher Liebestöter.

Rainer hatte der langjährigen ehelichen Beischläferin das Missgeschick nicht übel genommen. Er dehnte ihren Fuß rechtwinklig zur Wade nach oben, um den schmerzhaften Krampf zu lösen, und er machte das professionell, hatte die Rolle des feurigen Liebhabers übergangslos mit der Rolle des Samariters getauscht.

Später waren sie, jeder für sich, Rainer mit gefalteten Händen auf dem Rücken liegend, Sandra auf dem Bauch mit Tränen in den Augen, wortlos eingeschlafen.

Am Morgen schämte Sandra sich. Aber sie fand auch, so viel Scham sei übertrieben. Was war denn geschehen? Sie wünschte sich, über die Peinlichkeit lachen zu können.

Rainer hatte die Begebenheit beim Frühstück offenbar schon vergessen. Mit der Aufwachmelodie seines Handys waren die nächtlichen Vorkommnisse in seinem Kopf gelöscht und überspielt worden.

Er erwähnte den Vorfall nicht mehr.

Rainer Flimm war ein rechtschaffener Mensch, andauernd bestrebt, das Richtige zu tun. Er hatte seinen stark gezuckerten Espresso wie ein Italiener in zwei Schlucken gekippt und seinen Multivitamin-Shake mit Bedacht getrunken. Danach musste er los, flüchtig hatten seine trockenen Lippen Sandys Schläfe gestreift.

Mami, warum hinkst du?, fragte Lars.

Ich hinke doch gar nicht, antwortete sie und fasste sich mit der Hand an die rechte Wade, die schmerzte.

Die in dunkler Nacht gescheiterte Liebhaberin Sandra beschloss vorbeugende Maßnahmen. Es war dringend notwendig, einen Kontrapunkt gegen die Entmutigung zu setzen. Sie würde sich beim nächsten Treffen mit ihrer Mutter im Schwimmbad nach den zweiundzwanzig Längen Brustschwimmen in den Wellnessbereich begeben und eine Massage gönnen, eine einstündige Ganzkörpermassage.

Warum hatte sie das nicht schon längst getan? Vielleicht, weil es ihr sonderbar vorkam, Pritsche an Pritsche neben der eitlen Mama zu liegen. Ein Masseur über die Mutter gebeugt, ein Masseur über die Tochter gebeugt. Zwei Frauen, zwei weibliche Rücken, ganz verschieden beschaffen, beide Frauen bereit, loszulassen, die Massage auszukosten.

Sandra erlaubte sich den Wunsch, von einem großen, gut gebauten Mann durchgewalkt zu werden, und stellte sich die Massage als etwas Aussöhnendes vor. Wobei sie sich ihre Erregung und Bedürftigkeit nicht anmerken ließe und vor allem die Vision verheimlichen würde, der erträumte und bestellte Mann hätte Henrys Hände, es wäre Henry selbst. Dieser Gedanke hatte etwas Schmutziges, Anrüchiges, ja, der Masseur müsste Hände wie Henry haben, kräftig, dunkel, mit rosa Innenflächen, geschickte Finger, feste Handballen, er würde ihre steifen Muskeln in geschmeidige Stränge verwandeln, hoffte sie und dachte, dass es überhaupt nicht in ihr Familienkonzept passte.

Es war unfair gegen Esther und Rainer.

Es war allerdings fair gegen sich selbst.

Und Henry?

Sie hütete sich, den Gedanken weiterzuspinnen.

Sandra löste sich entschlossen aus ihren Phantasien. Sie faltete die Marmorkuchen-Ausdrucke zusammen, dafür war nun nicht die Stunde. Sie drückte die Klinke herunter, stieß die Tür auf, platzte unter dem Gebimmel der balinesischen Glöckchen und Klangstäbe ins Gartenhaus hinein und steuerte auf Esther und Henry zu.

Die beiden unterbrachen die Liebkosungen, doch es machte ihnen nichts aus, dass Sandy hinzukam, sie fühlten sich nicht ertappt, sie waren ein Liebespaar und konnten die Hände nicht voneinander lassen.

Sie hatten in der Nacht bestimmt super Sex gehabt.

Henry hatte auffällig weiße Zähne. Esther war hellhäutig, das Gesicht mit Sommersprossen übersät. Sein Haar war kurz und glatt, tiefschwarz, ihr Haar war kraus und rotblond, sie waren ein ausnehmend schönes Paar.

Sandra glaubte, ein blumiges Aroma wahrzunehmen, als verströmten die Verliebten einen gemeinsamen Duft; doch das war Unsinn, warum sollten Henry und Esther heute anders riechen als sonst. Es waren Sandys Sinne, die heute schärfer waren, und zugleich war sie empfindsamer, aber auch schmerzempfindlicher.

Und lüstern.

Sie dachte an eine Wunde und an Krallen, sie könnte jetzt jemanden verletzen und selbst verletzt werden, zu ihrem eigenen Entsetzen fühlte sie sich imstande, sich mit den Fingernägeln den Arm aufzukratzen. Mit einem Mal und gegen ihren Willen brannte eine törichte Eifersucht in ihr.

Später saßen Henry und Esther im Auto nebeneinander, sie fuhren mit dem dunkelgelben Ford Transit ein paar Dörfer weiter zu einem Haus, um die beim Umzug ins Altenheim von einer Witwe zurückgelassenen Möbel abzuholen.

Esther redete über Sandra, wie aufgelöst die Freundin ihr eben vorgekommen sei, flattrig, mit unstetem Blick, was gar nicht zu ihr passte. Sie kannte Sandra als zupackend und munter, etwas ängstlich kam sie ihr manchmal auch vor, immer um Struktur bemüht, um Kontrolle, um Vorsichtsmaßnahmen, als könnte ihr alles entgleiten.

Sandra will perfekt sein, sie lechzt nach Anerkennung, sagte Henry, sie schaut mich an, und plötzlich verschwimmt ihr Blick.

Ja, Sandy kann große Augen machen, sie erinnert mich an ein dienstbeflissenes Mädchen, das Angst hat, die Eltern könnten von ihr enttäuscht sein, sagte Esther.

Wie sollte sie sein?

Wie wollte sie sein?

Der schon etwas verbeulte Ford Transit fuhr langsam durch die großzügige Landschaft. Breite Straßen, schräge Sonne, wenig Verkehr, ein paar schwere Laster, deren Druckwelle zu spüren war, wenn sie vorbeifuhren, und am Horizont erhob sich ein höckeriger, langer Hügelrücken, über dem sich schneeweiße Wolken türmten. Die Wolken standen still, das tiefe Blau dahinter schien undurchdringlich zu sein, und ein Roter Milan kreiste mit ausgebreiteten Flügeln über den verblühten Feldern und wartete auf den Aufwind.

Henry sprach, fragte, wie Esther es fände, ob es nicht

eine gute Idee wäre, sich selbstständig zu machen und Tische auf eigene Rechnung zu verkaufen.

Ich könnte eine Werkstatt anmieten.

Die eigene Tischlerei war in letzter Zeit sein Lieblingsthema.

Wir brauchen dich bei In & Out, Henry, antwortete Esther.

Sie legte eine Hand auf seinen Oberschenkel und fuhr liebkosend hoch zum Schritt. Du bist unentbehrlich für den Laden, ohne dich geraten wir in Schwierigkeiten.

Sie schwiegen beide, hörten balinesische Musik, die sie liebten, während der alte Ford Transit durch eine Gegend gondelte, die mit dieser Musik kaum Berührungspunkte hatte.

Du darfst beim Fahren nicht die Augen schließen, Henry.

Dann musst du die Hand wegnehmen, Esther.

Esther nahm sie zurück und faltete die Hände im Schoß.

Wir könnten uns beide selbstständig machen, bohrte Henry weiter, ich eröffne eine Tischlerei, und du unternimmst etwas mit Blumengestecken, das hast du doch in Padang Bai auch gemacht.

Sandra war allein im Laden. Die Ausdrucke für den Marmorkuchen-Day hatte sie in ein Fach gelegt, sie saß nun auf demselben Drehstuhl, auf dem sich eben noch Esther in Henrys Umarmung gewiegt hatte, die Brüste bedeckt von seinen schützenden und gierigen Händen.

Vor dem PC sitzend sichtete Sandra Angebote, sie schrieb E-Mails, führte die Buchhaltung nach. Später fotografierte sie ausgewählte Gegenstände für das Internet. Das machte sie am liebsten. Gerade heute lenkte es sie ab und tat ihr gut.

Sorgfältig fotografierte sie eine Lampe aus Alabaster mit aprikosenfarbenen Einsprengseln, sie hatte sie vor ein paar Tagen angekauft. Die Lampe war angefertigt worden, um über dem Tisch zu hängen. Sandra stellte sich verschiedene Wohnzimmer und Jahrzehnte vor, in denen alte und junge Menschen im Schein dieser Lampe am Tisch saßen. Sie lasen, sie schrieben, sie aßen. Geschirr und Töpfe standen auf dem Tisch, der nicht immer derselbe Tisch war. Bücher lagen darauf, die Zeitung, eine Nähmaschine stand da; es saßen Paare, Familien, Einzelpersonen unter der Lampe, ein Junge spielte Mikado, eine Frau las einen erfreulichen Brief, ein Mann füllte den Lottoschein aus. Kinder lösten Rätsel, es wurde gelacht und gestritten.

Deswegen liebte Sandra gebrauchte Gegenstände so. Sie hatten eine Geschichte, aber sie gaben sie nicht preis. Sie waren abgegriffen, hatten Dellen, und die Farbe blätterte ab. Unter jeder Schicht kam eine weitere zum Vorschein.

Beim Fotografieren malte sie sich Familienidyllen und Familiendramen aus, es machte ihre Bilder besser, intimer: alle im Licht dieser Lampe. Sie wollte das Objekt nicht nur in der Trödelstube, sondern auch im Internet zum Verkauf anbieten.

Bei der Eröffnung von In & Out hatte sich Sandra kaum Gedanken darüber gemacht, was es bedeutete, eine Sammelstelle zu führen, ein Auffangbecken, ein Umschlagplatz für Gebrauchtes zu sein. Von überall strömten Waren in ihre Trödelstube, die verwunderlichsten und alltäglichsten Gegenstände wurden ihr zugetragen.

Sandra und Esther kauften Dinge an und lehnten Dinge ab. Haushaltsauflösungen, aus welchen Gründen sie auch vorgenommen wurden, bildeten die Basis. Die Frauen kauften auch Einzelstücke, von denen die Besitzer sich trennen wollten oder trennen mussten.

Zunächst fand Sandra das traurig. Ihr kam es vor, als sei der Laden eine Drehscheibe für Lieblosigkeiten. Der unschöne Gedanke hatte sich ihr beim Durchsehen von Büchern aufgedrängt. Kartonweise kamen Romane herein. Sie blätterte die abgelieferten Exemplare durch, Ansichtskarten lagen zwischen den Seiten, Merkzettel, Fotos, Vergessenes, gelegentlich fand sie einen Geldschein, eine Briefmarke und Anmerkungen, oft sehr persönlich gehalten und nun preisgegeben. Sie verstand das nicht. Wie konnte man ein Buch mit einer herzzerreißenden Widmung auf dem Vorsatzblatt aussortieren?

Das Durchblättern war zeitraubend, weil sie bei unterstrichenen Stellen oft hängen blieb. Es war ihr, als schaute sie in fremde Herzen hinein. Vor ein paar Wochen hatte sie ein Buch wegen einer unterstrichenen Zeile sogar mit ins Haus hinübergenommen, um darin weiterzulesen:

Aber in seiner Vorstellung hatte er Riesenmöglichkeiten.

Es war beklemmend, was die Zeit alles in Gerümpel verwandelte. Aber Sandra sah auch das Gegenteil, und das machte sie glücklich. Manche ihrer Kunden gerieten in Verzückung, wenn sie etwas in ihren Augen Wunderbares entdeckten, ihre Gesichter strahlten vor Freude. Die Begeisterung gab den angejahrten Dingen einen Wert zurück, ihre Würde. Die Geschichte der schönen Lampe, die sie eben fotografiert hatte, würde eine Fortsetzung finden.

Du liebst deinen Laden, du liebst deine Arbeit, ließ die Mutter sich aufgekratzt aus, und du bist sehr geschäftstüchtig, Sandy, du verwandelst Plunder in Gold.

Sandra war verärgert gewesen; aber letztlich musste sie ihrer Mutter zustimmen: Ja, das gefällt mir auch.

Ihre Mutter zählte zur Kundschaft. Isa Lerch ließ sich gern von fremden Dingen überwältigen und zum Kauf verführen.

Ich brauche ihn zwar nicht, gestand Isa, nachdem sie ihre Tochter schwindlig geredet hatte – die Sendung, sie bereiten mir einen Abschied mit Glanz und Gloria, ein großartiges Feature, die so begabte Dorit Rösner hängt sich rein; oh, Sandy, fuhr sie aufgedreht fort, ich brauche ihn zwar wirklich nicht, aber dieser prächtige Orientteppich will zu mir. Redefreudig spann Isa eine Geschichte. Vielleicht stammte der schmucke Teppich aus dem Schlafgemach einer Königin. Oder aus einem Harem.

Ich nehme den Teppich mit, Sandra.

Das balinesische Klingelspiel holte sie aus diesen Gedanken heraus. Eine Botin von Fleurop brachte Blumen. Sandra öffnete die Verpackung, schlug das knisternde Papier auseinander, ein prächtiger Strauß kam zum Vorschein. Mit einer feinen Karte. Sie erkannte die Handschrift ihres Mannes. Mit Blumen von Fleurop hatte Rainer sie noch nie beschenkt, was war in ihn gefahren? Sandra staunte, weil sie zu wissen glaubte, was der äußere Anlass für die Blumenpracht gewesen sein dürfte.

Befangen öffnete sie den Umschlag:

Ohne Worte, schrieb er, Dein Rainer.

Sie ging zum Haus zurück, fühlte sich geschmeichelt und traute der Überraschung noch immer nicht ganz, sie wickelte den herbstlichen Strauß aus dem Papier, beschnitt mit dem Messer die Stiele, damit sich die Blumen länger hielten, steckte sie in eine große kobaltblaue Vase und stellte sie auf den Tisch. Es sah schön aus. Sie las die Karte nochmals, obwohl sie den kurzen Text auswendig kannte. Dabei kam ihr in den Sinn, was sie in einer Zeitschrift gelesen hatte: dass viele Frauen als Ort, wo sie außer dem Schlafzimmer gern Sex hätten, die Küche nannten, den Küchentisch. Darauf prangten jetzt die Blumen. Sie fand den Gedanken, mit Rainer hier Sex zu haben, ziemlich abwegig.

Isa Lerch hörte sich die Aufnahmen ihrer Sendungen zu Hause gerne nochmals an. Bis tief in die Nacht hinein konnte das Ritual dauern; allein saß sie da, aber nicht einsam.

Radio und Nacht, Isa liebte die Vorstellung, in die Nacht hinauszusenden. Die Möglichkeit, Menschen anzusprechen, die irgendwo allein in einem dunklen Raum zuhörten, hatte sie immer elektrisiert. Es war eine erotische Situation, die sie beflügelte und ihrer Stimme Verführungsmacht verlieh.

Doch jetzt war Tag.

Sie hatte sich vom freundlichen, nach Ingwer und Zitronengras duftenden Henry aus Bahia-Rosenholz einen Tisch bauen lassen und den Chefsessel von Charles Eames dazugekauft, in schwarzem Leder, auf dem sie nun saß. Es fühlte sich an, wie mit einem Augenzwinkern zu residieren.

So hatte sie mehrmals auch Dorit Rösner empfangen, um mit ihr die Hommage zu planen und der jungen Frau Material zur Verfügung zu stellen, das ihr weiterhalf: Isa genoss die Situation.

Stuhl und Tisch standen auf dem schönen Orientteppich, den sie in Sandras Trödlerladen entdeckt hatte. Ornamente, Blumen und allerlei Ranken und Rosetten, das hatte ihr gleich ausgesprochen gefallen, obendrein die starken Farben; sie hatte sich in den Teppich verliebt und zugegriffen, ohne nach Preis und Herkunft zu fragen. Ein Schnäppchen, das ihr viel Freude bereitete, gar ein wertvolles Stück, sicher handgeknüpft, Isa hatte sich vorgenommen, das einmal abklären zu lassen, aber im Grunde genommen war es ihr gleichgültig. Ob der Teppich aus einem Freudenhaus in Teheran oder einem königlichen Schlafgemach stammte, wäre aufregend, wenn man die Geschichte im Radio erzählen konnte. Sonst nicht. Doch der Teppich wollte zu ihr, wollte unbedingt in ihrem Arbeitszimmer unter Henrys Tisch mit der schönen Maserung und den kunstvoll gedrechselten Beinen liegen.

Wenn sie ihre alten Bänder abhörte, war das mehr als der Versuch, die Zeit zurückzuspulen und aus der Gegenwart zu fliehen, es baute sie auf. Isa erinnerte sich genau daran, wie die Sendungen produziert worden waren, mit Gästen im Studio, sie dachte an den Regisseur und den Tontechniker, die hinter der schalldichten Glasscheibe am Aufnahmepult saßen, und im Raum daneben, wieder hinter dickem Glas, wartete die Cutterin mit der Schere und den weißen Klebern auf Anweisungen, während schmale braune Bänder über die Rollen der riesigen, schweren Revox-Geräte liefen.

Sie hatte sich Zeit für Dorit Rösner genommen, geredet und geredet, während die junge Frau ihr gegenübersaß, Isa hoffte, ganz in ihrem Bann, und das, was sie preisgab, von einem kleinen, leichten iPhone aufgenommen wurde.

Ein älteres Band lief, sie hatte es schon mehrmals gehört und war nicht ganz konzentriert. Ihr Blick schweifte aus dem Arbeitszimmer hinaus, sie sah auf den Obstgarten, sah die hellen Skulpturen ihres Mannes zwischen den dunkleren Bäumen, eine Bevölkerung, die er in seiner Arbeitswut geschaffen hatte und hier herumstehen ließ.

Eine Heerschar von Nichtsnutzen, so hatte sie ihren Mann einmal angepflaumt, sie scheinen selbst vergessen zu haben, worauf sie warten, und vertreiben nicht einmal diebische Kinder, die Kirschen klauen.

Es ist doch herrlich, hatte Severin entgegnet. Sie tun nichts und haben vor nichts Angst, sie stehen einfach da, ohne den Wunsch, nützlich zu sein.

Kunstwerke zu sein behagte ihnen.

Isa hörte sich selbst vom Band sprechen, aber die Stimme war immer mehr in den Hintergrund gerückt. Bleib bei der Sache, Isa, die Ohren sind etwas ganz Kompliziertes, das Gehör ist ein eifersüchtiges Organ, sobald man anfängt, auf einer Nebenspur eigene Gedanken zu verfolgen, blendet es sich aus.

Das Ohr hasst Multitasking.

Isa wippte mit dem Stuhl oder stützte die Ellenbogen auf die massive Tischplatte und das Kinn in die Hände, wenn sie sich selbst beim Moderieren zuhörte.

Es hatte sie lange Zeit Überwindung gekostet, diese von den Tontechnikern präparierte Radiostimme als ihre eigene Stimme zu akzeptieren. Dabei war es ihr Markenzeichen, das leicht Angeraute und dennoch Schmiegsame, ihre Stimme war reich und variabel in den Höhen und Tiefen, und sie konnte auf einer breiten Skala lachen, glucksen und gurren. Nur singen konnte sie nicht, ihre Singstimme war leider nur eine Schmalspurausgabe ihrer Sprechstimme; ihre Sprechstimme war generös, sie war

Gold wert und, wenn sie nachts zu hören war, verführerisch.

Sie trank gern alten Brandy beim Abhören.

Zu oft, hatte Severin kritisiert, du lässt dich gehen.

Heute trank sie einen Brandy aus Andalusien.

Unsinn, Severin wollte sie provozieren, sie hatte das im Griff.

Ihre Radiostimme entzog sich ihr wieder. Isa verlor sich im Anblick einer alten Fotografie, war darauf eine blutjunge und schöne Frau. Isabella Leardi mit Namen. Der schon ältere Herr, mit dem sie posierte, war Frank Sinatra. Allein dass es diese unfassliche Aufnahme gab, war ein Beweis dafür, wie erfolgreich sie als Moderatorin war. Gewesen war. Immer noch war? Isa suchte das treffende Wort, es musste angemessen klingen und wahr sein, es musste das entsprechende Gewicht haben und etwas Befriedigendes. Das Wort sollte Lob sein und Trost und Lohn.

Isa Lerch saß still am Tisch, nippte an ihrem Glas, hörte sich ihre Sendungen an. Sie genoss nochmals Höhepunkte, durchlitt nochmals die ruhmloseren Momente einer Radiozeit, die längst Vergangenheit war, die nochmals aufleben zu lassen starke Gefühle wachrief. Es war etwas Verflogenes, dem sie nachtrauerte. Es handelte sich um etwas Abgeschlossenes.

Noch heute würde sie mit dem Studenten telefonieren, der sich um die Aufnahmen bemühte und sich anerboten hatte, ihr Archiv zu digitalisieren.

Begonnen hatte ihr Lebensabenteuer mit der wahnwitzigen Idee, auf eigene Faust nach NY zu fliegen und dort mit Schützenhilfe von BBC ein Interview mit Frank Sinatra zu machen. Mit dem wertvollen Band in der Tasche war sie zurückgekehrt – und durchgestartet.

Leider hatte es nie mehr einen Sänger gegeben, der ein solches Kribbeln in ihrem Bauch auslöste wie Frank Sinatra. *The Voice*. Sie hatte Frank gehört und Schmetterlinge im Bauch gehabt. Sein Lied hatte sie derart in Euphorie versetzt, dass sie nach NY aufbrechen musste. *My Way*. Wie so viele andere ihrer Generation erkannte sie darin eine Maxime für sich selbst, für das eigene Leben.

Sinatra blickte zurück, Isabella drängte vorwärts.

Er war ein alter Mann, sie war eine junge Frau.

Beide waren sie Italiener.

Er in Amerika, sie in der Schweiz geboren.

Isabella Leardi hatte den Song um hundertachtzig Grad gedreht und war in die andere Richtung davongezogen. Federleicht. Ohne eine Sekunde darüber nachzudenken. *Kurz vor dem Ende* wurde zu *jetzt am Anfang*, und es war selbstredend nicht *der letzte Vorhang, der fällt*, sondern *der Vorhang, der aufgeht*.

Bühne frei für Isabella Leardi.

Im Frank-Sinatra-Erlebnis steckte schon der Keim für die spätere Sendung *Klick*, dachte Isa, eine Idee, die Matthias für sein Seminar abgekupfert und abgewandelt hatte.

Erzähl mir ein Ereignis, das dein Leben geprägt hat.

Frank Sinatra, hatte sie Matti kurzweg geantwortet.

Ist das dein Ernst? Ein Mafioso und Schnulzenheini. Diese furchtbaren Geigen, da gefriert mir das Ohrenschmalz.

Isa hatte das freimütige Bekenntnis sofort bereut und genervt mit den Achseln gezuckt; sie hatte keine Lust, lange Erklärungen abzugeben, das Erlebnis war für sie bis heute eines der tiefsten ihres Lebens, sie hasste es, sich rechtfertigen zu müssen. Warum wollte ihr humorloser Sohn mit seinem aufreizend allwissenden Tonfall sie ärgern, warum versuchte er, seine Mutter in eine Ecke zu drängen, in die sie nicht wollte, in die sie nicht gehörte?

Ich schäme mich nicht, ich bedauere nichts, für nichts werde ich um Vergebung bitten, es ist mein Leben, dachte Isa.

My Way wird auf Beerdigungen gespielt, es ist der große Hit in den Abdankungshallen, rief Matti belustigt.

Isa Lerch hatte ihren arroganten Sohn nie geschlagen, doch damals hätte sie ihm am liebsten eine Ohrfeige verpasst.

Manchmal meinte Isa zu spüren, wie es ihren Kindern nicht ganz geheuer war, dass ihre Mutter schon ein Leben vor ihnen gehabt haben sollte. Dass ihre Mutter einmal jung gewesen war. Dass sie auch andere Kinder hätte haben können und haben könnte. Beide neigten dazu, ihr die Welt zu erklären und mit einem vielsagenden Lächeln anzudeuten, dass sie nicht mehr ganz mitkam. Dass sie vieles nicht mehr mitbekam. Dass sich die Dinge verändert hatten. Aber sie täuschten sich.

Was dich im Leben tief berührt, ist unabhängig von irgendeinem Kanon. Frank Sinatra war für sie wichtiger gewesen als Mozart und die Stones. Wichtiger als eine verkopfte Klanginstallation mit einem Bubi-Pianisten und einem feuerroten Motorrad.

Es gab ein paar Bücher und Filme, Lieder, Gemälde und Skulpturen in ihrem Leben, bei denen es gefunkt hatte.

Galaktisch, hatte sie Dorit gestanden.

Und der Springer von Paestum?

Die Kopie auf Isas Schreibtisch hatte Dorits Neugier geweckt.

Ohne ihn hätte ich niemals Kunstgeschichte studiert,

hatte Isa gesagt und Dorit, in der sie inzwischen mit Wohlgefallen ihre Biografin sah, der sie sich, nicht ohne Kalkül, gern anvertraute, mit einem Augenzwinkern gestanden: Das schöne Stück stammt aus dem Touristenshop.

Der Springer liegt elegant in der Luft, herrlich, er ist jung und kraftvoll, Dorit äußerte sich spontan.

So kann man das Bild auffassen, stimmte Isa zu: Il Tuffatore, auf eine Grabwand gemalt, springt allerdings nicht von einem Turm ins Wasser, um mutig ins Meer hinauszuschwimmen oder wieder an Land zu kraulen, er taucht ins Totenreich ein, aus dem es kein Zurück mehr gibt.

Da lag ich ja krass daneben, sagte Dorit, nichts mit keckem Kopfsprung und Lebensfreude.

Der Augenschein täuscht, Isa holte aus, als junge Frau habe ich das Bild auch grundfalsch gedeutet, ich habe den Springer genauso optimistisch wie Sie gesehen. Ich habe die Darstellung falsch gedeutet, weil ich zu wenig wusste. Wer nichts weiß, muss glauben.

Dorit Rösner schien beeindruckt zu sein.

Da hat es bei mir klick gemacht, sagte Isa.

Die Inspiration für die spätere Sendung?

Genau.

Ihr Sohn lag mit seiner Version der Klick- oder Knackpunkte nicht auf ihrer Linie. Matthias dachte zu didaktisch, Improvisation war nicht eben seine Stärke, er war nicht darin geübt, seiner Intuition zu folgen.

Isa behielt den Einwand für sich.

Es stimmte auch nicht, was ihre Kinder ihr gern ankreideten, dass sie sich nicht zurücknehmen konnte. Im Gegenteil. Isa könnte eine lange Liste der Bemerkungen vorlegen, die sie sich verkniffen hatte, um hässliche Auseinandersetzungen zu vermeiden. Sie zügelte ihr Temperament, während Sandra und Matthias sich jederzeit berechtigt wähnten, ihrer Mutter das Wort abzuschneiden und sie zu bevormunden. Ja, erwachsene Kinder genossen es, die Eltern auf die Seite der Alten zu drängen. Der erfolgte Machtwechsel bereitete ihnen offensichtlich Genugtuung.

Neulich, nach einem ihrer seltenen gemeinsamen Kinobesuche, hatte sie Severin darauf angesprochen, sie war verärgert gewesen, hatte sich mit der kleinlichen Sandy wegen einer Bagatelle gestritten, und statt auf ihre wohlgeratenen Kinder stolz zu sein, hatten sie an ihnen herumgemäkelt.

Sind sie nicht zu brav?

Kreuzbrav?

Wir haben unseren Kosmos selbst gestaltet, und wir haben geglaubt, dass alle Welt auf uns gewartet hat. Es gab viel Terrain, das wir erobern wollten und erobert haben. Zumindest haben wir das geglaubt. Es gab Raum, den wir geschaffen haben, Räume, die es vor uns nicht gegeben hat. Wir sind losgezogen, ich wollte weg von zu Hause, sagte Isa.

Ich wollte immer nur in meine Kiesgrube, bockte Severin.

Ein Flug nach New York ist kein Abenteuer mehr, und die jungen Menschen bilden sich nicht ein, dass alle Welt gerade auf sie gewartet hat, stellte Isa nüchtern fest.

Im Gegenteil, bestätigte Severin.

Eine Klammergeneration, behauptete Isa.

Angsthasen, mokierte sich Severin.

Die Generation unserer Kinder will mitmischen, sich aber nicht festlegen, dafür rundum absichern, ereiferte sich Isa. Man schließt Bauverträge, denkt an die Rente.

Sie haben Angst, ich sagte es ja.

Wir waren unbekümmert, sorglos, wir waren Draufgänger, Geld hat in unseren Überlegungen keine Rolle gespielt. Es war leicht, einen Job zu bekommen, nichts driftete gegen unseren Willen auseinander.

Heute scheint sich einem das Vertraute zu entziehen. Es löst sich auf, bemühte sich Isa um Verständnis. Die Übereinkünfte gelten nur kurzfristig, das Neue trickst dich aus.

Unsere Kinder haben eine komplett andere Lebenseinstellung.

Paradigmenwechsel, definierte Isa.

Ich erinnere mich an deine Sendung.

Unsere Basis war die Illusion, der Übermut, fasste Isa zusammen, Erfolg hieß sein Ding durchziehen. Heute wägen die Jungen ab, sie haben den Beipackzettel mit den Nebenwirkungen gelesen. Wir haben mit weniger Taktik gelebt, sie sind umsichtig und cool, wir waren vorschnell und heiß. Wir hatten eine gute Zeit. Ich möchte nicht tauschen.

Meinst du, dass sie das auch so sehen?

Wohl eher nicht, sagte Isa.

Sie lachten.

Kurz nach der New-York-Reise hatte Isabella Leardi Severin Lerch kennengelernt. Der gut aussehende Mann gab vor, auch ein Fan von Sinatra zu sein. Der Schleimer. Dabei hätte sie bei ihm auf The Who gewettet, und damit lag sie nicht daneben. In seiner Bude legte er gern Rock auf, lärmiges Zeug. Aber er spielte auch Platten, die ihr gefielen.

Severins Hero war James Brown, er hörte auch Miles Davis und Cream gern und klassische Musik, zähflüssige Kammermusik von den alten, ewigen Koryphäen. Für dieses Genre fehlte der jungen Isabella die Geduld, eine innere Ruhe, die Isa im Verlauf vieler Radiojahre entwickelte. Doch Isa konnte fast jeder Stilrichtung etwas abgewinnen. Sie tanzte mit Vergnügen, geriet jedoch nie in Ekstase und schüttelte die langen Haare. Es sei denn, sie spielte das, schlüpfte in die Rolle der Wilden. Isabella Leardi war verdammt gut geerdet und nur schwer zu erschüttern. Eigentlich hatte das musikalisch nur Frank Sinatra geschafft.

Vor allem liebte sie Menschen. Für Menschen hatte Isa immer ein offenes Ohr. Genau dies war ihre Stärke als Moderatorin, sie fand immer den Zugang, den Ton, sie hatte immer Lust, dem Leben den Puls zu messen.

Severin Lerch hatte Isabellas Interview mit Sinatra gehört und mit Pathos erklärt: Ich bin total fasziniert gewesen. Deine Stimme, berostet und samtig wie die Stimme von Sinatra, hat in meinem Bauch ein heftiges Kribbeln ausgelöst, das stärker als alle Worte war.

Ich glaube, ich habe mich in ihre Stimme verliebt, sagte er zu seinem Freund, dem Literaturwissenschaftler, der ihn mit seinem gruseligen Gänsehaut-Stifter nervte.

Severin besuchte die Kunstakademie und arbeitete mit verschiedenen Materialien. Er schweißte Eisen zusammen (der Geruch und die scharfen Gräten behagten ihm nicht), formte aus Ton und Gips Figuren (das weiche Material lag ihm noch weniger), lieber meißelte er auf Steinen herum, und zuletzt begann er, mit der Kettensäge zu experimentieren. Holz entsprach ihm, Holz war hart, aber nicht so hart wie Eisen und Stein. Es roch gut, er fasste Holz gern an, Holz war immer warm, und die Kettensäge hatte es ihm angetan, ihr ungebärdiger Ton, die Maschine spiegelte das Ungestüme seines Wesens.

Die Vibration in dieser Stimme erschütterte Isa.

Dem herrlichen Lärm waren nach und nach die hölzernen Bewohner im Obstgarten vor ihrem Fenster entsprungen.

Für Reprisen alte Aufnahmen neu zu schneiden hatte auf Isa stets einen starken, belebenden Reiz ausgeübt. Beim neuen Schnitt dachte sie oft, wie schade es war, dass sie bei der ersten Sendung so viele Meter Band hatten aussondern müssen. Überflüssiges Material. Im Studio lief die Uhr ständig mit, jede Sendung musste auf ein paar Sekunden genau getimt werden. Anfang und Ende. Das Ziel erreichte man mit der Schere.

Aus dem Material von mehreren Jahren Sendung einen Best-of-Zusammenschnitt herzustellen war Knochenarbeit. Nur wenige Sendungen, die vor zehn Jahren das Publikum begeistert hatten, waren auch heute noch Schlager. Im Handumdrehen kamen Schnipsel und Rollen zum Vorschein, die damals niemanden interessiert hatten. Die Nichtbeachtung war zeitbedingt, Ladenhüter von einst gerieten plötzlich in die Gunst des Publikums, Isa wusste das, umgekehrt verwandelte sich Gold in Blech. Der Kitzel, frühere Sendungen mit Kürzungen und Ergänzungen zu korrigieren, war groß. Ein paar Minuten wurden ausgetauscht. Es machte Isa Spaß, die Vergangenheit neu zu arrangieren, es war lustvoll, ihr neue Facetten abzuluchsen

Ton ein. Ton aus: Zeitschleifen.

Am einfachsten war die Schadenfreude zu berechnen, eine Kompilation der lustigsten und dümmsten Fehler und Versprecher war in der Hörergunst kaum zu überbieten. Dieser Umstand hatte auch etwas Tröstliches, etwas Versöhnliches. Nach einiger Zeit musste und konnte Isa über fast alles lachen, das Missgeschick war nur noch komisch, und falls sie Bemerkungen, die sie damals gemacht hatte, heute unverzeihlich und unzumutbar fand, schnitt sie diese Dummheiten für die Reprise heraus.

Isa füllte das Glas wieder mit Brandy.

Sie konnte versinken, der Geist konnte im funkelnden Glas untergehen und in der Vergangenheit. Es gab nichts Schöneres, als jung zu sein.

Der angeheuerte Student, Lenny Lambert, der Freund von Dorit Rösner, hatte sie aufgerüttelt, sie sollte ihre alten Aufnahmen unbedingt der Radiostiftung übergeben und sie zugleich digitalisieren lassen.

Sonst zerfällt es zu Staub, hatte Lenny erklärt. Die alten Geräte können nicht mehr repariert werden, es fehlen Ersatzteile. Nur digitalisiert haben die Aufnahmen die Chance zu überleben.

Und das möchten Sie doch, Isa, hatte Lenny Lambert gesagt.

Wie selbstverständlich er ihren Vornamen benutzte.

Auch Dorit Rösner nannte sie Isa. Ihre Gespräche waren klug und inzwischen sogar herzlich. Aber konnten sie überhaupt befreundet sein? Zwischen ihnen war eine seltsame Alchemie.

Eigentlich müssen Sie mich hassen, hatte Dorit Rösner unvermittelt behauptet, als sei es wichtig, den Ton zu wechseln, Isa zurückzuweisen, um nicht von ihr vereinnahmt zu werden.

Wie fühlt sich das an, Isa Lerch, der Abschied, wie kommen Sie damit klar, leicht ist es ja sicher nicht?

Dorit ließ die Haarsträhne über ihr Gesicht hängen, strich sie energisch hinter das Ohr.

Isa ließ sich nicht provozieren, schaute Dorit ruhig in die Augen und sagte: Mit achtunddreißig dachte ich, jetzt sollte die Zeit stillstehen. Alles soll bitte so bleiben, wie es jetzt ist. Ich war jung und erfolgreich, ich sah gut aus, die Welt lag mir zu Füßen.

Sie lächelte einnehmend.

Dorit unterbrach sie nicht, die Aufnahme lief.

Die Zeit wollte mein Ansinnen erfüllen, meinte Isa trocken. Stopp. Stopp. Mein Gott, liebe Dorit, in diesem magischen Momentum wurden Sie geboren. Und die Zeit lief weiter.

Darum sitzen wir einander nun gegenüber, hatte Dorit geschlossen und die Aufnahme beendet.

Isa hatte ihre Sendungen früher nie abgehört, um in Vergangenem zu schwelgen, sie hörte sie, um zu lernen. Nicht aus Fehlern. Fehler muss man abhaken, das war ihr Credo. Am meisten lernt man vom Gelingen. Diese Meinung hatte sie in vielen Teamsitzungen und bei ihren Vorträgen geäußert.

Wo traten Sie denn auf?, hatte Dorit gefragt.

Ich hatte häufig Einladungen, um von meiner Arbeit zu berichten, die Leute lieben Insiderinformationen, erzählte sie; das wird noch auf Sie zukommen. Ich war Gast an vielen Vereinsabenden, holte Isa aus, habe vor Lions-Club-Frauen referiert, bei Fanclubs gesprochen, die einer Sendung seit Jahren die Treue hielten, ohne eine Folge verpasst zu haben.

Gab es Fragen, die sich wiederholt haben?

Beruf und Familie, antwortete Isa sofort und ahmte die Fragesteller nach: So ein Stress, liebe Isa Lerch, wie schaffen Sie das, gehen Sie nicht ständig auf dem Zahnfleisch?

Ja, hatte ich gelacht, nein!

Moderieren Sie Ihr Leben auch so großartig?, fragte eine kritische Stimme.

Ich bin gut organisiert, ließ ich die Skeptiker wissen, mein Mann steht hinter mir. Meine beiden Kinder haben sich daran gewöhnt; sie hören ihre Mama im Radio.

Und wer putzt ihnen die Nase, wenn sie schniefen?

Ich stelle mir diesbezüglich nicht zu viele Fragen.

Vernachlässigen Sie wegen der Karriere Ihre Familie?

Würden Sie diese Frage auch einem Mann stellen?

Danke, Isa, das reicht, merci, unterbrach Dorit Rösner ihre Ausführungen; die Beispiele kann ich bestimmt verwenden.

Ich habe immer mein Bestes gegeben und hart gearbeitet, fuhr Isa fort, obwohl Dorit die Aufnahme gestoppt hatte. Je mehr Anfechtungen man zulässt, umso schwieriger wird das Leben. Man sollte sich nicht selbst Steine in den Weg legen. Ich will Sie nicht belehren, liebe Dorit, aber ich habe am meisten von den Dingen gelernt, die ich gut gemacht habe.

Sie saß gern in ihrem Arbeitszimmer, in ihrer Höhle, am schweren Tisch, ganz allein, gewärmt vom Brandy. In den besten Stunden fühlte sie sich nicht mehr getrieben. Es brachte ihr nichts mehr, etwas Neues zu lernen, die Moderatorin Isa Lerch wurde bald überflüssig, sie machte sich nichts vor. Ihre Zeit war abgelaufen. Dass sie die kommenden Wochen am liebsten von sich ferngehalten hätte, in die Ferne geschoben hatte, änderte nichts an der Wahrheit. Bald würde sie zum letzten Mal die Formel sprechen, die vier magischen Worte, die sie am meisten liebte, die sie am liebsten gesprochen hatte: Am Mikrofon – Isa Lerch.

Der Kernsatz ihres Lebens.

Wenn Severin jetzt in ihr Zimmer käme und meckerte, Isa, du hast wieder zu viel getrunken, könnte sie das nicht leugnen. Aber dass sie so frei wäre, daraus keine Geschichte zu machen, keinen Streit anzuzetteln, zeigte doch, dass sie die Lage im Griff hatte.

Angesäuselt, beschwipst, angeheitert, beschickert oder bedudelt, ihr fielen genügend hübsche Ausdrücke für den hellsichtigen Zustand ein, in dem sie sich befand, in den sie sich hatte fallen lassen, in den sie hineingeschmolzen war wie in eine für sie geschaffene Form, um über den Dingen zu schweben, während sie in ihrem Chefsessel hing und der Frau zuhörte, die aus den Lautsprechern zu ihr sprach, der Moderatorin Isa Lerch, und dieser Umstand, ihre Klarheit im Denken, bewies, dass sie Herr der Lage war.

Herrin der Lage, nicht blau.

Das Band war abgelaufen, Isa blieb an ihrem Tisch aus Bahia-Rosenholz sitzen, es war still im Zimmer, eine Stille fast zum Abbeißen und Kauen, und als Isa jetzt durchs Fenster in den Obstgarten schaute, war sie betroffen, dass es nicht regnete. Sie hatte strömenden Regen erwartet, einen schweren, ununterbrochen niedergehenden Landregen, der die Bäume, das Gras und die Skulpturen wusch. Dabei schien die Sonne an diesem rückwärtsgerichteten Nachmittag und buk den Staub des alten Sommers zusammen.

Nochmals schenkte sie sich einen kleinen Brandy ein.

Und geriet in den Zustand abgehobener, innerer Ruhe.

Ein paar Tage später trafen Isa und Sandra einander im Schwimmbad. Es war bereits zu kühl für das offene Becken, sie zogen ihre Bahnen in der Halle, teilten das Wasser mit den Händen und schaufelten es beiseite. Geräusche schienen von weit her geweht zu werden, mischten sich zum Sound der Halle. Dazu kam dieses Glitzern und Blenden auf dem sich kräuselnden Wasser. Deckenlicht und Tageslicht hatten etwas Unwirkliches. Auch die Linien auf dem Boden des Bassins und die Wand, an der man bei jeder Wende anschlug und sich abstieß.

Isa Lerch hatte den Eindruck, gewandt durchs Wasser zu gleiten, ihr Körper im einteiligen Badeanzug war geschmeidig, wendig, ein Fischleib, animalisch fühlte sie sich. Die Schwimmbrille verengte die Perspektive, das Wasser umschloss sie fest, es blieb keine Zeit für abschweifende Gedanken. Beim Schwimmen war sie nichts anderes als eine Schwimmerin, die ihr Bestes gab und tat, was zu tun war: einatmen, ziehen, ausatmen, strecken, schwimmen, schwimmen, atmen, schwimmen, Wende.

Sandra kletterte vor ihrer Mutter aus dem Becken, löste die Schwimmbrille, streifte die Badekappe ab, begann sich trocken zu reiben mit einem flauschigen gelben Badetuch. Die Luft in der Halle war warm und trocken, Sandra nahm sie nach dem massiven Wasser, das hatte verdrängt werden müssen, als leicht und weich wahr. Trotz der Temperatur wuchs ihr Gänsehaut auf Armen und Schenkeln.

Sie versuchte, ihre nie ohne Ehrgeiz schwimmende Mutter im Schwimmbecken auszumachen. Isa durchpflügte das Wasser sportlich im kraftraubenden Kraulstil. Das wirkte auf Sandra angeberisch, Isas Beinschlag und ihr Armzug waren doch eher langsam. Isa schwamm paradierend, sie zog ihre Show ab, war aber nicht so schnell wie Sandra im ökonomischen Bruststil, in dem sie ihre zweiundzwanzig Bahnlängen absolviert hatte.

In weiche Bademäntel gehüllt, die Gürtel lose geknüpft, saßen Mutter und Tochter in der Cafeteria. Die ersten Schlucke des Fruchtsafts, den sie bestellt hatten, Orange-Mango, schmeckten nach nichts, Zunge und Gaumen waren noch von dem chlorigen Wasser betäubt.

Sandra dachte, wie verschieden ihre Hände waren, die das gleiche Getränk in der Hand hielten. Isas Fingerknöchel traten hervor, sie waren dicker, sie hatte den Ring wieder angesteckt, Gold und ein fetter Rubin. Ein Klunker, fand Sandra. Ihre Hand war weißer und weicher, die Finger kürzer und runder. Den schmalen Ehering, der an manchen Tagen ins Fleisch schnitt, hatte sie seit Jahren nicht mehr vom Finger gestreift, er gehörte zu ihr wie eine Tätowierung, wie ein Brandzeichen.

Ihre Mutter kramte in ihrer Handtasche, einem großen, ledernen Beutel, und förderte ein kleines Notizbuch zutage, in das sie mit einem Silberstift hastig ein paar Worte schrieb.

Sorry, sagte sie zu Sandra, es ist mir gerade etwas eingefallen, das ich mit Dorit besprechen muss, du weißt ja, du kennst die Rösner ja vom Radio, sie macht ein Feature über mich.

Sie schrieb weiter, die Lippen geschürzt.

Sonst vergesse ich das, meinte Isa.

Sie hatte jetzt die Lesebrille aufgesetzt.

Sandra fiel die durch das lange Schwimmen schrumpelig gewordene Haut ihrer Mutter auf. Es war abstoßend. Sandy spürte, dass sie Lust hatte, Isa mit dem grausamen Blick zu taxieren: die schlaffe Haut an den Oberarmen, das erschöpfte Gewebe. Wenn sie ihren Daumen kurz in Isas Oberschenkel drücken würde, entstünde eine Delle, die bliebe, eine tiefe Einbuchtung, die zwei, drei Sekunden klaffen würde, bevor sie sich wieder ausbeulte.

Isa stand auf, um einen Espresso zu holen. Immer war ihre Mutter um Anmut bemüht, dachte Sandra, strengte sich an, jung und frisch zu wirken. Doch ihr Gang war steif. Ginge sie nackt, sähe man das Skelett sich abzeichnen. Es war mit Fleisch behangen statt bespannt, registrierte die Tochter gnadenlos, die den Körper ihrer Mutter aus der Umkleide erinnerte und sich nun wegen ihrer Gehässigkeit schämte.

Isa kam mit dem Tablett und zwei Tässchen Espresso zurück und bemerkte ein Glitzern in den Augen ihrer Tochter, als hätte sie eben eine Träne weggewischt. Sandras Gesicht war teigig, um den Mund zeigten sich feine Fältchen, man sah ihr das Alter an, ihre vierzig Jahre, die Haut am Hals wirkte mürbe und war rötlich gefärbt, als leide die Arme auch noch unter einer Chlorallergie.

Isa setzte sich und legte eine Hand auf den Unterarm ihrer einzigen Tochter, streichelte und knetete ihn eine Weile. Sandra ließ sie gewähren, duldete die mütterliche Zuwendung. Isa merkte das, zog ihre Hand zurück. Ungehalten riss sie einen Zuckerbeutel auf, sie verspürte Groll. Die Kluft zwischen Mutter und Tochter bereitete ihr Kummer, sie konnte sich plötzlich und grundlos öffnen, es war immer ein Riss da, seit Langem, und der weitete sich unvermittelt aus, ohne ein benennbares Motiv im jeweiligen Augenblick.

Eine Mutter musste ihr Kind zweimal abnabeln, einmal bei der Geburt und das zweite Mal, wenn es erwachsen wurde.

Der zweite Schnitt war der schärfere, der harte Schnitt.

Er schuf die Kluft.

Isa Lerch hatte mehr als tausend Interviews geführt, auch mit berühmten Menschen, doch so hilflos, so schrecklich befangen wie ihren erwachsenen Kindern hatte sie keinem Interviewpartner gegenübergesessen.

Erwachsene Kinder neigten dazu, ein Bollwerk gegen ihre Eltern zu errichten. Als hätte man sie über Jahre zu grimmiger Feindschaft erzogen. In ihrer Abwehrhaltung verstanden sie alles falsch, sie verstanden es willentlich falsch.

Es verblüffte sie immer wieder, wie ihre Kinder geworden waren. Wie sie sich manchmal aufregten und aufführten. Was war denn in sie gefahren, was hatte die Zeit mit ihnen angestellt? Wie ätzend die vierzigjährige Tochter sein konnte, wie kleinlich. Sie brauchte anscheinend einen familiären Rahmen, der das Leben zusammenhielt. In dem das Leben eingesperrt war.

Isa wollte nicht ungerecht sein, trotzdem fand sie den ereignislosen Alltag ihrer Tochter langweilig, ein Trott. Jetzt hatte Sandy die weißen Beine übereinandergeschlagen und blickte bekümmert drein. Die nassen Haare klebten an ihrem Kopf, der altbackene Schnitt stand ihr nicht, sie sollte…Isa verbot sich eine Bemerkung. Dabei reizte es sie zu fragen: Warum kaschierst du die grauen Haare nicht, die feinen Silberfäden?

Was schaust du mich so an, Mama?

Ich dachte eben, du hast so schöne Hände, die Nägel sind so hübsch lackiert, was ist das für ein Farbton?

Mir ist speiübel, antwortete Sandra unvermittelt, mein Magen, ich glaub, ich muss mich übergeben.

Du bist doch nicht etwa schwanger?

Nicht dass ich wüsste, antwortete Sandra spitz.

Sogleich ging es ihr besser, ein Beben zuckte durch ihren Körper, und die Spannung baute sich ab.

Gehst du noch zur Massage?, fragte sie ihre Mutter.

Die Massage lasse ich mir nie entgehen, Sandra.

Was hältst du davon, wenn ich mich anschließe?

Das fände ich klasse, antwortete Isa.

Sandra Flimm war nicht schwanger. Leider nicht. Oder doch zum Glück? Um mit vierzig nochmals schwanger zu werden wäre weit mehr Sex notwendig, als sie hatte. Als sie bekam. Als sie forderte. Als sie mit Rainer haben wollte.

Damit sie schwanger würde, müsste sie mindestens fünfmal in der Woche mit Rainer schlafen. Jeden Tag. Nicht zweimal im Monat. Mit diesem Sexmuffel. Doch war sie denn stärker interessiert? Begehrte sie wirklich vermehrt und heftig Sex mit ihrem Mann? Wie stellte man das überhaupt an, eine Belebung des erotischen Nachtprogramms nach zehn Ehejahren? Nach all den Wiederholungen mit Lustwerten von null bis hundert? Wie sollten sie den Ausgleich zwischen Raserei und abgebrochener Übung finden? Nachdem sie ausprobiert hatten, was mit den dafür geeigneten Körperöffnungen einvernehmlich zu bewerkstelligen war?

Um schwanger zu werden musste ein Empfängnisplan aufgestellt und eingehalten werden. Leider schon durchgespielt. Ohne Erfolg. Sie hatten die frustrierenden Bemühungen eingestellt. Als mittelaltes Paar müssten sie nochmals ausschließlich zielorientiert vorgehen. Befruchtungs-Countdown. Die fruchtbaren Tage bestimmen, den Zeugungsakt wie eine Punktlandung ausführen. Das war die Kunst, wenn es darum ging, Körperflüssigkeiten Erfolg versprechend zu vermischen.

Sandra seufzte, ihr Wunsch, neben Lars noch ein Mädchen zu haben, eine Eva-Maria, eine Barbara, eine Leonie, war in den letzten beiden Jahren stark geschwunden. Sie hatte einen unübertrefflichen kleinen Sohn, Punkt. Sie wusste, dass sie nach dem erotischen und fortpflanzungstechnischen Misserfolg nicht mehr über die Substanz verfügte, um die Torturen zu wiederholen.

Reagenzglas, künstliche Befruchtung.

Sandra hatte kapituliert.

Und Rainer? Da war sie sich nicht ganz sicher. Dass sein Samen medizinisch nicht der allerbeste war, hatte ihn getroffen. Zum Jungen noch ein Mädchen, das wünschte Rainer sich trotzdem weiterhin. Eine kleine Tochter zu bekommen, hereingeschneit, wie Mattis Lucie hereingeschneit war, wäre großartig.

Sandra stellte sich den Alltag mit einer Tochter harmonisch vor. Nähe wäre selbstverständlich, etwas Gemeinsames und Inniges würde sich ergeben, würde sie stillschweigend verbinden. Doch teilte Sandra all das Heraufbeschworene mit ihrer Mutter? Sandra fühlte und dachte selten wie sie und hasste es, wenn jemand sie mit Isa verglich und Ähnlichkeiten festzustellen wagte.

Für ihre Mutter zählte nur die Gegenwart, und jetzt war sie mit ihrem Abschied beschäftigt, dem grandiosen

Feature von Dorit Rösner, das ihr das Unwiderrufliche versüßen sollte. Das Übrige interessierte sie nur am Rande, es war nicht ihre Art, sich die Sorgenlast anderer Leute aufzuladen. Fremde Sorgen waren für sie Material und nur interessant, wenn sie in ein Format passten, wenn man im Radio darüber reden konnte bis zum Schlusswort:

Lassen wir das so stehen.

Mit diesem Satz, der Toleranz vortäuschte, entzog sich die Moderatorin, entzog sich die Mutter.

Wechseln wir das Thema, ich will das nicht vertiefen.

Blick auf die Uhr.

Die Tochter war das Muster gewohnt. Sobald Isa etwas zu viel war, ließ sie es einen rasch wissen: Eine lange Geschichte, reden wir ein andermal darüber.

Isa würde eine Stunde mit hundert Minuten begrüßen, wollte ständig sehen, hören, fühlen und begreifen, und vor allem wollte sie im Radio davon erzählen. Am liebsten wäre diese gierige Frau vor jedem Schlafbedürfnis gefeit. Um nichts Wichtiges zu verpassen.

Und was war denn, bitte, nicht wichtig?

Wäre es nicht großartig, wenn man mehrere Leben parallel leben könnte? Wenn man gleichzeitig an verschiedenen Orten und in verschiedenen Zeiten unterwegs sein dürfte – immer im besten Alter?

War das ein dummer Traum, ein Wahn, war es unersättliche Lebensgier, war es die schiere Angst, vom Leben aufgefressen zu werden? Es war auf jeden Fall ein labiler Zustand, von dem Isa nur mit Brandy wieder herunterkam.

Isa Lerch lag bäuchlings auf der ledernen Bank des Masseurs, ein weißes Handtuch über dem Po, ihr Rücken war nackt und lang, die Haut glänzte vom Öl. Das Gewebe, die Muskulatur, die Wirbelsäule, der Nacken, sie gehörten den Händen des Masseurs, der ihren Körper kannte, die Stellen, die meist verkrampft waren und gelöst werden sollten, die Partien, die zumeist geschmeidig und glatt waren, die einzelnen Wirbel, die er lockerte und, einen nach dem anderen, gelenkig machte, indes die Frau unter seinen Griffen unwillkürlich zuckte und ächzte, wenn er einen verhärteten Muskel knetete, bis er nachgab, bis er elastisch wurde und sich die ganze Prozedur in Genuss, in eine reine Wohltat verwandelte, während die kundigen Hände über den Nacken zu den Schultern wanderten und sie walkten und kneteten und ihnen professionell Gutes taten, dem zerfließenden Frauenkörper Gutes taten, eine volle Stunde lang.

Genauso empfand es Sandra, obwohl sie auf der zweiten Liege zunächst Widerstand gegen die fremden Hände leistete. Ihre Muskulatur verhärtete sich, sie hatte Mühe, sich dem Willen ihres Masseurs zu überlassen, wehrte sich innerlich gegen diese erfahrenen Männerhände, die sich kräftig mit ihrem Fleisch beschäftigten. Doch ihr Masseur ließ nicht locker, es störte ihn nicht, er wusste, dass er mit Geduld, mit einer selbstverständlichen Hartnäckigkeit, diese Muskulatur gewinnen würde, diesen mentalen Widerstand brechen würde, jetzt machten einzelne Muskeln noch zu, aber das würde sich geben, die Muskeln würden sich öffnen, sie würden sich seinen Händen überlassen.

Sandra fühlte sich nach der Massage wie eine riesige reife Pflaume und einigermaßen gerädert. Aber sie wusste, sie wollte das wieder haben, sie musste diesen Genuss wiederholen.

Isa Lerch erhob sich von der Massagebank und streckte sich wohlig aus. Wie eine biegsame Katze, dachte Sandra, und der mäkelnde Blick hatte keine Chance mehr gegen

Isas Lebenskraft. Es hätte Sandra nicht gewundert, hätte Isa in diesem Moment das Geständnis abgelegt, sich einen jungen Liebhaber genommen zu haben.

Doch sie blickte nur kurz auf die Uhr und eröffnete, ich habe einen Termin bei Radio Z, ich schließe nicht aus, dort nach meinem Abgang beim Schweizer Radio eine Sendung zu moderieren, ein neues Format, ich habe eine Idee.

Mutter und Tochter verabschiedeten sich auf dem Parkplatz vor dem Schwimmbad mit einer Umarmung und Wangenküssen. Isa hatte die Erin-Brockovich-Sonnenbrille aufgesetzt, Lippenstift aufgelegt, Sandra blinzelte in die Sonne, sie rochen beide nach Massageöl und einem Hauch Chlor.

Allein fuhr jede in ihre Richtung davon.

Sandra fühlte sich wohl, die Haut glühte nach, alle Organe gut durchblutet, sie spürte ihren Herzschlag. Er pochte sogar in ihrem Geschlecht. Sandra würde jetzt gern zu einem Mann fahren, zu einem Geliebten, und mit ihm schlafen. Sie würde sagen, besorg es mir, fick mich – sie erschrak über die Derbheit ihres Wunsches.

Die Straße war ein langer grauer Teppich, der unter dem Auto verschwand. Am Steuer fiel es ihr leicht, sich zu sammeln. Die Landschaft verlor ihre Statik, vor dem Horizont wurden Bäume verschoben und Häuser versetzt. Von Kurve zu Kurve änderte sich die Perspektive, der ständige Wechsel war ihren Gedankenflügen und Zeitsprüngen förderlich, nichts war festgelegt, nichts war angewachsen, sogar der Himmel drehte sich, als wäre auch er ein Element einer großen Spieluhr.

Sie nahm die kurvenreiche Straße schneller als gewohnt. Ihre Augen kannten den Weg auswendig, ihre Füße traten das Gaspedal, die Bremse und die Kupplung selbstständig, die Hände bedienten Gangschaltung und Lenkrad ohne ihr Zutun, sie fuhr, als würde sie gefahren, und der wiederholt aufflammende Gedanke bedrängte sie, dass es etwas Trauriges hätte, etwas Bitteres, wenn sie das, was sie war, nur aus Opposition zur eigenen Mutter geworden wäre.

Brachland, Hallen aus Stahl und Wellblech, vereinzelte Bäume, wildes Obst, betonierte Rampen, Büros in barackenartigen Gebäuden, Stapelware im Freien. Trotz vieler Farbtupfer wollte niemand hier den Blumentopf für schöne Gestaltung gewinnen.

Tonis Autowelt lag im Industriegebiet zwischen einer Firma, die Bauelemente aus Beton produzierte, und einer Fabrik, die Kunststoffbehälter herstellte. Auf einem mit rot-weißen Fähnchen abgegrenzten Feld standen zum Abwracken bestimmte Automobile. Hier war ihre Endstation, nichts mehr erinnerte daran, dass die Autos vor ein paar Jahren das Werk des Herstellers als bewunderte und begehrte Neuwagen verlassen hatten. Der Autofriedhof sah wie ein Schlachtfeld aus. Erst auf den zweiten Blick war die Ordnung sichtbar.

Rainer Flimm hatte Mühe, sich auf die Arbeit zu konzentrieren. Er war unterzuckert, ja, er sollte endlich einen Apfel essen und einen Schokoriegel. Seit in seinem Leben ein paar Dinge in Unordnung geraten waren, vernachlässigte er so Elementares wie die Nahrungsaufnahme. Er fühlte sich wie nach einem inneren Beben. Er sollte das Durcheinander aufräumen. Am frühen Abend musste er in Form sein, wieder in seinem Rahmen. Zum Austausch von Informationen über umfangreiche Bauvorhaben traf sich eine überregionale Kommission, der er angehörte. Im Anschluss daran war eine Versammlung der Grünliberalen Partei einberufen, ein Event der Bezirksgruppe. Rainer fieberte der Zusammenkunft entgegen, und zugleich war ihm bang davor.

Er wälzte in seinem kleinen, mit Autoteilen und Kram überladenen Büro strategische Gedanken zur Warenbewirtschaftung. Das Wetter war schwül, auch der Computer sonderte Wärme ab, auf dem Bildschirm verglich Rainer Zahlenreihen, Diagramme und Statistiken.

Es fehlte die Übersicht, es dauerte zu lange, sich zu orientieren. Rainer wollte das Manko beheben: Was ist wo zu finden, wie groß ist die Stückzahl, wie lange befinden sich die Teile schon im Lager?

Auf dem Schreibtisch stand eine zur Hälfte mit Münzen gefüllte Fünf-Liter-Flasche aus grünem Glas. In jedem Auto, das entsorgt wurde, fanden die Arbeiter Geld. Münzen unter den Teppichen, Münzen zwischen den Sitzen, Münzen im Handschuhfach und im Kofferraum. Mit der zusammengetragenen Summe bestritten sie jedes Jahr die Kosten für den Firmenausflug.

Rainer trug ein offenes weißes Hemd und eine Jeans, das Licht fiel flach herein, auf dem Areal vor dem Büro schraubten und schnitten Männer in grauen Overalls Schrottwagen auseinander. Sie entfernten Reifen, sortierten Metalle zum Einschmelzen, sammelten Batterien in Containern, schichteten Kunststoffe zu Haufen und luden noch brauchbare Teile auf Europaletten. Der Kran stapelte ausgeschlachtete Karosserien für die Stahlpresse und den Schredder. Die Entsorgung verursachte Lärm.

Doch Rainer, nun auf dem Weg zum Ersatzteillager, konnte jedem der Geräusche eine Tätigkeit im Entsorgungsprozess zuordnen.

Im Lager, einer offenen Halle, sprach er mit Pitsch, dem zuständigen Chef, der als Einziger den Bestand im Detail kannte, die Übersicht hatte und wusste, wo Kurbelwellen oder Außenspiegel oder Alufelgen für eine bestimmte Automarke abgelegt waren. Wenn ein Kunde Ersatz für ein Heckfenster eines Renault Twingo suchte, wusste Pitsch, Tonis Cousin, ob das Fenster vorrätig und wo es zu finden war. Es gab Dutzende von Regalen und Anhäufungen. Peter (Pitsch) Walser kramte all das, wonach gefragt und was bestellt wurde, ohne nachdenken zu müssen, hervor, und es leuchtete ihm nicht ein, warum der Bestand mit viel Aufwand erfasst und digitalisiert werden sollte, er hatte ihn ja im Kopf.

Und wenn du einmal nicht da bist?

Ich bin doch immer hier.

Und wenn du krank bist?

Ich war die letzten fünfzehn Jahre nie krank.

Und wenn du tot umfällst?

Ich falle nicht tot um, Rainer.

Gegen diese Sturheit war schwer anzukämpfen, aber Rainer wollte sich durchsetzen. Er wollte die Ersatzteile im Internet anbieten.

Neben der Lagerhalle baute Pitsch Gemüse an. Ein Schneckenzaun umrahmte seinen Garten, die Ernte fiel üppig aus, füllte mehrere Tiefkühltruhen. Pitsch hielt auch Kaninchen. Als Rainer am Stall vorbeigelaufen war, hatte er das Mümmeln der Tiere gehört und sie gerochen. Pitsch Walser, der Lagerist, war immer anwesend, das stimmte, doch das Schlitzohr wollte sein Wissen nicht teilen.

Gereizt verließ Rainer die Halle. Auf dem Werkgelände landeten ein paar Stockenten, sie kamen jeden Tag vom Fluss herbeigeflogen und grasten in der Nähe eines einsamen Fußballtors ohne Netz, das auf einem sandigen Platz stand. Darüber der Himmel, dieses blaue Wunderwerk, dessen Schönheit Rainer schon oft für all das Ungestalte und alles Ungemach entschädigt hatte.

Wieder im Büro, trank Rainer ein Glas Wasser aus der Leitung. Es schmeckte wirklich gut, das befriedigte ihn, hatte er sich doch in seiner Gemeinde für schärfere Düngevorschriften und den großen Baukredit starkgemacht, mit dem eine Frischwasseraufbereitungsanlage finanziert werden sollte.

Sauberes Wasser – keine Selbstverständlichkeit.

Mit dieser Parole hatte die Grünliberale Partei vor einem Jahr geworben und die Abstimmung gewonnen, und vor zwei Wochen war es Barbara Rey gewesen, die Neue, die auf einer Veranstaltung formuliert hatte:

Die Schweiz ist ein Musterland, ökologisch top, sogar die Flüsse haben Trinkwasserqualität.

Rainer lutschte brav seine Traubenzuckertabletten.

Unter Traktandum 7 war eine Orientierung vorgesehen, die Zukunft der stillgelegten Kiesgrube betreffend, in der sein Schwiegervater hauste, der Alte mit den grantigen Launen.

Rainer hatte mit dem Vater seiner Frau mehrere Gespräche geführt und sich über die Unbelehrbarkeit des Künstlers geärgert. Die Verwaltung der Gemeinde, auf deren Land die Kiesgrube lag, würde den Krater am liebsten mit Bauschutt auffüllen und begrünen lassen. In einem amtlichen Schreiben, von dem Rainer Flimm wusste, hatte der grünliberale Präsident die Grube als Schande für die Gemeinde bezeichnet. Nach der Auffüllung könnten dort Nutzpflanzen angebaut werden, Mais und Sonnenblumen. Es hatte sich außerdem eine ernst zu nehmende Interessengemeinschaft gebildet, die IG Park, einflussreiche Personen mit finanziellem Hintergrund, die den Ort als Freizeitanlage gestalten und einen lukrativen Baggersee durchsetzen wollten.

Severin Lerch war ein Dickschädel. Rainer tat sich schwer, den aufbrausenden Mann mit Samthandschuhen anzufassen, Freunde würden sie ohnehin nie werden. Die letzten Jahre hatte zwischen ihnen Waffenstillstand geherrscht. Rainer hielt sich wegen Sandra zurück, sobald er ihren Vater kritisierte, verteidigte sie ihn vehement.

Schau dir seine Hände an, schwärmte sie, Papas Hände sind sensibel und stark.

Sandra verzieh ihrem Vater seine Schrullen, die Eitelkeit und das Empörungsgehabe, wie es unglückliche Künstler gern zur Schau stellten. Rainer ging das kindische Gebaren auf den Zeiger. Den Zwang, sich wichtig zu machen, sich ständig in den Mittelpunkt zu rücken, die zopfige Künstleroptik, in der sich die Elemente ausnahmslos um das eigene Ego rankten, empfand Rainer als peinlich. Manchmal benahm sich Severin, als wäre er ein Anhänger der christlichen Himmelsmechanik, in deren Zentrum die von der Sonne umkreiste Erde stand. So ein Zentrum wollte er sein, der Nabel der Welt. Es hatte sogar Phasen gegeben, in denen Rainer dem Charme und den Listen des Künstlers erlegen war, seiner schlauen Art, die Leute einzuseifen.

Rainer hatte den Anspruch, Probleme gewissenhaft und sachlich anzugehen, sie als zu lösende Aufgaben zu betrachten. Ihn brachte nichts so schnell aus der Fassung. Er hörte ruhig zu, er ließ den anderen ausreden und kam zum springenden Punkt.

Sache ist, liebte Rainer Flimm zu sagen.

Wenn er *Sache ist* sagte, war er im Recht, dann hatte er die besseren Karten. *Sache ist* sprach Rainer zuversichtlich aus. Es hieß, dass er sich kundig gemacht hatte, den Durchblick hatte. Seine Gewissheit basierte auf dem Studium des Dossiers und ließ ihn manche Anfechtung ertragen. Was ihm trotzdem zu schaffen machte, war der Schmäh seines Schwiegervaters, der ohne Respekt für Rainers Kompetenzen war, für seinen Beruf und die politische Arbeit.

Die Ignoranz des alten Künstlers war dreist. Rainer konnte über die Geringschätzung hinwegsehen, er musste es tun, und manchmal nahm er es sogar mit Humor, standen doch auf dem weitläufigen Rasen vor seinem Haus mehrere Kunstwerke von Severin Lerch herum, mit der Kettensäge grob aus Baumstämmen herausgeschnittene, nicht eben intelligent wirkende Kreaturen, ja, Karikaturen, auf die kleine Vögel fröhlich herabschissen.

In der Politik, das war Rainers Überzeugung, ging es generell darum, für seine Anliegen eine Mehrheit zu finden, und speziell, für die grünliberalen Anliegen zielführende Seilschaften zu bilden.

Was ist machbar, durchsetzbar?

Keine Allianz ist tabu.

Wir denken in alle Richtungen.

Es war folgerichtig, dass politische Bündnisse sich dynamisch verhielten. Eine Zweckgemeinschaft löste sich nach dem Sieg oder der Niederlage wieder auf, Bündnispartner waren wie Elektromagnete, die man ein- und ausschalten konnte.

Rainers Grünliberale Partei hatte Standpunkte, aber nichts war zementiert. In den Programmen der gegnerischen Parteien würde Rainer Flimm Streichungen vornehmen und andere Kernthemen setzen. Er respektierte die Grünen. Aber die Grünliberalen hatten sich von ihnen abgespalten. Sie hatten es tun müssen. Für die Grünliberale Partei musste ein Geschäft ökologisch und ökonomisch stimmig sein, demnach musste es auch rentabel sein. Zum Politikstil der Grünliberalen gehörten die computergestützte Analyse, die Statistik, die anschauliche Grafik, die elektronische Erfassung und Verarbeitung von Daten. Politische Mathematik war wichtig. Die Partei verfügte über eine Datenbank (Was hat welcher Politiker wann und wo gesagt?) und konnte ermitteln, welche übergreifenden Mehrheiten möglich waren.

Mindestens 50 Prozent und eine Stimme.

Wechselnde Mehrheiten.

Sandra stand Rainers politischer Laufbahn und der Partei der Grünliberalen, vor allem ihrer Mehrheitsbeschaffung, skeptisch gegenüber. Sie fand die Haltung windig und die über den Konsens angestrebte allgemeine mittlere Unzufriedenheit grauenvoll.

Rainer hingegen war nicht in der Politik tätig, um dort sein Glück zu finden; Rainer wollte ins Parlament gewählt werden und Dinge verändern, er wollte dieses Land mitgestalten. Wenn nach einer politischen Verhandlung alle

Interessenvertreter mit dem Ergebnis leidlich zufrieden waren und bereit, bei der Umsetzung mitzuarbeiten, wenn keine Lobby das Beste erreicht hatte, aber jede Gruppe ihre Anliegen berücksichtigt fand, stellte ihn das hochzufrieden.

Fließende Übergänge statt harter Grenzen.

Permanente Planungssicherheit, geradlinige Abläufe.

Rainer liebte das Verlässliche. Er liebte die Schweiz und fand Berge und Seen großartig. Aber wenn er bei einer Tagung das Wort ergriff, wenn er auf einer Versammlung als Redner ans Pult trat, vergaß er nie hervorzuheben: Das Beste ist die moderne Industrie des Landes, das Beste sind die effizienten, für das Bruttosozialprodukt entscheidenden kleinen und mittleren Unternehmen.

Wo du hinschaust: KMU.

Rainer Flimm behandelte Standort und Lebensraum als Einheit und rühmte die überragende Infrastruktur.

Basis der Zivilgesellschaft, sagte er und hob beide Hände.

Das politische System der direkten Demokratie ist kein Selbstläufer, stand in seinen Unterlagen, wir müssen es im steten Wandel bewahren, wir müssen dafür kämpfen, sonst geht es verloren.

Den Kopf voll geschmeidiger Gedanken und mit entsprechenden Stichworten im Notizbuch war er vor einiger Zeit zum Parteitag der Grünliberalen gefahren.

Nach einer Abstimmung mit knappem Ausgang fließt die Ansicht der unterlegenen Minderheit mit in die Gesetzgebung ein. Das muss so sein, hatte er mit Bleistift festgehalten. Vor wichtigen Entscheidungen wird eine Vernehmlassung durchgeführt, Institutionen, Gewerkschaften, Verbände und Einzelpersonen werden um ihre Meinung gebeten. Sie sollen ihre Interessen darstellen, ihre Sicht auf die Dinge. Warum? Die möglichst breit abgestützte Lösung ist der Idealfall, Konsens ist ihr Schlüsselwort.

Chancengerechtigkeit.

Swissness: Qualität, Innovation, Präzision.

Heimat, Wirtschaftsstandort, Finanzplatz.

Die Schweiz, hatte Rainer auf der mit Plakaten und Fahnen dekorierten Bühne einer lokalen Mehrzweckhalle in ein Mikrofon gesprochen, die Schweiz ist das langweiligste Land der Welt.

Die Delegierten, an langen Tischen sitzend, die Augen eben noch auf Papiere und Bildschirme gerichtet, horchten auf. Wollte sich da ein ganz Schlauer wichtigmachen?

Die Nominierungen für die Wahlen standen an.

Ich meine *langweilig* als Kompliment. Dass die Schweiz, dass unser Land für ausländische Sender und Magazine selten Stoff zur Berichterstattung bietet, sehe ich grundsätzlich positiv. Hier zählen Recht und Gesetz, sie werden eingehalten und durchgesetzt. Die Schweiz kommt in ausländischen Berichterstattungen nur selten vor, weil keine Regierung gestürzt und kein Präsident zum Rücktritt aufgefordert wird, weil keine Streiks das Land lähmen, die Sicherheit hoch ist, die Häuser stabil gebaut sind und die Flüsse so geführt, dass sie nicht über die Ufer treten. Und obendrein funktioniert die Müllabfuhr, funktioniert die Versorgung mit Wasser, Gas und Strom.

Sache ist, benutzte Rainer sein liebstes Kürzel.

Und er listete auch das Anzupackende auf: Bankgeheimnis, Schengen, der starke Franken, liebe Freundinnen und Freunde.

Rainer Flimm auf die Liste, hatte nach dem Applaus eine Frau gefordert, die sich als Barbara Rey vorstellte und vor einem halben Jahr zu den Grünliberalen gestoßen war: um zu schnuppern. Eine Zugewanderte aus Deutschland, eine Münchnerin. Das schweizerische Gemenge von grün und liberal, fand Barbara Rey, ist zukunftsweisend. So eine Partei ist in Deutschland noch nicht möglich.

Die beredte junge Frau mit dem schwarzen Pony hatte ein Profil formuliert, das ganz im Sinn der Partei war und sich auch wie auf Rainer Flimm zugeschnitten anhörte. Sie schob das Kinn ein wenig vor und rief mit Begeisterung: Frag nicht, was dein Land für dich tut, frag, was du für dein Land tun kannst.

Sie hatte ein Glitzern in den Augen.

Rainer Flimm fühlte sich geschmeichelt.

Viel mehr: Rainer Flimm wähnte sich verstanden. Und noch mehr: Sie verschlug ihm den Atem. Ihre Intelligenz, ihr Äußeres. Wie anmutig diese Frau sich bewegte, wie lässig sie die Beine übereinanderschlug und wieder entflocht, wie flink sie durch die Tagungshalle lief und ihm, der am Vorstandstisch saß und in einer Broschüre blätterte, die Hand auf den Rücken legte. Und dort liegen ließ.

Schau, sagte sie, zeigte ihm auf dem Smartphone Fotos, die sie während seiner Rede geknipst hatte. Geil, sagte sie.

Er räusperte sich, freute sich ungemein. Wie ungeniert sie in der Kaffeepause die Schuhe abstreifte und die Füße knetete.

Bisschen Gymnastik tut gut, ächzte sie, bog und streckte die Zehen.

Wie immer das Rad sich drehte, wie immer die Würfel fielen: Es hatte mit Rainers Willen und Wollen nichts zu tun. Sein Verstand tat sich schwer mit dem Umstand, mit der mächtigen Tatsache, verliebt zu sein. Es war eine Verstrickung, es war eine Verfehlung. Es war etwas unsäglich Lebendiges, als verheirateter Mann müsste er es abtöten. Er müsste die Nacht des Parteitags, als er am späten Abend den Gedanken hegte, an ihre Zimmertür zu klopfen, sich aber nicht getraut hatte, aus der kompakten Erinnerung herausschneiden.

Rainer belegte Zimmer 405 und Barbara 406.

Am Schlüsselbrett hatten die Schlüssel nebeneinandergehangen.

Sie teilten den Balkon, eine Milchglasscheibe trennte die Hälften. Rainer lag im Bett, hatte das Licht schon gelöscht, Balkontür und Fenster geschlossen, die Geräusche der Sommernacht würden ihn sonst verrückt machen. Barbara Rey geisterte durch seine Gedanken. Er wusste, dass ein Gehirn verschiedene Areale hatte, dass in einem Areal das Begehren geschürt und in einem anderen die Einwände erhoben wurden, hier lockten bis zum Schritt entblößte Frauenbeine, dort drohte ein Zeigefinger.

Zur Abkühlung rief Rainer sich das Bild vor Augen, wie er beim Urologen im weißen Neonlicht einer engen Kabine Ejakulat in eine Plastikschale hatte abgeben müssen, damit Anzahl und Qualität seiner Spermien im Labor geprüft werden konnten.

Er fand trotzdem nicht in den Schlaf, Rainer fand gerade deswegen nicht in den Schlaf, die Abgabe war so mechanisch und, ja, erniedrigend gewesen, als hätte es sich um den Eignungstest für ein Zuchttier gehandelt.

Rainer setzte sich auf, sah Licht, ein gelber Schein fiel auf den Balkon. Durch das geriffelte Glas erkannte er eine weibliche Silhouette. Er stieg aus dem Bett, zog sich wieder an, langsam, nahm ein Bier aus der Minibar und trat nicht ohne ein Zögern auf den Balkon hinaus.

Barbara lehnte am Geländer, ebenfalls ein Bier in der Hand. Kannst du auch nicht schlafen?

Der Tag geht mir noch durch den Kopf, log er.

Es ist doch super für dich gelaufen, meinte sie.

Ja, sagte er, danke für die Unterstützung.

Schau dir diesen Himmel an, staunte sie.

Der Himmel indigoblau. Ein paar berühmte Sternbilder konnte man deutlich erkennen, nur fielen Rainer die Namen nicht ein.

Weißt du, wie die Dinger heißen?, fragte er grinsend.

Ich habe die Namen schon mehrmals gewusst und wieder vergessen, antwortete Barbara und lachte.

Hier sind Fledermäuse unterwegs, sagte Rainer, man sieht sie nicht, man spürt sie; ihre Flügel erzeugen ein minimales Geräusch, als würde Seidenpapier glatt gestrichen.

Sie glitten in ein Gespräch; Barbara erzählte von sich, und Rainer dachte, dass ihre Stimme im Dunkeln eindeutig heiserer klang als im Tagungsraum, wo sie sich am Nachmittag für ihn starkgemacht hatte. Aber das lag wohl an der Nacht, und es lag am Flüsterton, als wäre Barbara etwas daran gelegen, dass niemand sie belauschen konnte.

Rainer dankte ihr nochmals für die Unterstützung; aber er wäre sich albern vorgekommen, wenn er nun, nur weil Parteitag war, vom verheerenden CO_2-Ausstoß zu sprechen angefangen hätte, vom Ozonloch in diesem erhabenen Nachthimmel, von nachhaltigen Konzepten und der vorbildhaften grünliberalen 2000-Watt-Gesellschaft.

Komm doch herüber, lud sie ihn ein, bring ein Bier mit.

Lieber Severin, hatte Rainer seinen begriffsstutzigen Schwiegervater aufgeklärt, Sache ist, dass das Recht, was die Kiesgrube betrifft, ich wiederhole es, nicht auf deiner Seite steht. Jedes Gericht wird zu dieser Einschätzung gelangen. Es bleibt dir nichts anderes übrig, als die Kiesgrube mit den neuen Mietern zu teilen, es dürfte dir sogar zugemutet werden, an einem anderen Ort zu arbeiten. Für deine Bildhauerei ist die Kiesgrube kein zwingend notwendiger Werkplatz, und bei der Abwägung ist es irrelevant, ob du ein Künstler bist oder ein Paintball-Krieger.

Vergiss es, Raini.

Mein Schwiegersohn ist Schrotthändler, so hatte Severin Lerch Rainer auf einer Vernissage seinem Galeristen vorgestellt und ihm herablassend auf die Schulter geklopft. Der unanständige Alte hatte Rainer, wie immer, wenn er ihn heruntermachte und aufziehen wollte, Raini genannt und auch den zahlreichen mit Sekt und Häppchen beschäftigten, sich um seine Holzfiguren scharenden Gästen belustigt mitgeteilt: Herr Flimm schlachtet Autos aus. Und mit den Münzen, die Raini unter den Fußmatten findet, wird die Kaffeekasse gefüttert.

Der überhebliche Künstler in seiner Cargohose, ein affiges Käppi aufgesetzt, parlierte selbstgewiss. Die Gäste, festlich gekleidet, die Herren im Anzug, die Damen im Kleidchen, amüsierten sich prächtig. Der angesäuerte Schwiegersohn, ein Glas Wasser in der Hand, die Augen geschlossen, hatte bis drei gezählt und gesagt: Es kann ja nicht jeder ein großer Künstler sein.

Sandy hatte Rainer gebeten, mit ihren Eltern nicht zu streiten. Small Talk war angesagt. Locker bleiben. Seiner

Frau zuliebe steckte Rainer die Beleidigungen weg. Er hatte sich damit abgefunden, von seinen Schwiegereltern nicht anerkannt zu werden, nie ganz.

Isa war nicht so übelwollend wie ihr Mann, der Grantler. Ohne ihn fand er sie sogar unterhaltsam, auch wenn die Schwiegermutter ihn gern aufzog: Du bist mir zu bürgerlich, Rainer, du bist ein Erbsenzähler. Die Radioikone interessierte sich für Menschen und zeigte für alle Themen eine professionelle Neugier. Darum glaubte Rainer, dass auch der unübertrefflich smarte Mix aus grünen und liberalen Inhalten bei ihr nicht auf taube Ohren stieß. Stocktaub hingegen war Severin.

Grünliberal? Hör mir damit auf.

Severin Lerch würde die Welt am liebsten mit der Kettensäge zurichten, er sonnte sich in seiner Überheblichkeit: Künstler sehen eben Dinge, die anderen Menschen entgehen. Künstler haben ein besonderes Auge, das bessere Auge.

Dieses Mal hatte sich der große Künstler zu viel herausgenommen, er war in Schwierigkeiten, und der sonst verkannte kaufmännische Geschäftsführer Rainer Flimm sollte ihm aus der Klemme helfen. Die Briefe, die Severin Lerch an den Gemeindepräsidenten geschrieben hatte, waren inakzeptabel gewesen, mit seinem lümmelhaften Gehabe schadete der Künstler sich selbst.

Er war ein Primitivling.

Ein Stänkerer – buchstäblich ein Holzkopf.

Radau machen kann jeder, hielt Rainer dem Schwiegervater vor.

Genau, hatte Severin dreist geantwortet, ich bin todsicher kein Typ, der die Faust im Sack macht.

Aber Rainer hatte die Faust im Sack machen müssen und dem Familienfrieden zuliebe nicht ausgesprochen, was er dachte: Du kannst mich mal.

Sache war, dass Severin Lerch nur den Eigennutz im Kopf und keinen Sinn für das Gemeinwohl hatte, er beurteilte die Situation selbstbezogen und selbstherrlich. Ein alter Mann, der die moderne Zivilgesellschaft mit einem schlichten Comic verwechselte, der maßlos übertrieb und zuspitzte. Der Holzbildhauer konnte die Konsequenzen augenscheinlich nicht abschätzen, vielmehr: Es interessierte ihn einen feuchten Dreck.

Man will mich von hier vertreiben, kapierst du das nicht, Raini? Mich und Akita und meine Skulpturen. Die Gemeinde will meine Kiesgrube zuschütten oder unter Wasser setzen lassen. Das sind Verrückte. Das ganze Theater ist eine bösartige, gegen mich gerichtete Verschwörung.

Der kräftige Mann stand breitbeinig auf seinem Werkplatz, die Kettensäge in den Händen, der gemeingefährliche Hund neben ihm knurrte und fletschte die Zähne.

Warum lassen elende Bürokraten einen verdammten Paintball-Club hier einziehen und herumballern? Erklär mir das, Raini.

Severin schimpfte, als hätte sein Schwiegersohn ihm nicht längst auseinandergesetzt, was Sache ist. Rainer hörte betreten zu, die Hände in den Hosentaschen, den Blick gesenkt.

Sie wollen mich begraben oder ersäufen.

Severin funkelte seinen Schwiegersohn an.

Die totale Katastrophe. Ein Verband von Idioten. Severin wurde grob. Lauter Vollpfosten. Der Herr Gemeindepräsident, dieser grünliberale Dampfplauderer, verschanzt sich hinter Paragrafen, der feige Sack. Ich sollte den Fahnenmast vor dem Gemeindehaus mit der Kettensäge umlegen.

Der Präsident ist nicht der Entscheider, Severin, es wird an der Urne darüber abgestimmt.

Rainer wich einen Schritt zurück, er fürchtete, Severin

werfe die Kettensäge gleich an. Und er verabscheute den wie wild bellenden weißen Hund, er traute den beiden Wüterichen nicht. Das Tier hatte eine dicke blaue Zunge, und Geifer tropfte zu Boden, der Künstler kickte mit seinen schweren Schuhen Holzstücke durch die Gegend und lärmte.

Komm wieder von der Palme herunter, hatte Rainer gesagt, beruhige dich, Severin.

Er hatte sich zügeln müssen, um den alten Mann nicht anzufahren: Dein Rebellieren ist absolut sinnlos!

Ich will mich überhaupt nicht beruhigen, Raini, hatte Severin Lerch seinen Sermon fortgesetzt, ich kann gar nicht wütend genug sein. Ich muss hier mordsmäßig Krach schlagen, einen Riesenwirbel muss ich veranstalten.

Im Baurecht ist keine Ausnahme für Künstler vorgesehen, es wird nicht außer Kraft gesetzt, weil es dir nicht passt.

Ich verstehe das nicht.

Es ist doch nicht schwer zu verstehen!

Rainer redete und redete, er redete sich in seiner undankbaren Rolle den Mund fusselig und würde Severin doch nicht erreichen. Er wusste das. Dieser Besserwisser und Sturkopf war nicht bereit aufzunehmen, was er ihm klarzumachen versuchte, er hatte sich in seiner Kunst- und Grubenwelt verschanzt, in einem schalldichten Raum. Sein Schwiegervater wollte unerreichbar sein, und er wollte unverstanden bleiben.

Dies ging Rainer durch den Kopf, während er sich im Büro von Tonis Autowelt auf die bevorstehende Sitzung einstimmte. Es waren keine leichten Gedanken, aber noch schwieriger war es, an Barbara zu denken. Bangen Herzens fieberte er der Veranstaltung entgegen, aber er hatte auch Angst. Das Schwierigste war, dass er mit niemandem über seine Verlegenheit sprechen konnte. Am wenigsten könnte er Sandra einweihen, sein Geständnis wäre ein Dolchstoß, das durfte er seiner Frau nicht antun.

Die neue Wirklichkeit überforderte Rainer, und obwohl er es gern leugnen würde, seine nonkonformistischen Schwiegereltern hätten am ehesten Verständnis für seine Not. Nur, falls er sich ihnen anvertraute, würde er sich ihnen ausliefern. Sie müssten ein schwerwiegendes Geheimnis mit ihm teilen, könnten nicht mehr unbefangen mit ihrer Tochter sprechen, ohne ihn anzuschwärzen oder Sandy zu belügen.

Rainer schwitzte, sein Hemd hatte Flecken unter den Armen, er saß bekümmert am Schreibtisch, er las nicht konzentriert, die Augen huschten über den Bildschirm, mehrmals über dieselbe Seite, die Gedanken schweiften ab.

Wie unvorsichtig es gewesen war, Barbara einen Blumenstrauß zu senden. Was musste schiefgelaufen sein, dass Fleurop die Blumen seiner Frau lieferte, welcher Teufel hatte ihn nur geritten, als er die Adressen verwechselte? Wie stark musste er unter Druck gestanden haben, um diesen halsbrecherischen Fehler zu begehen, und welcher Engel hatte ihn dazu gebracht, nichts als *Ohne Worte* auf die Karte zu schreiben? Ihm war nichts Treffendes eingefallen, nichts, was ihrer Liebesnacht gerecht geworden wäre, beklommen, wie er sich im Blumenladen gefühlt hatte, als würde er gleich ertappt werden und auffliegen, die schreibende Hand zitternd, der Kopf leer, Knie aus Gummi.

Er hatte die rote Linie überschritten.

Weit entfernt erblickte Rainer, der immer noch benommen am Fenster seines Büros stand, die Stirn gegen das Glas gedrückt, die Ruine der ehemaligen Gießerei. Sie stand im leeren Feld. Das Ziegeldach war eingestürzt.

Dort hausten verwilderte Katzen, man hörte sie schreien, wenn sie sich paarten. Und es standen verrostete Gerätschaften und kaputte Maschinenteile herum, deren Gebrauch niemand mehr kannte.

Barbara hatte einen anstrengenden Tag hinter sich. Um von der Firma, von all dem vereinnahmenden Kram loszukommen und weil sie Lust auf Zerstreuung hatte, ging sie mit ihren Kolleginnen in ihr Stammlokal, in die plüschige Bar, wo am Feierabend ein kleines Vollmondbier aus dem Glarnerland angesagt war.

Die Frauen standen am Tresen, entspannt, sie hatten die Schuhe gewechselt, jede hielt eine hübsch designte kleine Flasche in der Hand, trank das würzige, eiskalte Bier.

Ist das nicht ein gelungenes Marketing, bei Vollmond zu brauen?

Das ist eben Swissness, scherzte eine andere.

Als Barbara den Begriff zum ersten Mal hörte, hatte sie nachfragen müssen, was heißt das, und sie hatte unterschiedliche Antworten erhalten, nicht kompatible Erklärungsmodelle, bis sie die Sache selbst auf den Punkt brachte: Swissness ist das Branding für Produkte, bei denen die Schweizer glauben, die Nase vorn zu haben und schlauer zu sein als der Rest Europas.

Die Schweizer Kollegen beklatschten die Formel.

Es tat gut, den Tag in der Bar ausklingen zu lassen, der Vorrat an anmutigen kleinen Flaschen, der Gesprächsstoff und der Büroklatsch waren unerschöpflich. In der Bar trat die Zeit auf der Stelle, zitternd wie der Sekundenzeiger einer Uhr mit sterbender Batterie, und es konnte einem nichts Unangenehmes zustoßen. Man konnte höchstens mit den eigenen Gedanken kollidieren.

Barbara war darin eine Meisterin.

Du bist jetzt zweiunddreißig.

Dreißig vorbei.

Die beiden Wörter klangen für alle Frauen, die an der Bar saßen, wie ein grausliches Mantra. Sie hatten das schon oft erörtert. Ab dreißig beginnst du, die zersetzende Kraft der mittleren Jahre zu spüren. Keine von ihnen war verheiratet, keine hatte Mann und Kind, eine Familie. Es hatte sich bisher nicht ergeben, und es wollte sich nicht einfach so ergeben, Familie musste nicht unbedingt sein. Der Kinderwunsch der Frauen war nicht vorherrschend, er konkurrierte mit anderen Begehrlichkeiten.

Bist du für jemanden, für einen Mann, die wichtigste Person im Leben? Die Frau, die er über alles liebt? Für die er kämpfen würde, sich opfern würde? Gibt es einen Mann, der das Zeug dazu hat, dein Herz zu verstehen?

Die Frauen der Runde, die Freundinnen zu nennen Barbara beim ersten Bierchen noch zögerte, waren zielstrebig, erstklassig in ihrem Beruf, und führten ein eigenständiges, selbstbestimmtes Leben. Den Verzicht auf Karriere zugunsten einer Familie zog keine von ihnen in Betracht, die Frauen erwogen nicht einmal ein Zurückstecken. Sie wollten definitiv beides. Sie gingen aufs Ganze. Sie arbeiteten hart für ein glänzendes Gesamtergebnis.

Barbara teilte den erschöpfenden Anspruch.

Familienfrau, Hausfrau, gar stillende Mama – das passte nicht in ihr Selbstbild, es war nicht einmal eine Option. Barbara hatte klare Vorstellungen von einem erfüllten Leben. Spitze im Beruf, eine warmherzige Mutter, eine Bombe im Bett.

Waren Ehen nicht immer kompliziert und meistens langweilig? In ihrem Team arbeiteten zwei Frauen, für die es nach Büroschluss nur einen Weg gab: den Eilmarsch an der Bar vorbei nach Hause. Beide standen fortwährend unter Zeitdruck und hatten keine Zeitreserve, die eine war verheiratet, die andere alleinerziehende Mutter.

Wenn du Mitte dreißig bist, bekommst du keinen unkomplizierten Sex mehr, sagte, wie aus heiterem Himmel, Margot aus der Buchhaltung.

Junge Männer fürchten sich vor Sex mit Frauen in unserem Alter, machte sich Margot angestrengt lustig. Sie hatte zu schnell und auf nüchternen Magen getrunken. Nun platzte es aus ihr heraus, als müsste sie den fiesen Anfall abschütteln: Sie haben Angst, hereingelegt zu werden. Es graut ihnen davor, wider Willen Vater zu werden. Sie wollen nur Oralsex.

Selten so gelacht, schmähte eine Kollegin.

Störrische Spätentwickler, die Jungs.

Sie würden das natürlich nie zugeben, lästerte Margot und tippte dabei mit einem Finger an ihre Flasche, aber irgendetwas hemmt sie, ein Feiglingsgen. Junge Männer wollen keinen Samen in uns zurücklassen. Sie unterstellen Frauen über dreißig, auf Samenraub aus zu sein. Einer hat sogar sein gebrauchtes Kondom mit nach Hause genommen.

Die Frauen am Tresen lachten so, wie man lachte, wenn es eigentlich nichts zu lachen gab, und hoben die schmucken kleinen Bierflaschen.

Hoch die Tassen.

Wir sollten allwissend sein wie Siri, die iPhone-Assistentin, machte die IT-Fachfrau Elsa sich lustig, Siri kennt den perfekten Algorithmus für das Leben.

Margot hatte nach ihrem Ausbruch die schmalen Schultern hochgezogen, die Achseln berührten die Ohrringe. Sie schniefte durch die Nase. Barbara tätschelte ihr sanft den Rücken, redete beschwichtigend auf sie ein. Sie selbst trank nur ein kleines Vollmondbier, wollte bald nach Hause, auf die Dachterrasse zu ihrer Tulpe.

Ich bin ja nicht blöd, sagte Margot leise, aber ich treffe nur schlechte Entscheidungen.

Barbara liebte die Skulptur, betrachtete sich als Co-Autorin und spürte bei dem spleenigen Einfall Wehmut. Eine kreative Arbeit, eine Tätigkeit, bei der sie Kopf und Hände benötigte, stellte sie sich als befriedigende Alternative vor: So könnte ich auch sein. Mit der schweren Kettensäge umzugehen wäre toll.

In der Kiesgrube hatte Barbara Michelangelos Behauptung ins Spiel gebracht, niemand hatte sie widerlegt, im Gegenteil, und in der Nachbesprechung war sie von Matt gelobt worden.

Dass die Tulpe tatsächlich in der Mamsell gesteckt hatte, gefiel Barbara. Sie hatte sich vor dem Besuch beim Künstler vorgenommen, Michelangelo ins Spiel zu bringen. Die Bemerkung sollte wie nebenbei fallen und nicht zuletzt auch Alex Kern erreichen.

Das hatte gut geklappt.

Ihre Überlegung war witzig, der Ton stimmte. Severin Lerch ließ sich darauf ein, sie hatte den Künstler auf seinem eigenen Terrain abgeholt, er war auf Michelangelo angesprungen, mehr als angesprungen, Barbara hatte Severin erobert.

Ohne ihr neckisches Nachhaken gäbe es die gelbe Tulpe nicht, das machte sie stolz.

Ohne das verpönte Nachhaken.

Typisch deutsch, musste sie sich gelegentlich anhören. Deutsche preschen vor, Deutsche sind vorlaut.

Und ihr Schweizer fühlt euch schnell bedrängt, Schweizer sind immer gleich beleidigt, konterte Barbara in solchen Situationen.

In der Kiesgrube, beim Künstler, war Alex Kern von ihrem Nachhaken begeistert gewesen. Barbara hatte das Michelangelo-Zitat nie ernst genommen. Trotzdem stand die gelbe Tulpe nun auf ihrer Dachterrasse. Fast hätte sie gedacht: leibhaftig. Sie freute sich darüber. Ein gelungener Coup. Ohne deutsche Beharrlichkeit, ohne das Geplänkel zwischen einer jungen Frau und einem älteren Mann, hätte Severin die Kettensäge nicht angesetzt. Der Künstler hätte Barbara ins Leere laufen lassen können, er hätte die Mamsell glatt in zwei Teile zersägen können, ohne die darin eingeschlossene Tulpe zu entdecken.

Das hatte er aber nicht getan.

Barbara hatte die neue Skulptur, mitgerissen von der Stimmung, die sie selbst initiiert hatte, spontan gekauft. Sie neigte zur Euphorie, ließ den Überschwang zu. Gelegentlich auszuflippen war ein notwendiger Ausgleich zur Kopfarbeit, die der Beruf ihr abverlangte. Nach der analytischen Arbeit und den Brainstormings war es befreiend, loszulassen, ausgelassen zu sein, eine Schnute zu ziehen, zickig zu sein, sich eine Stunde wie eine ungebärdige Jugendliche zu benehmen, bevor sie den Schalter wieder auf erwachsene Frau umlegte. Im Seminar von Matthias Lerch, bei dem es um Personalentwicklung ging, also auch um die Stärkung des eigenen Charakters, war ihr Verhalten angebracht gewesen, souverän.

Auf der Dachterrasse sah und hörte sie die Schwalben, die Vögel flogen Bahnen im gedeckten Blau des Himmels und stießen auf ihrer rasenden Jagd nach Luftplankton Schreie aus, vielleicht Warnrufe, um Zusammenstöße zu vermeiden, verwirrende Schreie, die Barbara nicht verstand, und mit einem Mal kam ihr die prächtige Dachterrasse, wo sie mit einer Dose Asahi-Bier und der stummen Tulpe saß, wie die einsamste Insel vor. Die schöne Blume war aus Holz, Barbara hatte auf der Terrasse niemanden, mit dem sie sprechen konnte, und niemand hörte ihr zu.

In dieser Stimmung und nach einem Blick auf die Uhr erwog Barbara, zu Severin Lerch in die Kiesgrube zu fahren. Doch sie verwarf den Gedanken gleich wieder, es war zu spät, sie war zu müde, um aufzustehen, hinunterzugehen und sich ins Auto zu setzen. Es kam ihr sogar zu mühsam vor, ein weiteres Bier aus dem Kühlschrank zu holen. Sie wollte mit den Fingern schnippen, wollte, dass jemand aufstand und es für sie holte.

Bitte, Barbara, ein neues Bier für dich.

Es zischt, wenn er die Lasche aufreißt. Er gibt ihr die silberne Dose. Während sie trinkt, krault er ihr den Nacken.

Oh Mann, was ist die Welt schön.

Barbara hatte sich mit Severin Lerch angefreundet, ein Funke war übergesprungen. Wenn sie mit ihm zusammen war, fühlte sie sich geborgen, sie konnte sich nicht vorstellen, jemals von ihm verletzt zu werden, sie konnte offen mit ihm reden. Wörter wie seelenverwandt kamen ihr in den Sinn. Doch sie schlief nicht mit Severin, sie war nicht seine Geliebte.

Seit dem Tag, an dem Severin die Tulpe auf der Dachterrasse installiert hatte, war er zweimal überraschend bei ihr hereingeschneit. Er hatte die Klingel gedrückt, stand vor der Tür, den großen weißen Hund an der Seite. Barbara hatte Severin nie weggeschickt, ihn fest umarmt, seinen angenehm kräftigen Körper, und ins Haus gebeten.

Der Bildhauer steckte in Schwierigkeiten, er wähnte die Kiesgrube und damit seine Existenz als Künstler in Gefahr.

Bei einem ihrer Besuche im Atelierhaus hatte er sie seinen Briefverkehr mit der Gemeinde lesen lassen, ausführliche Schreiben, die Severin in seiner Entrüstung verfasst hatte, knapp gehaltene, offizielle Antworten.

Der Gemeinderat behandelt eine Sachfrage, hatte Barbara zusammengefasst, du kämpfst gegen den Untergang.

Der Briefwechsel hatte Barbaras Sympathie noch verstärkt. Sie bewunderte Severins Direktheit, die wilden Attacken, seinen Widerstand. Die Etikette der Behörde bot ihr Anschauungsunterricht darüber, wie man einen Querulanten ins Leere laufen lässt.

Wenn sie die Briefe als Lehrstück nahm, hatte Severin alles falsch gemacht. Aber es hätte ihm nichts genützt, wenn er konform gehandelt hätte. Diplomatie und Höflichkeit hätten zu nichts geführt, ein mit *freundlichen Grüßen* unterzeichneter Brief wäre nur angenehmer zu lesen gewesen als einer voller Verunglimpfungen. Severin wusste das. Er wusste, dass Worte Taten waren und dass einmal ausgesprochene Worte nicht mehr zurückgenommen werden konnten. Sie entfalteten ihre Wirkung. Er hatte sich um Kopf und Kragen geredet.

Barbara war mehrmals zu Severin in die Kiesgrube gefahren. Er freute sich auch, wenn sie unverhofft auftauchte, er zeigte das, er hatte sie gern um sich, die junge Frau störte bei der Arbeit nicht, ihre Anwesenheit beflügelte ihn. Er hatte Barbara sogar beigebracht, wie man die Kettensäge führt, sie hatte unbedingt einen Baum fällen wollen, mit seiner Hilfe, klar. Und sie packten das an.

Der hochstämmige alte Birnbaum, den er für die Aktion ausgewählt hatte, kippte schließlich mit Rauschen und Krachen genau dorthin, wo er sollte. Verdutzt stand Barbara da, die schwere Kettensäge in den Händen, und betrachtete ihr Werk. Die Masse Holz und Laub war viel größer, als sie erwartet hatte.

Yep, hatte Severin sie gefoppt, da liegt er. Ein gefällter Baum ist nun einmal gefällt. Jetzt musst du ihn in Stücke sägen.

Später im Atelierhaus, als Severin selbstvergessen zeichnete, trat Barbara zu ihm an den Tisch, Frischs *Berliner Journal* in den Händen. Sie hatte in dem Buch gelesen, bestimmt eine Stunde. Nun schaute sie Severin über die Schulter, er schien sie nicht zu beachten, war in der Arbeit ganz bei sich, sie beneidete ihn darum.

Ohne ihn zu unterbrechen setzte sie sich wieder in seinen Lesestuhl, er stand bei einem Fenster, inmitten von Büchern, kleinen und größeren Stapeln. Das *Berliner Journal* hatte zuoberst gelegen. Seit ihrer Schulzeit hatte sie kein Buch mehr von diesem Autor gelesen. Beim Schmökern hatte sie immer wieder aufgeblickt, aufblicken müssen, um Severin anzuschauen, er war so ernsthaft bei der Sache, so selbstgewiss in seinem Körper.

Max Frisch hatte formuliert: *Ich sitze meistens an der Schreibmaschine, weil es mir da am wohlsten ist*. Barbara verstand das, im Schutzraum der eigenen Welt, die er selbst gestaltete; und Severin war es am wohlsten am Zeichentisch, auf dem Werkplatz…Sie wollte ihn später darauf ansprechen.

Ebenso auf Passagen über Frauen. Nach einem Spaziergang mit Marianne, der viel jüngeren Frau, notierte Frisch: *Wenn sie fröhlich ist, so scheint mir überhaupt nichts unlösbar*. Und an einer anderen Stelle: *Meine Hast vor dem Spiegel; der zeigt mir meine groteske Unzumutbarkeit für M. Dieser verfettete Alte, der ich bin!*

Severin löste sich von seinem Zeichentisch, stand versonnen auf, Barbara schaute zu ihm herüber, ihre Blicke trafen sich, und ihre Gesichter erhellten sich.

Er ging zum Kühlschrank, nahm Apfelsaft heraus. Entspannt lehnte er sich gegen die Spüle, aß Nüsse aus der Hand.

In seinem Atelier fühlte Barbara sich wohl, zu Hause, es tat ihr gut, bei Severin zu sein, nie war ihr langweilig. Er war da, kümmerte sich aber nicht um sie, er arbeitete, las.

Barbara klappte das Buch zu, stand auf, streckte sich und schlug ein paar Kinnhaken in Richtung ihres Spiegelbilds im Fenster. Es war noch heller Tag. Nur die Schatten hatten sich neu formiert. Akita lag nun in der Sonne, sein weißes Fell, der sandige Boden, die Gestalt flimmernd, das Tier ein Fleck. Barbara wusste, dass die Zeit hier nicht stillstand, aber sie strömte nicht zügig davon, sie breitete sich konzentrisch aus wie Kreise im Wasser, wenn man einen Stein hineinwarf.

Barbara nahm auch eine Handvoll Nüsse.

Wie hast du es geschafft, so lange mit Isa zusammen zu bleiben?

Severin nahm einen Schluck, antwortete nicht sogleich.

Ich glaube, das wissen wir beide nicht, Isa und ich raufen uns immer wieder zusammen. Sie hat ein großes Herz und ist nicht nachtragend. Unsere Ehe ist manchmal schwierig, aber einfarbig oder kalt ist sie nicht.

Du liebst deine Frau?

Ich liebe Isa, das hat nie aufgehört.

Hat es nie einen Bruch gegeben?

Eine Trübung gibt es, sagte Severin und suchte nach Worten. Heute kann ich nicht mehr behaupten, dass ich Isa blind verstehe.

Na ja, blindes Verständnis ist wohl zu viel verlangt.

Das war ein Prozess, still und leise, so, wie du erst dann merkst, dass sich die Augen verändern, wenn sie schon schlechter geworden sind und du, von einem Tag auf den anderen, eine Brille benötigst.

Durch die Brille betrachtet war deine Frau unversehens eine andere geworden, seufzte Barbara, so geht es mir mit meinen Männern. Ich erwache am Morgen und betrachte verwundert den Kerl, der neben mir liegt.

Ich habe aufgehört, meine Frau zu verstehen, sagte er brüsk, ich habe sogar aufgehört, sie verstehen zu wollen.

Weiß deine Frau das, hast du es ihr gesagt?

Isa hat mich ausgelacht und abgewiegelt: Hast du mich denn jemals verstanden? Trotzdem spüre ich, dass sie mir entgleitet.

Er schwieg eine Weile, trank den Apfelsaft aus, kam sich wie ein fieser Verräter vor, als er sagte: Meine Frau trinkt, sie trinkt viel zu viel. Er senkte den Blick, schuldbewusst, als hätte er die eheliche Loyalität gebrochen.

Schlaft ihr noch miteinander?

Kommt vor, ja, aber eher selten.

Ich komme auch zu kurz, platzte Barbara heraus.

Noch während sie die Wahrheit aussprach, wusste sie, dass ihr jetzt nicht rausrutschen durfte: Das letzte Mal war mit Rainer. Kannst du dir vorstellen, dass wir es tun, fragte sie Severin, hast du es dir auch schon gewünscht, Sex mit mir?

Denkst du, ich bin ein Heiliger? Er lachte.

Einmal sollten wir es tun, sagte sie bestimmt.

Du meinst, wie von der fetten Torte naschen?

Nun lachte Barbara. Einmal werden wir es tun.

Ein Räuspern, als steckte etwas im Hals fest, verriet ihm, dass sie das nicht ironisch meinte, sondern schwankte, im Zwiespalt war. Dazu passte ihr Gesicht, leicht geöffnete Lippen, ein Schimmer des Erstaunens über das, was sie eben laut vorausgesagt hatte.

Ich bin doppelt so alt wie du, antwortete er knapp. Es würde nicht bei dem einen Mal bleiben, es würde unsere Freundschaft zerstören.

An einem der zurückliegenden Sonntagmorgen, als Barbara mit einer Tasche voller Fressalien und Asahi-Bier zum Brunch in die Kiesgrube gekommen war, hatte sie zu ihrer Überraschung erfahren, dass der von Severin Lerch als *konservativ* und *technokratisch* und *Philister* verspottete Rainer Flimm sein Schwiegersohn war.

Rainer war mit dem Auto vorgefahren und mit seiner dunkelblonden, kurvenreichen Frau ausgestiegen; sie war sympathisch, hatte ein einnehmendes Lachen.

Ein Junge kletterte aus dem Auto, etwas verdruckst. Er trug ein Fußballtrikot mit blauen und roten Längsstreifen. Der Junge wollte den Sonntag lieber bei Opa in der Kiesgrube verbringen, als den Eltern auf einer Wanderung hinterherzutrotten.

Barbara sah Rainers Verblüffung. In Wanderkluft stand er auf dem Werkplatz und lächelte dümmlich, während sein Gesicht Farbe annahm, als bekäme er in einem Schnellverfahren Sonnenbrand.

Hallo, grüßte er, du hier?

Ja, entgegnete Barbara, sieht ganz danach aus.

Sie vermieden Augenkontakt. Aber Barbara hatte die erstaunten Blicke seiner Frau gespürt, die wissen musste, wer vor ihr stand.

Die Toughe aus Bayern.

Die Ehefrau schien jedoch arglos zu sein. Sie nickte Barbara freundlich neugierig zu, umarmte ihren Vater und übergab ihm den Jungen, der sofort zum Tümpel lief, einen Ball unterm Arm.

Sandra Flimm vermutete in Barbara Rey nicht die Affäre ihres Mannes, eher schien sie die Frage zu beschäftigen, was die Kleine mit dem flachen Gesicht, dem schwarzen Pony und der Figur einer Fliegengewichtsboxerin in kurzen Jeans, Flip-Flops an den Füßen und einem übergroßen Hemd mit vielen offenen Knöpfen, das gut und gern aus Severins Kleiderschrank stammen könnte, am Sonntagmorgen im Atelierhaus ihres Vaters zu suchen hatte.

Warum ist die Kleine hier? Hat diese Frau etwas mit meinem Vater?, fragte Sandra ihren Mann auf der Fahrt ins Naherholungsgebiet, hat Papa eine Freundin?

Rainer brummte irgendetwas.

Es wurmte ihn.

Barbara betrachtete Fotos, die Severin an die Wand gepinnt hatte. Sie hielten besondere Momente fest, waren persönliche Meilensteine. Er stand ruhig neben ihr, zeigte mit dem Finger: Da sind wir zusammen in den Bergen, erzählte er, zum letzten Mal ohne Kinder. Hier stehen wir in der Kiesgrube, zum ersten Mal.

Im Regal gab es neben einem Duplikat der Venus von Willendorf mehrere chronologisch angelegte Fotoalben.

Ganz schön viel Vergangenheit.

Severin schlug die Bücher auf, weil Barbara darum bat: Das sind Sandra und Matthias, der erste Schultag, der letzte Schultag. Und das ist Isa, allein in Neapel, ich fürchtete, dass sie mich verlässt, dass sie durchbrennt. Aber sie kam zu mir zurück. Hier sind wir zu viert in Afrika, Isa mit den Kindern auf einer Fotosafari, das bin ich auf der Jagd nach Skulpturen. Hier stehen wir auf einer Party im Radiostudio herum, hier auf einer meiner Vernissagen. Das war unser erstes Auto, ein hellblauer Citroën, hier macht Isa ein Interview, sie flirtet mit einem angeberischen Schauspieler.

Auf vielen Fotos waren sie ein Liebespaar, umarmten einander, berührten sich, Gesicht, Schulter, Haar und Po, offenbar konnten Isa und Severin nie genug voneinander bekommen.

Du siehst, wir sind nie ganz auseinandergedriftet, fasste Severin zusammen, wir sind als Paar durchs Leben geschlingert.

Der schillerndste Mann in Barbaras Leben war Kurt gewesen, ein Projektmanager und Extremkletterer. Er verfolgte akribisch Plan A, behielt aber Plan B und C pedantisch im Hinterkopf. Jede freie Minute hatte er an der Kletterwand geübt. Er war in den Alpen unterwegs, reiste nach Argentinien und in die Rocky Mountains, um die schwierigsten Steilwände der Welt zu bezwingen.

Es gibt mir den Kick, es flasht mich.

Kurt klammerte sich an jeder Kante, an jedem Türrahmen mit den Fingerkuppen fest und zog seinen Körper hoch. Walnüsse knackte er in der Faust. Als Spitzensportler hatte er Alkohol, Fett und Zucker gemieden, täglich Huhn mit Kochbananen und Reis gefuttert, Eiweißpulver in Jogurt gerührt und Blaubeerensaft getrunken. Sie hatten selten zusammen gegessen, nie ein Glas Wein getrunken. Barbara hatte ihn einige Male ins Gebirge begleitet. Beim Sex im Schlafsack war Kurt wie eine Zunge gewesen, ein langförmiger, geschmeidiger Muskelstrang, eisenhart, bevor er sich plötzlich und stumm verflüssigte.

Die Männer flogen auf Barbara. Das war schon in München auf dem Gymnasium und an der Universität so gewesen. Das hatte ihr immer gefallen.

Barbara musste nur mit den Fingern schnippen.

Du hast bessere Karten, als du denkst, hatte sie einmal einen Mitstudenten aufgemuntert, der sie anhimmelte, und dabei bemerkt, dass es ihr Spaß machte, direkt zu sein.

Kämpf für deinen Traum.

Es amüsierte Barbara auch, so pathetisch zu sprechen, als ginge es darum, eine Inschrift in Stein zu meißeln.

Auf jener Veranstaltung der Grünliberalen, als sie, die kleine Deutsche mit der großen Klappe, ein Kennedy-Zitat ausprobierte, war sie erstaunt gewesen, niemand hatte es bemerkt. Das geborgte Zitat hatte spontan Anklang gefunden.

Die Grünliberalen wollten sie in die Partei aufnehmen, aber Barbara hatte sich zurückgezogen. Sie stellte Sätze auf den Prüfstand, das war ihr Job; einen Slogan zu erfinden machte ihr Spaß, ihn tausendmal zu wiederholen würde sie schrecklich langweilen. Sie textete nun einmal gern. Aber sie war keine Predigernatur.

Biodiversitätsverlust, Bodenversiegelung, sie konnte die Zungenbrecher nicht mehrmals hintereinander aussprechen, ohne sich zu fragen:

Wovon redest du?

Kinderbetreuung und Tagesschule gingen ihr leichter über die Lippen, Geldverschwendung für Kampfflugzeuge.

Politiker, das war ein Sprechberuf, und es gefiel ihr, dass die Schweizer Politiker nicht von den *Menschen in unserem Land* sprachen, sie redeten vom *Souverän*. Wahlen und Abstimmungen hießen *Urnengänge*, und das heiß umworbene, mit gezogenem Hut *Souverän* genannte *Stimmvolk* hatte immer das letzte Wort.

Auf dem Parteitag, als es ihr gelungen war, die Aufmerksamkeit auf Rainer Flimm zu lenken, hatte Barbara sich gefreut. Aber sie freute sich auch, wenn sie in einem angesagten Magazin oder auf einer Plakatwand einen Text aus ihrer Feder entdeckte. Es befriedigte sie. Für politische Knochenarbeit taugte sie nicht. Barbara Rey hatte ihre grünliberalen Freunde enttäuscht. Und sie hatte den Kandidaten Rainer Flimm vollkommen durcheinandergebracht.

Die Geschichte war abgehakt.

Das Lachen und das lose Mundwerk bezeichnete Barbara selbst als ihre signifikanten Merkmale.

Ich, Barbara Rey, bin etwas zu klein geraten und nur durchschnittlich schön (Beine, Busen, Popo), so hatte sie sich in der Wie-ich-bin-Runde vor Matts Seminargruppe augenzwinkernd beschrieben: Dennoch bin ich überdurchschnittlich attraktiv als Gesamtpaket. Oh, fast hätte ich das vergessen, fügte Barbara an, es ist eher eine Fußnote, meine Haut hat dieselbe Farbe wie die Karamellbonbons von Aldi.

Ihre Bedenken hatte sie verschwiegen. Sie war mittlerweile über dreißig, ein Alter, in dem man Zukunftsgedanken nicht länger von sich weisen konnte und seinen Lebensentwurf überprüfte. Bist du die Frau, die du werden wolltest? Bist du zumindest im Plan?

Die Haltbarkeit ihrer Liebschaften hatte sich in den letzten Jahren verkürzt, was ihr viel Kummer bereitete und ihre Neigung zu bissigen Kommentaren verstärkte. Keiner der Männer hatte ihre ironische Fröhlichkeit verstanden. Am kompliziertesten wurde es, wenn sie es sich nicht verkneifen konnte, Mundart zu reden, den einheimischen Dialekt zu verwenden: Schweizer fühlten sich gleich auf den Arm genommen, sie lachten nicht gern über sich selbst. Sobald es um ihre Sprache ging, litten Schweizer unter einem Minderwertigkeitskomplex.

In Liebesdingen hatte sie kein Glück. Die Selbstanalyse hatte ergeben, dass siebzig Prozent ihrer Bauchentscheidungen falsch waren. Wiederholungsrate hoch, Lerneffekt gering, sie neigte zu Dingen, die ihr nicht guttaten, und sollte ihr Beuteschema ändern. Es war mühsam. Wo sie sich sexuell angezogen fühlte, unterliefen ihr immer wieder die gleichen Fehleinschätzungen. Dabei waren es ganz unterschiedliche Typen. Vielleicht verströmten alle denselben Duft? Aber unmöglich war es doch nicht, ein Mann, der zu ihr passte. Barbara hatte noch nicht resigniert, irgendwo musste der Typ unterwegs sein, dessen Bestimmung es war, sie zu lieben, der Mann, der sie auf den ersten Blick erkennen würde. Und den auch sie auf den ersten Blick erkannte, darauf kam es am Ende an. Damit das Leben als Ganzes gelingen konnte.

An dem prächtigen Sonntag in der Kiesgrube, nachdem Rainer und seine Ehefrau zur Wanderung aufgebrochen waren, hatte Barbara versucht, den Jungen nach seinen Eltern auszuhorchen, als sie mit ihm am Tümpel Fußball spielte. Der kleine Lars hatte nicht viel preisgegeben. Und als er, den Ball vor sich herschiebend, zum Atelierhaus trottete, malte sie sich, in einem warmen Sonnenfleck sitzend, aus, wie es wohl wäre, wenn sich alle bisherigen Männer ihres Lebens hier einfänden.

Verflossene Männer.

Früher Abend. Der alte moosgrüne VW-Bus stand vor Barbaras Haus, die Scheibe auf der Fahrerseite heruntergekurbelt. Severin hatte den Ellenbogen auf dem Fensterrahmen aufgestützt und das Buch, in dem er las, auf das Lenkrad gelegt. Er wusste, dass Barbara seinen Bus kannte und sich bemerkbar machen würde, wenn sie ihn entdeckte. Oder Akita ortete sie mit seiner feinen Nase.

Severin und seine Bücher. Dieser sie aufheiternde Mann hatte immer und überall ein Buch dabei. Er kannte keine Langeweile. In seinem Atelierhaus lagen viele Romane mit Lesezeichen und Notizzetteln, denen man den Gebrauch ansah. Zurzeit hatte er eine Vorliebe für Japan. Der Hund, das Bier, die Romane, es hatte sich so ergeben, zufällig vielleicht, er lachte selbst über das Trio. Nach dem neuen Murakami las er nun den letzten Kawakami, war in *Herr Nakano und die Frauen* vertieft.

Herr Nakano besitzt in Tokio einen Trödlerladen, darum hatte Severin das Buch auch Sandra ans Herz gelegt; die Geschichte war wie ein Puppenspiel arrangiert, und er hatte Lust gehabt, einige Szenen aus dieser Retrowelt auf dem iPad als Comic umzusetzen, glücklos liebende Frauen.

Barbara kam zu Fuß vom Büro, hörte ein Lied von Ich + Ich. Auf dem Heimweg hatte sie überschlagen, wie es in ihrem Kühlschrank aussah, schlecht, und eine Schale libanesisches Taboulé gekauft, dazu ein paar dicke Scheiben kalten Braten. Sie schlenderte auf den VW-Bus zu, die Farbe, ja, kein Zweifel, eine starke Freude flammte auf. Die Frontscheibe spiegelte die Umgebung, Barbara bemerkte Severins Ellenbogen, der aus dem Fenster ragte, ihr Herz legte ein paar Schläge zu.

Akita hob den Kopf.

Sie winkte mit den Armen.

Der weiße Hund drängte aus dem Auto und trabte auf Barbara zu. Sie bückte sich, bevor er die Schnauze zwischen ihre Beine schob, und legte ihm den Arm um den massigen Hals. Akita war weniger an der Zuwendung der Person als am Inhalt der papierenen Tragtasche interessiert, er roch Fleisch.

Auf der Dachterrasse behauptete Severin, keinen Hunger zu haben. Barbara aß den kalten Braten und das libanesische Gericht aus der Plastikschale.

Er saß am Tisch und erzählte: Als ich wegfuhr, waren zwei Männer um die vierzig in der Grube, ich habe sie angesprochen, sie haben Fotos gemacht und Gesteinsproben genommen, ihr Job ist es, die Tauglichkeit der Kiesgrube als Baggersee zu überprüfen, sie wenden ein technisch kompliziertes Messverfahren an, aber sie hatten auch Hacke und Schaufel dabei.

Und?

Sie erledigten ihren Job, sie kannten mich nicht und wunderten sich ein bisschen über die herumstehenden Skulpturen.

Bist du ruhig geblieben?

Ich habe mich beherrscht. Es sind gestandene Männer, Geologen, Ingenieure, was weiß ich, die Gemeinde hat sie engagiert, sie fragten mich, warum ich hier sei.

Und was war deine Antwort?

Es geht um mein Leben.

Was haben sie darauf gesagt?

Hoppla, haben sie gesagt und gegrinst.

Gibt es eine Prognose?, fragte Barbara.

Über den Daumen gepeilt, sagten die Männer, spreche nichts gegen die Nutzung als Baggersee, aber das sei noch nicht abgeklärt, sie stünden ja erst am Anfang der Arbeit.

Der eine Mann hat mit der Hacke den Boden aufgekratzt und ein Loch gegraben, schilderte Severin, der andere hat den Aushub in einen Behälter geschaufelt. Mir kam es vor, als würden sie mein Grab ausheben.

Hast du ihnen verraten, wer du bist?, fragte Barbara.

Ich habe mich vorgestellt, ich bin der Mann, habe ich gesagt, der diese Skulpturen gemacht hat, ich bin Bildhauer und arbeite seit vierzig Jahren in dieser Kiesgrube.

Er schwieg, schaute ins Leere, wirkte einen Augenblick abwesend, er sah sich nochmals in der Grube bei den Männern stehen.

Das ist eine lange Zeit, sagte der eine.

Und nun muss ich wohl umziehen?

Sieht ganz danach aus, antwortete der mit der Hacke.

Tapetenwechsel nach vierzig Jahren, meinte der mit der Schaufel. Vielleicht ist so was ja auch fällig. Am Ende kommt Ihnen ein Umzug gar gelegen.

Die Männer lachten.

Es ist ja eine ziemlich triste Gegend hier. Ein Krater. Mir wäre das zu öde, urteilte der andere, ringsum Kies und Sand und Steine, eine Mondlandschaft, ich könnte deutlich mehr Grün vertragen, das Paradies ist hier nicht.

Ich würde möglichst bald verschwinden, regte der Mann mit der Hacke an. So ein See fällt nicht vom Himmel, das ist ein langwieriges Vorhaben.

Staub, Dreck, Lärm, präzisierte der Man mit der Schaufel.

Severin kratzte sich am Kopf.

Er fasste das Gespräch für Barbara zusammen.

Ist der Baggersee die erste Option?, fragte sie.

Die Gemeinde würde die Grube am liebsten zuschütten. Das würde bedeuten: Jeden Tag rumpeln Lastwagen in die Grube, um Bauschutt abzuladen, und schwere Bagger kurven herum, die den Schutt verteilen und schichten. Wenn die Auffüllung beendet ist, wenn endlich Gras darüber gewachsen ist, kann die Sache abgehakt werden.

Barbara hatte aufgehört zu essen, legte das Besteck auf den Tisch. Sie stand auf und nahm Severin in die Arme. Er sträubte sich ein wenig. Sie löste sich von ihm, wollte seine Hände schützend umschließen, aber ihre Hände waren zu klein.

Ein Baggersee ist ein Projekt mit Folgekosten, sagte er mit belegter Stimme. Ein Maisfeld bedeutet Ruhe, der Baggersee Betrieb. Leute, die hier schwimmen und Picknick machen, die ein Zelt aufbauen, eine Feuerstelle einrichten und ihr Auto parken, stellen Ansprüche. Eine Umkleide muss her, eine Aufsicht, ein Kiosk, natürlich WC-Anlagen – Infrastruktur nennt Rainer das, und dabei leuchten seine Augen. Rainer Flimm ist für die Variante Baggersee.

Severin ballte die Rechte zur Faust und schlug sie in die offene linke Hand: Mein Schwiegersohn steht nicht auf meiner Seite. Diese Pfeife. Nochmals stieß er die Faust in die Hand. Und lachte, als sei der Groll verflogen.

Akita zuckte mit den Ohren, öffnete aber die Augen nicht. Er lag zwischen seinem Herrn und der gelben Tulpe auf dem angenehm warmen Steinboden. Eine Krähe, die auf der Brüstung landete und mit schräg gehaltenem Kopf zum Tisch äugte, störte ihn nicht. Barbara warf dem schwarzen Vogel ein Stück Braten zu, er reagierte sofort, packte es mit dem kräftigen Schnabel und flog davon.

Überlass den Braten lieber mir, bat Severin.

Er war jetzt doch hungrig. Barbara holte einen Teller und ein Asahi-Bier. Severin Lerch bekam den Rest des Taboulés und des Bratens, und er aß das Ganze rasch auf, ohne die Speisen zu loben, und trank das Bier in einem Zug leer.

Hast du einen Plan?, fragte Barbara.

Soll ich mich an eine Skulptur anketten, soll ich mich verschanzen und drohen, dass ich auf jeden schieße, der mein Reich betritt?

Ich habe eine Idee, sagte Barbara.

Bekomme ich noch ein Bier?

Hol dir eins, sagte Barbara.

Als er auf die Dachterrasse zurückkam, stand sie an der Brüstung. Ihr Blick schweifte über matt schimmernde Dächer zum Horizont, einem bewaldeten Hügelrücken, hinter dem die Sonne versunken war und wo sie ein glühendes Rot am Himmel hinterlassen hatte.

Die Schwalben waren zu hören, sie waren im Anflug.

Wir wenden uns an Greenpeace, Barbara wollte das erörtern. Ich kenne dort eine Frau, noch aus der Uni. In deiner Kiesgrube schleichen, krabbeln und flattern doch jede Menge Tiere herum, sie ist als Biotop wichtig für Ameisen, Bienen, Lurche, Frösche und Schmetterlinge, für geschützte Vögel und Nager, ganz abgesehen von all den Gräsern und Blumen, deren Namen wir noch lernen müssen. Begreifst du das, Severin? Flora und Fauna? Der Lebensraum darf nicht zerstört werden. Die Kiesgrube gehört unter Naturschutz gestellt.

Du glaubst doch nicht, höhnte Severin, dass sich Greenpeace um ein paar Frösche und Holzköpfe kümmert?

Barbara hatte sich in die Idee hineingesteigert. Sie suchte auf dem Smartphone Informationen zusammen und schickte der Greenpeace-Frau eine SMS.

Am späteren Abend, als es auf der Dachterrasse schon dunkel war und sie auf die Lichter der Stadt blickten, machte Severin den Vorschlag, zur Kiesgrube zu fahren.

Ich möchte dir etwas zeigen.

Barbara willigte, ohne nachzufragen, ein.

Ein nächtliches Spektakel, versprach er.

Sie waren nicht mehr ganz nüchtern, aber es war wenig Verkehr auf den Straßen. Sie gondelten durch die Nacht. Nachdem sie die Stadt hinter sich gelassen hatten, fuhren sie auf der Kantonsstraße über Land. Der Himmel war mit Sternen übersät, sie glitzerten in einem tiefen, samtenen Schwarz.

Auf dem Schotterweg fuhren sie zur Kiesgrube, der Krater lag wie ein irisierender, leuchtender See vor ihren Augen. Der VW-Bus rollte langsam zum Atelierhaus hinunter, auf halber Höhe hielt Severin an.

Weiter unten, auf dem Grund der Grube, nahm die Dunkelheit nicht zu. Im Gegenteil. Das Gelände war beleuchtet. Barbara dachte sogleich an eine Arena, an Flutlicht, und dieser Eindruck war zutreffend.

Die Mad-Dogs hatten Lampen aufgebaut, ein leistungsstarker Generator lärmte, das Licht flackerte und fiel manchmal für ein paar Sekunden aus. Im Dunkeln wurden Leuchtgranaten abgeschossen. Sie hatten die Wirkung eines Streichholzes, das man in einem dunklen Raum anreißt, um sich einen Überblick zu verschaffen.

Eine Kolonne vermummter Männer mit Paintball-Waffen stieg über einen Pfad in die Kiesgrube hinunter; ein Kämpfer hinter dem anderen, im Gänsemarsch, mit Sicherheitsabstand, lautlos bewegten sie sich fort und verteilten sich, wie auf ein Kommando, fächerartig auf dem Gelände, immer zu zweit gingen die Männer, jedes Paar deckte einen Sektor ab.

Und dann begann der Krieg.

Eine Petarde platzte. Leuchtmunition spritzte auf. Dumpfe Geräusche von Gewehren und Pistolen erweckten den Eindruck, es werde mit Schalldämpfer geschossen.

Im Ziel platzten Farbkugeln, Männer röhrten.

Barbara war baff.

Solange es dunkel war, verschoben sich die Kämpfer, sobald es hell wurde, lag die Kiesgrube wie verlassen da. Falls einer der Krieger sich zu langsam bewegte oder in der Distanz verschätzte, wenn er von einer Leuchtpetarde überrascht wurde und ins jäh aufscheinende Licht geriet, wurde er gnadenlos markiert.

Markieren, so heißt der Abschuss, sagte Severin.

Geht es hier öfter so zu?, fragte Barbara.

Heute veranstalten die Mad-Dogs eine enorme Nachtübung. Sie spielen *Raub der Flagge* oder *Last Man Standing* – ich kenne mich mit den Varianten zu wenig aus.

Die Treffer sind bestimmt schmerzhaft, nahm Barbara an.

Die Männer tragen eine Gesichtsmaske, sagte Severin.

Getroffene Kämpfer legten die Maske ab und verließen das Spielfeld, einen mit Fähnchen abgesteckten Kriegsschauplatz. Mit gesenktem Kopf trotteten die Gefallenen zum Basiscamp, um ein neues Leben zu fassen und erneut an den Kampfhandlungen teilzunehmen.

Severin ließ den Bus im Leerlauf hinunter auf seinen Werkplatz rollen, zog die Handbremse an, schaltete die Scheinwerfer aus. Niemand nahm von ihrer Ankunft Notiz. Dabei könnte der VW-Bus ein feindliches Fahrzeug sein, ein Panzerwagen mit bewaffneter Nachhut. Eine Zeit lang blieben Severin und Barbara im dunklen Bus sitzen.

Kennst du die Typen, die...Barbara fiel kein Wort für das absonderliche Treiben ein.

Nein, sagte Severin. Sie sind im Kampfanzug schwer zu unterscheiden, Soldaten ähneln sich.

Mit einigen der Männer hatte er ein paar Worte gewechselt. Sie sahen in ihm den Kauz, der die Holzgötzen aufgestellt hatte, hinter denen man sich verstecken konnte und die als Ziel für ein paar Probeschüsse taugten.

Wenn aus der Grube ein Baggersee wird, müssen die Kämpfer ebenfalls raus, sagte Barbara.

Das kümmert die Mad-Dogs nicht. Severin holte aus. Ein Typ, mit dem ich geredete habe, hat durchblicken lassen, dass viele von ihnen *Freestyle* bevorzugen. Es sind Söldner, sagte Severin, Söldner ziehen ungerührt ins nächste Land zum neuen Krieg.

Nachdenklich stiegen sie aus. Als Severin die Hecktür für Akita öffnete, bemerkte er die Kettensäge. Sie lag im Auto. Da gehörte sie nun wirklich nicht hin. Vor drei Tagen hatte er einen Kirschbaum gefällt und die Säge im Bus liegen lassen.

Er hob sie heraus.

Akita sprang aus dem Auto, fing an zu bellen, das große Tier war aufgeregt, launisch, das unbeständige Licht, die fremden Geräusche, der penetrante Geruch. Der Hund hasste Veränderungen. Sogar der eigene Schatten schien ihm zu missfallen.

Als hörte sie einen unwiderstehlichen Lockruf, strebte Barbara vom Werkplatz tiefer in die Grube hinein. Severin folgte ihr, holte sie ein. Mit erhobenem Kopf lief der Hund neben dem Paar her. Ohne daran zu denken, dass sie zwischen Feuerlinien geraten könnten, liefen Barbara und Severin in das Wechsellicht einer Schlacht hinein.

Drei Fremde tauchten überraschend auf dem Kriegsschauplatz auf. Ein Mann und eine Frau und ein riesiger Hund. Die Späher einer Macht, mit deren Auftritt keine Seite gerechnet hatte?

Es war beklemmend.

Ein Signalhorn tutete, alle Lichter gingen an.

Mit einem Markiergewehr, den Lauf zu Boden gesenkt, rannte ein kleiner, stämmiger Mann auf sie zu. Er trug eine Gesichtsmaske mit Stirnlampe, sein Tarnanzug war mit verschiedenen militärischen Abzeichen geschmückt, noch im Laufen herrschte er sie an: Scheiße, was sucht ihr hier? Haut ab, ja, verpisst euch, sonst garantiere ich für gar nichts!

Breitbeinig baute er sich auf, der dünne Lauf seiner Waffe war nun auf das verdutzte Paar gerichtet.

Was wollt ihr hier, 'ne Nummer schieben? Das ist kein Ort zum Vögeln, Mann, deine Alte musst du anderswo poppen, hier wird gleich wieder geschossen.

Der gehässige Typ berührte Severins Brust mit der Mündung seiner geladenen Paintball-Gun.

Inzwischen hatte der Kampfrichter oder Major massiv Rückendeckung erhalten, der helle Hornstoß hatte das Gefecht unterbrochen, die verfeindeten Truppen waren aus der Deckung herbeigeeilt und sicherten vereint ihren Anführer an der Front. Es wurden Smartphones gezückt und Fotos gemacht, und die Gelegenheit, Gefangene zu nehmen, regte sie an. Man könnte das Paar fesseln und *Schnapp dir die Braut* spielen, die süße Kleine mit den nackten Schenkeln war eine perfekte Geisel und Beute.

Plötzlich stand Akita im Scheinwerferlicht, der große Hund knurrte, hatte die Ohren angelegt, fletschte die Zähne. Der kleine Stämmige feuerte eine Ladung Farbkugeln auf ihn ab. Akita jaulte auf, wurde von der Salve zu Boden geschleudert, aber der Typ ließ nicht von dem Tier ab und feuerte weiter.

Jetzt warf Severin Lerch die Kettensäge an, blitzschnell fräste er dem großspurigen Kerl die Paintball-Gun aus den Händen. Das Gewehr splitterte nur so auseinander. Die Befehlsgewalt und das Unmissverständliche dieser Sprache drehten die Situation radikal um. Der eingeschüchterte Schütze wich zurück, und der wieder auf die Beine gekommene Akita griff den Mann an.

Barbara sah den Mann stürzen, sah seine geweiteten Augen, der schwere Hund hatte ihn mit seiner Wucht zu Fall gebracht und unter sich begraben. Akita packte den sich windenden Körper mit den Zähnen, verbiss sich in Fleisch und Knochen. Der Mann und der Hund waren ein Knäuel, ein Klumpen in dem flackernden Scheinwerferlicht.

Der Aufschrei des Mannes hatte das Startsignal gegeben, überall herrschten Gebrüll und Waffenlärm, ein Durcheinander von Stimmen und hektischen Bewegungen, in dem die Displays mehrerer Handys aufleuchteten.

Barbara beobachtete, dass Severin zögerte. Etwas in ihm arbeitete, eine Kraft, gegen die er mit dem Willen ankämpfte. Plötzlich machte er einen langen Schritt, einen Sprung. Stand vor dem außer sich geratenen Akita. In einer Schrecksekunde glaubte Barbara, Severin rücke mit der Kettensäge gegen den Hund vor, er fetze Akita von dem besiegten Mann herunter, trenne Mensch und Tier mit Gewalt, schneide den tobenden Hund mit dem Schwert in zwei Stücke.

Stell den Motor ab, kreischte sie.

Stell den Motor ab, sofort, wiederholte sie. Und schrie auf. War von einer Serie Farbkugeln getroffen worden. Am Schenkel. Es tat höllisch weh, und als eine zweite Ladung sie erwischte, bedeckte sie das Gesicht schützend mit den Armen und ließ sich vornüberfallen. In ihrer Verzweiflung drückte sie das Gesicht in den rauen Sandboden, weinte vor Schmerz, biss sich in die Handballen vor Entsetzen und Angst, heulte laut und haltlos.

Severin ignorierte die ihn treffenden Schüsse, er spürte weder Schmerz noch die aus der Munition herausplatzende und an ihm herabrinnende Farbe. Mit einer Ruhe, die er selbst als eine Trance erlebte, in der er vollkommen sicher war, was er zu tun hatte, was das Notwendige war, und die ihn befähigte, die Abläufe in Zeitlupe wahrzunehmen.

Fokussiert auf das Geschehen, auf das haarsträubende Ereignis vor seinen Augen, stoppte er die Kettensäge, legte sie auf den Boden und packte seinen überreizten Hund mit beiden Händen am Halsband: Lass ab, Akita, lass los, Akita, sei brav.

Der Hund ließ von dem Mann ab und ordnete sich Severin unter, der ihn von dem Verletzten wegzerrte.

Hau ab, Akita, brüllte Severin, lass dich nicht erwischen. Hau ab, lauf!

Mit diesem Wort gab Severin den Hund frei und kniete sich zu Barbara, um sich um sie zu kümmern. Er stand ihr bei, während das verstörte Tier davonlief, jaulte, bellte, verfolgt von ein paar Kämpfern, die den fliehenden Hund mit ihren Gasdruckwaffen beschossen, von Paintball-Spielern zu Hundefängern mutiert, die ihr militärisches Know-how, den Kampf im Verband, das Ausschwärmen als Gruppe, das systematische Einkesseln des Gegners ohne Nachsicht einzusetzen bereit waren, um das wilde Tier zur Strecke zu bringen.

Andere Paintball-Krieger versuchten, die stark blutenden Wunden ihres Kameraden zu stillen, der Hund hatte ihn übel zugerichtet, der Mann zitterte am ganzen Körper und war unfähig, verständlich zu sprechen; aber man hörte schon die Sirenen des Krankenwagens und des Polizeifahrzeugs, die beide mit Blaulicht in die Grube eindrangen.

Severin und Barbara lagen in stummer Umarmung auf dem harten Boden der Kiesgrube.

Ein Arzt nahm den von Akita verletzten Mann in Obhut. Der musste ins Krankenhaus gefahren werden. Stöhnend gab der Mann seine Sicht der Dinge zu Protokoll, das ein Polizist aufnahm, während der Arzt, der seine Wunden versorgt und ihm Spritzen gegen Wundstarrkrampf und Schmerzen verabreicht hatte, sich um Barbara und Severin kümmerte.

Eine Paintball-Gun feuerte mit hohem Gasdruck zehn Kugeln pro Sekunden auf das Ziel, der Arzt wusste das. Und wenn dieses Trefferfeld ein nackter Oberschenkel war, sah das Bein, nachdem die Farbe abgewaschen war, ziemlich lädiert aus.

Mit schmerzhaften Hämatomen müssen Sie rechnen, sagte der Arzt, aber schwere Verletzungen sind das nicht. Zum Glück ist das Gesicht verschont geblieben.

Der Notfallarzt war ungehalten und ließ durchblicken, dass er alle Beteiligten für Idioten hielt. Fangen Sie den Hund ein, ermahnte er einen der Polizisten, bevor er in sein Auto stieg, wir müssen eine Blutprobe machen.

Während ein Polizist Severin Lerch verhörte, wartete Akitas Opfer bereits ruhiggestellt auf seinen Abtransport. Mit eingeschaltetem Blaulicht stand der Krankenwagen in der stillgelegten Kiesgrube, als wäre er auf dem Mond geparkt.

Was haben Sie sich denn gedacht, haben Sie denn nicht gewusst, dass hier geschossen wird?, missbilligte der Polizist.

Sicher, sagte Severin Lerch, das war mir schon klar.

Das nennt man grob fahrlässiges Handeln, hielt der Polizist ihm vor. Sie können nicht einfach zwischen die Fronten latschen. Das war ein Fehler.

Da stimme ich Ihnen zu, sagte Lerch trocken.

Die Absperrung war doch vorschriftsgemäß angebracht, haben Sie das denn nicht gesehen?

Nein, das habe ich nicht bemerkt.

Was haben Sie überhaupt in der Kiesgrube gewollt?

Lerch konnte ein Grinsen nicht unterdrücken. Es ist meine Kiesgrube, war er versucht hinauszuposaunen, was fragen Sie so einen Blödsinn.

Ich wollte in mein Atelierhaus, antwortete er sachlich, ich hatte noch etwas zu erledigen.

Ach, Sie sind der renitente Künstler?, fragte der Polizist.

Das ist Ihre Wortwahl, sagte Severin kühl. Ich bin der Bildhauer, der seit Jahrzehnten hier arbeitet.

Und die Frau?

Severin schwieg.

Warum, um Himmels willen, laufen Sie so spät am Abend noch mit der Kettensäge herum? Haben Sie Streit gesucht?

Nein, das habe ich nicht.

Immerhin haben Sie einen Mann mit einer extrem gefährlichen Waffe angegriffen, vermerkte der Polizist.

Der Typ hat uns blöd angemacht. Er hat meinen Hund beschossen, ohne ersichtlichen Grund, er hat ihn niedergestreckt.

Na ja, wie kommt ein niedergestreckter Hund dazu, einem Mann die Schulter zu zerfleischen?

Ein anderer Polizist hatte Barbara vernommen, und nachdem die beiden Beamten sich beraten und telefonisch bei ihrem Vorgesetzten abgesichert hatten, teilten sie ihre Entscheidung mit. Barbara durfte nach Hause fahren. Aber Severin Lerch würden sie mit auf die Polizeistelle nehmen müssen.

Bin ich verhaftet?, fragte er.

Nein, aber wir müssen Sie vorläufig in Gewahrsam nehmen.

Severin wich einen Schritt zurück, griff in die Tasche seiner Cargohose, zog das Smartphone heraus. Als das Display aufleuchtete, ging ein Polizist dazwischen.

Stopp, rief er, stopp, Sie dürfen nicht telefonieren.

Der Polizist nahm ihm das Smartphone energisch aus der Hand. Lerch wehrte sich nicht gegen die Willkür, er blieb ruhig, wusste, dass es klüger war, sich jetzt zu fügen. Und es war die letzte Gelegenheit, das wusste er auch, noch kurz mit Barbara zu sprechen. Er ging auf sie zu, umarmte sie und flüsterte: Ruf meine Tochter an, Sandra Flimm, es geht um den Hund, holt Akita aus dem Schlamassel heraus.

Einer der Polizisten forderte Severin auf, beide Hände flach auf das Dach des Einsatzwagens zu legen, und keilte seinen Schuh zwischen Lerchs Füße, um ihm eine Grätschstellung aufzunötigen, bevor er anfing, ihn robust abzutasten und nach Waffen zu durchsuchen. Es war gar nicht so einfach, der Polizist hatte nicht an die Farbe gedacht und fluchte, weil er sich schmutzig machte.

Der im Auto gebliebene Fahrer stieg aus. Er und sein Kollege breiteten eine Plastikplane über dem Sitz aus, bevor sie Severin befahlen, sich auf die hinterste Bank zu setzen, die mit einer Panzerglasscheibe von den vorderen Sitzreihen abgetrennt und videoüberwacht war. Im Rücken hatte Severin ein Gitter, das ihn vom Abteil des Polizeihundes trennte.

Ein massiger Rottweiler lag auf einem Brett, ein Tier wie aus Stein gemeißelt und vollkommen stumm, apathisch wirkend, gehorsam bis in die letzte Faser, sofort von null auf hundert, sobald sein Herr ihm einen Befehl erteilen würde. Es wäre verheerend, überlegte Severin, wenn der Hundeführer den scharfen Rottweiler auf Akitas Fährte setzte, das Vieh würde ihn stellen und im Kampf töten.

In der Grube waren alle Beleuchtungen ausgeschaltet worden. Die aufgeputschten, um ihr Kampfvergnügen gebrachten Männer setzten sich in ihre Autos. Türen knallten, Scheinwerfer flammten auf. Durchdrehende Räder. Sie fuhren zur Grube hinaus und über die Felder davon.

Doch eine kleine Gruppe blieb vor Ort. Auf Rache sinnende, von Testosteron gesteuerte Männer, sie setzten die Suche nach dem Hund fort. Ihre Taschenlampen blinkten. Sie leuchteten jeden Winkel aus.

Die Männer würden Akita lynchen.

Und bald würden Skulpturen brennen.

Barbara bereute es, nicht im Krankenwagen mitgefahren zu sein, sie humpelte und konnte sich kaum bewegen, jeder Schritt schmerzte, der rechte Oberschenkel brannte, und mitten in dem heißen, angeschwollenen Bereich spürte sie ihren Puls.

Vor allem hatte sie Angst, richtig Schiss hatte sie, allein mit den noch anwesenden Männern in der Kiesgrube zu bleiben.

Nehmt mich mit, bat sie einen der Polizisten, lassen Sie mich einsteigen, ich will nicht hier auf ein Taxi warten.

Ich kann das nicht entscheiden, sagte der Mann.

Der Chef des Polizeikommandos, ein Leutnant, ließ sie mitfahren. Ich mache eine Ausnahme, ich nehme es auf meine Kappe, beschied er und zeigte ein Gesicht, als erwarte er für sein Entgegenkommen eine Gefälligkeit.

Danke, sagte Barbara.

Sie beachtete den Leutnant nicht weiter, stieg in das große Auto ein. Es roch nach Schweiß. Stickige Luft. Der Mannschaftsbus kam zum Einsatz, wenn mit Komplikationen gerechnet werden musste. Offenbar hatte der Anrufer den Eindruck erweckt, in der Kiesgrube richte ein Amokläufer ein Blutbad an.

Im dunklen Bus saßen fünf oder sechs Männer im Kampfanzug, die gar nicht ausgestiegen waren, die Reserve für den Fall einer Eskalation. Darunter ein Scharfschütze mit Zielfernrohr und Nachtsichtgerät.

Der Leutnant wandte sich von Barbara ab.

Er hatte eine kluge Entscheidung getroffen. Er hatte Barbara mitfahren lassen, um keinen Rüffel zu bekommen, falls der jungen Frau in dieser verdammten Kiesgrube mitten in der Nacht etwas zustieße. Es stürmten hier zu viele außer Rand und Band geratene Krieger durch die Gegend. Der Leutnant kannte einige von ihnen persönlich, er würde für sie die Hand ins Feuer legen, er kämpfte selbst hin und wieder bei den Mad-Dogs mit.

Dennoch wäre es zu gefährlich, eine junge Frau, eine Ausländerin, die bös angeschlagen war, eine Deutsche, da draußen in der Pampa alleine herumspazieren zu lassen.

In dieser Nacht sollte nichts zur Ruhe kommen. Als Barbara endlich zu Hause war, stellte sie sich zuerst lange unter die Dusche, zog danach frische Kleider an. Unter der warmen Dusche hatte sie laut geweint und verstört und trotzig beschlossen, die mit Farbe und Dreck verschmierten Kleider zu entsorgen. Sie steckte die Sachen in einen Abfallsack, als wären sie nicht mehr zu reinigen und nie mehr zu gebrauchen.

Das Ereignis tilgen. Es löschen. Das wäre das Beste.

Danach saß sie mit einem dicken Eisbeutel auf dem Oberschenkel in ihrem Wohnzimmer mit der Tür zur Dachterrasse, wo stumm die vom abnehmenden Mond beleuchtete Tulpe stand, trank heißen schwarzen Kaffee mit viel Zucker und verschlang tröstende Kekse aus der Heimat, Marke Prinzenrolle. Es tat ihr gut, es war sättigend. Bei diesem mitternächtlichen Mahl kam ihr der Auftrag wieder in den Sinn, Severins Bitte: Sie sollte Sandra anrufen.

Den Anruf hatte sie verdrängt. Severin hatte sie ebenfalls ausgeblendet. Er war versorgt, es konnte ihm nichts mehr zustoßen. Der Mann saß in einer Zelle im Bezirksgefängnis, man beschuldigte ihn, mit der Kettensäge einen Mann attackiert zu haben. Und obendrein seinen scharfen Hund auf diesen Mann gehetzt zu haben.

Akita ist in Gefahr, hatte Severin ihr zugeraunt, der Hund hat keine Chance, wenn sie ihn erwischen.

Akita zu retten war ihre Pflicht, eine schier unlösbare Aufgabe. Barbara fühlte sich dazu genötigt, sie hatte jetzt auch Angst vor dem großen Hund. Mit Kaffeetasse und Smartphone in den Händen und mit verzerrtem Gesicht humpelte sie auf die Terrasse. Ihr Alltag sollte so geordnet bleiben, wie er war. Deshalb wollte sie nichts mit der Polizei zu schaffen haben und nichts unternehmen, was ihre Aufenthaltsbewilligung in Gefahr bringen könnte. Akita besaß in den Augen der Polizei Bedrohungspotenzial, er war ein Risikohund und war ihr in diesem Augenblick selbst nicht ganz geheuer.

Das Thema war nicht Tierschutz oder Rettung, Barbara sah das klar, hier ging es um Freundschaft. Es war ein Freundschaftsdienst, den sie Severin schuldete, den sie ihm schuldig zu sein glaubte. Es machte Severin Lerch nichts aus, eine Nacht in Haft zu verbringen. Er erwartete nicht, von Barbara herausgeholt zu werden, aber er würde es nicht verwinden, wenn sie seinen Hund im Stich ließ.

Doch wie sollte sie Sandra Flimm erreichen? Es war gar nicht so einfach, wie Severin sich das vorgestellt hatte. Sie schaltete das Smartphone ein. Sie hatte Rainer Flimms Nummer im Adressbuch. Barbara zögerte, ihn anzurufen, erwog, einen Umweg über Matthias Lerch zu machen, seine Mobilnummer hatte sie noch nicht gelöscht.

Um die Entscheidung hinauszuzögern, hob sie den Eisbeutel auf dem Oberschenkel an, begutachtete ihre Verletzung. Zwei gelbe Flecken mit einem bläulichen Kern, jeder Bluterguss so groß wie ein Handteller, und mehrere kleinere Abdrücke, als hätte jemand die Haut mit glühenden Fingern berührt. Es sah übel aus. Doch der Schmerz war erträglich, inzwischen wirkten die Medikamente. Sie verbot sich, jetzt Alkohol zu trinken, sie musste sich endlich dazu aufraffen, den Anruf zu machen.

Rainer Flimm hatte sich ein Bier aus dem Kühlschrank geholt, er hatte vor, es im Garten zu trinken, ein Schlummertrunk; seine Frau hielt sich im Bad auf, als er den Klingelton seines Smartphones hörte.

Ein Anruf so spät, es war hoffentlich kein Unglück passiert. Gleich kamen Rainer Personen in den Sinn, denen etwas zugestoßen sein könnte. Er trug einen Trainingsanzug und Flip-Flops. Sein Smartphone steckte in der Innentasche der Jacke, die im Flur an der Garderobe hing. Er holte es, las den Namen auf dem Display.

Was wollte Barbara um diese Zeit von ihm?

Im schwach beleuchteten Gang stehend spürte Rainer, wie er errötete. Der Anruf war ein Angriff aus dem Hinterhalt, der Klingelton vollkommen indiskret, eine öffentliche Bekanntmachung. Rainer stand am Pranger, fürchtete, dass er auffliegen würde, dass die Vergangenheit ihn einholte, sein Fehlverhalten sollte nun bestraft werden.

Seitensprung, One-Night-Stand, Kopf ab.

Das Dilemma und die Beklemmung blieben, und das dümmliche Lächeln erschien auf seinem Gesicht, obwohl er allein war. Es peinigte ihn, dass Barbara ihm den Grund des späten Anrufs vorenthielt.

Ich möchte mit deiner Frau sprechen.

Sandra ist im Bad, sträubte sich Rainer.

Du könntest ihr ja das Handy bringen.

Ich vermute, sie putzt gerade die Zähne.

Du könntest ja, bitte, an die Tür klopfen.

Sandra befand sich nicht mehr im Bad. Er schaute ins Wohnzimmer. Sie saß im Dunkeln vor dem beleuchteten Aquarium kerzengerade auf dem großen Ball und meditierte. Sie schien Rainer nicht zu bemerken. Oder sie schenkte ihm keine Beachtung. Beides passte ins Bild, seit einiger Zeit kam Sandy ihm wie ausgewechselt vor, sie drehte ihm die Worte im Mund um, nichts mehr konnte er ihr recht machen.

Bitte, sülzte Rainer, ein Anruf für dich.

Er gab Sandra sein Smartphone, blieb neugierig und bußfertig neben ihr stehen, um mitzubekommen, was Sache war, warum Barbara Rey um diese Zeit mit seiner Frau sprechen wollte, welche Dringlichkeit der Anruf besaß.

Ich weiß nicht, ob Sie sich an mich erinnern, begann Barbara Rey, wir sind uns einmal flüchtig begegnet, bei Ihrem Vater, bei Severin auf dem Werkplatz.

Knapp legte sie dar, was sich in der Kiesgrube zugetragen hatte. Sandra musste zunächst leer schlucken, ihr Vater saß im Gefängnis, Akita war sozusagen zur Fahndung ausgeschrieben, und eine Frau, der sie nicht unbedingt vertraute, tischte ihr eine unglaubliche Geschichte auf. Warum war sie mit Severin in der Kiesgrube gewesen, so spät am Abend, und warum kannte sie die Telefonnummer ihres Mannes, der jetzt hinter ihr stand und seine Hände auf ihre Schultern legte?

Um Ihren Vater brauchen Sie sich keine Sorgen zu machen, meinte Barbara, eine Nacht auf der Polizeiwache, Severin wird das unbeschadet überstehen, er hat wohl ein paar blaue Flecken, er hat mehr als eine Ladung abbekommen…

Mein Vater sorgt sich um Akita, fuhr Sandra dazwischen.

Haben Sie eine Ahnung, wo sich das verstörte Tier verkrochen haben könnte?, fragte Barbara.

Ist Akita verletzt?, fragte Sandra.

Barbara spürte die unter der Eispackung pochenden

Blutergüsse und meinte: Möglich ist das schon, aber ganz schlimm kann es Akita nicht erwischt haben, der Hund hat ja den Mann angefallen.

Das ist die Katastrophe, entgegnete Sandra sofort. Ein Hund, der eine Person angreift und zubeißt, wird in der Schweiz eingeschläfert.

Das ist zu befürchten, bestätigte Barbara, und Severin hat wohl genau daran gedacht.

Was soll ich denn tun?

Sandra spürte die Hände auf ihren Schultern.

Ja, was soll ich jetzt tun?, wiederholte sie, und richtete die Frage zugleich an ihren Mann.

Wir müssen Akita suchen, wiederholte Barbara.

In der Nacht, ist das nicht sinnlos?

Wir müssen Akita finden, sagte Barbara, wir tun es für Severin.

Akita ist doch weggelaufen, er ist verschwunden.

Der Hund hört uns vielleicht, er kennt unseren Geruch und wagt sich aus dem Versteck.

Rainer lauschte der Stimme seiner Frau, registrierte ihr Zögern, ihre Verwunderung, und versuchte, ihre Fragen und Antworten wie Teile eines Puzzles zusammenzusetzen.

Wenn Barbara so laut sprach, dass er sie verstand, drückte er Sandras Schultern fester, doch was jetzt Sache war und was genau in der Kiesgrube vorgefallen war, worüber die Frauen sich austauschten, davon konnte er sich kein Bild machen.

Er nahm die Hände von Sandras Schultern, Rainer fürchtete plötzlich, sich durch ein Zittern oder eine Bewegung zu verraten. Die Wahrheit könnte wie ein Strom von Körper zu Körper fließen. Dabei würde sein Liebesverrat unaufhaltsam preisgegeben.

Wir sollten Akita finden, wiederholte Barbara.
Wenn sie ihn nicht schon längst geschnappt haben.

Die Frauen vereinbarten, sich vor Severins Atelier zu treffen.

Als Sandra den Weg zum Werkplatz hinunterfuhr, merkte sie schnell, dass etwas nicht stimmte, dass etwas anders war als sonst, und hoffte, niemanden in der Grube anzutreffen, auf dem abgelegenen Werkplatz keinem männlichen Wesen zu begegnen.

Dafür einem Hund.

Sie hielt vor dem Atelierhaus an, blieb eine Weile im Auto sitzen. Hoffentlich ließ Barbara sie nicht lange allein warten. Der Anblick der Skulpturen stimmte sie traurig; sie wollte das, was vorgefallen war, nicht glauben, hoffte, Akita käme munter dahergetrabt und wedelte mit dem Schwanz.

Sandra stieg aus. Sie fühlte sich nicht sicher, war zur Flucht bereit, falls Männer aus der Dunkelheit heraustraten.

Sie rief mehrmals laut den Namen des Hundes.

Sie war nicht erstaunt, dass Akita ausblieb, hatte die Hoffnung, dass er sie rufen hörte, ihre Stimme erkannte und herbeigelaufen käme, nur halbherzig genährt.

Es roch nach verbranntem Holz und Schwefel, jemand hatte wohl Feuerwerkskörper abgeschossen, und von einigen Skulpturen stiegen dünne Rauchsäulen hoch. Mehrere Skulpturen waren umgestürzt worden und glommen noch. Rote Glut. Es stank nach verbrannter Farbe, die Kämpfer mussten gehässig Farbsalven auf die Holzmänner abgeschossen haben, ganze Ladungen, um sich blindwütig an ihnen abzureagieren. Oder es war für die Mad-Dogs eine Fortsetzung des Krieges gewesen, eine Steigerung der Intensität im Gefecht gegen heimtückische Feinde. Gegen eingebildete Feinde, die sich teilnahmslos abschießen, mit Farbe bespritzen und abfackeln ließen.

Sie setzte sich wieder in ihr Auto, verriegelte die Türen und schaute auf die Uhr. Wenn Barbara nicht bald auftauchte, würde sie wieder nach Hause fahren.

Um die Zeit zu überbrücken und den Schmerz abzumildern, der dem Eindruck entsprang, sich mutterseelenallein am Ende der Welt zu befinden, schaltete sie den CD-Player ein. Doch die Songs von Mattis schwedischer Sängerin waren die falsche Musik. Liebe, Abschied, Vermissen, das kam ihr jetzt zu nah. Sandra tauschte die CD gegen eine andere aus, die Esther und Henry ihr geschenkt hatten, Musik aus Bali.

Obwohl die Kiesgrube ihr seit der Kindheit vertraut war, flößten ihr der Werkplatz und das Atelierhaus nun Angst ein. Sie hatte hier nichts verloren.

Die balinesischen Flöten und ihre einfache Melodie verwandelten das Auto in eine Kapsel. Sandra hoffte, es sei ein Schutzraum in der düsteren Kiesgrube, im versengten Land.

Barbara sollte längst da sein.

Sandra nahm ihr Smartphone, aber Barbaras Nummer stand gar nicht im Adressbuch. Sie hatte beim hektischen Aufbruch vergessen, Rainer nach der Nummer zu fragen. Er hatte auch nicht daran gedacht, sie ihr zu geben.

Er wollte mitfahren.

Du bleibst zu Hause, so wimmelte Sandra ihren Mann ab, wir dürfen Lars nicht allein lassen. Akita ist der Hund meines Vaters, es ist meine Angelegenheit.

Sie hatte nicht nachgegeben, als Rainer insistierte, ja, darauf pochte, selbst in die Grube zu fahren, um sich mit dieser Barbara Rey auf die Suche nach dem verbiesterten Hund zu begeben.

Jetzt fiel Sandra ein, dass auch Barbara Rey sie nicht erreichen konnte. Es sei denn, Rainer gab ihr die Nummer.

Warum hatte die junge Deutsche Rainers Nummer? Warum war Rainer scharf darauf gewesen, sich um den entlaufenen Hund zu kümmern, um ein Tier, das ihm nichts bedeutete?

Dafür die Frau?

Hatte sie es darauf angelegt, dass Rainer Sandra vorschlug: Ich nehme dir das ab, ich erledige den Job?

Ein abgekartetes Spiel? Ohne es zu wollen, zappelte Sandra im Netz ihrer Verschwörungstheorie, der zufolge Rainer inzwischen Barbara zurückgerufen hatte: Kann nicht kommen. Sandra will sich die Hunderettung nicht nehmen lassen, Sandra fährt – sie ist schon auf dem Weg.

Sandra und Rainer Flimm, ein Paar in den mittleren Jahren, und auf einmal erwies sich das Band der Gemeinsamkeiten als zu schwach. Es löste sich. Es löste sich auf wie eine Fessel, dachte sie. Gespenstisch unbemerkt hatte sich die Liebe verflüchtigt. Ein anderes Band gab es nicht, ein stärkeres. Dafür eine andere Frau, diese Barbara Rey, die berechnende Kleine, das kluge Fliegengewicht, die unbescheidene Deutsche, die alles auf den Punkt brachte und so lebhaft wirkte.

Es hat so kommen müssen, Sandy, unausweichlich.

Rainer hatte von Barbara geschwärmt, ja, Sandy verstand, Sandy begriff es erst jetzt, wie angetan er nach Sitzungen war, nach Tagungen, bei denen die Grünliberalen sich taumelig geredet hatten, wie inspiriert er nach Treffen in lauschiger Umgebung, in einem Hotel am Waldrand, an einem verträumten See, wie seltsam erregt er jeweils nach Hause gekommen war, der Mistkerl.

Zu langen Wochenenden mit intensiven politischen Gesprächen und hitzigen Diskussionen gehörte logischerweise Entspannung. So kam man sich näher. An der Bar. Bei einem Drink. Im Pool des Hotels. Bei einem Spaziergang an frischer Luft. Wenn man zu zweit um den stillen See schlenderte. Mit einem Mal streift eine Hüfte die andere, mit einem Mal finden Lippen zueinander. Mit einem Mal ist die Aufarbeitung des turbulenten Tages beendet. Genug geredet

Friedliches Miteinander ist angesagt.

Ehebruch.

Sandra Flimm saß in ihrem Auto, atmete die brandige Luft ein, ihr Herz klopfte spürbar, und sie malte sich das Unerträgliche aus, sie stärkte den blinden Verdacht und erhob ihn zur Gewissheit, als bereitete es ihr Lust, sich selbst zu demütigen, sich als Versagerin zu fühlen. Als Betrogene. Als Ehefrau, die ihrem Mann nicht genügte, die ihn nicht halten konnte.

Selbstquälerisch stellte Sandra sich das romantische Hotelzimmer vor, es war ein Zwang, sie musste das Paar beobachten, als agierte es jetzt, das Paar im Bett, und sie erinnerte sich, was sie beim Liebesakt selbst mit Rainer angestellt hatte, und malte sich aus, was Barbara zusätzlich hatte leisten können, um sie zu übertreffen, um sie auszustechen.

Sandra glaubte, in Liebesdingen nicht besonders beschlagen, in erotischer Hinsicht einfach gestrickt zu sein. Sie kaschierte nicht einmal ihre grauen Strähnen, sie war bestimmt keine Liebesakrobatin und würde das mit vierzig auch nicht mehr werden.

Sandra schaltete die Bali-Musik aus. Sie hörte ein Auto, den Motor und die Geräusche der Reifen auf Kies. Das Auto fuhr den Weg hinunter auf den Werkplatz. Sandra überlegte, ihr Fenster zu schließen, sie war argwöhnisch und fühlte sich nichts und niemandem gewachsen.

Barbara Rey hielt neben ihr an und stieg mühsam aus dem Auto, eine kleine, dünne Frau fast ohne Brüste. Barbara humpelte und rief unerwartet munter: Hallo, ich könnte jetzt einen starken Kaffee vertragen.

Das Haus ist bestimmt zugesperrt, sagte Sandra.

Ich hab einen Schlüssel, antwortete Barbara.

Sandra kam es etwas seltsam vor, dass sie als Zweite das Haus betrat, nach Barbara, die sich hier gut auszukennen schien und zur kleinen Küche humpelte, um Kaffee aufzusetzen.

Sie blieben stehen, im hell erleuchteten Atelier, bauchige Tassen in der Hand. Barbara erzählte hektisch, was vorgefallen war, wiederholte Details, als würde es dadurch glaubhafter, sie war nervös, aufgelöst, konnte es noch nicht einordnen, gleich würde sie zu weinen beginnen.

Darf ich mal dein Bein anschauen?, fragte Sandra.

Barbara löste den Verband.

Arnika ist das Beste, es lindert, sagte Sandra. Wenn die Hämatome noch größer werden und schwarz, musst du zum Arzt.

Sandra war befangen, vermied es, Rainer zu erwähnen. Barbara weinte, und an die Hundesuche war gar nicht zu denken.

Es macht keinen Sinn, erklärte Sandra. Wenn Akita ihnen entwischt ist, kehrt er von allein zurück, haben sie ihn eingefangen, sehen wir ihn nie wieder.

Sie war nun ganz ruhig, sie stufte die verdatterte Kleine,

eine Heulsuse mit Pferdeschwanz, den Pony gerade wie ein Gedankenstrich, nicht mehr als Gefahr ein.

Die Frauen hatten einander nichts zu sagen.

Seit der langen Nacht ohne Schlaf, die Severin auf der Pritsche einer kargen Zelle verbracht hatte, waren ein paar Wochen lethargisch verstrichen. Die Bäume standen noch im Laub. Die Wiesen waren noch grün. Doch die Grundlage seines Daseins war zerlegt worden. Er musste sie wieder gliedern und wusste noch nicht, wie das Neue zu handhaben war, er kam sich wie ein Anfänger vor.

Akita blieb verschwunden.

Severin hatte vor Zorn geschrien. Im Kopf war er zum Rächer geworden. Bald hatte er sich beruhigt, war aufgebrochen, hatte das entlaufene Tier gesucht, klapperte mit dem Auto die ganze Gegend ab, hängte ein Vermisst-wird-Porträt an Bäume, Wände und Plakatsäulen, Finderlohn versprochen, und hatte danach ein paar vage Hinweise erhalten: Hier und dort wollte jemand einen großen weißen Hund gesehen haben, ein menschenscheues Tier, das niemand an sich herankommen ließ und weglief, wenn man sich näherte.

Der gesichtete Hund blieb ein Phantom, sein Akita schien sich in Luft aufgelöst zu haben. Die Polizei hatte ihn mit einer Hundestaffel verfolgt, muskelbepackte Rottweiler hatten in der Grube herumgeschnüffelt, die Hundeführer waren bewaffnet.

Der Mad-Dogs-Mann, den Severin im Krankenhaus besucht hatte, stellte sich als einfacher Typ heraus. Seine

Schulter war operiert worden, Schrauben hielten das beschädigte Gelenk zusammen, der Mann, Rico Comolli, musste zur Entlastung eine Schiene tragen.

Comolli war verwundet worden, er war auf dem Schlachtfeld besiegt und zur Schnecke gemacht worden. Ein Kampf, in den Augen des Italieners, der ein böses Ende genommen hatte. Er erwog, Anzeige wegen schwerer Körperverletzung zu erstatten. Was mit dem vermissten Hund geschah, war ihm herzlich egal. Anderseits wäre er nicht abgeneigt, dem weißen Teufel noch einmal gegenüberzutreten und ihn zu bestrafen.

Severin Lerch hatte die Verluste zusammengezählt und war zum Ergebnis gelangt, dass Kämpfen keinen Sinn ergab. Er wollte nicht mehr länger an diesem Ort bleiben. Er wollte, auch wenn er recht bekäme, nicht länger in der Kiesgrube arbeiten. Er wollte weggehen, ungeachtet dessen, ob die Grube blieb, was sie war: der Lebensraum für allerhand Tierarten, für Frösche, wilde Bienen, Ameisenvölker, nimmermüde Flussschwalben und einen alternden Bildhauer.

Die Mad-Dogs hatten noch ein paar letzte Gefechte ausgetragen. Zu einem klärenden Gespräch mit Severin Lerch war es nicht gekommen. Keiner der Männer schien etwas vom Verbleib des Hundes zu wissen und schon gar nichts von den geschändeten Skulpturen. So rasch, wie die Truppe anmarschiert war, hatte sie sich wieder verlaufen. Die Krieger wollten Freestyler und nicht ein Sportteam sein, das, hinter Normelementen versteckt, aus der Deckung heraus agierte, als wäre man auf dem Kinderspielplatz. Es langweilte sie, um Punkte zu kämpfen und die Paintball-Meisterschaft zu gewinnen. Die Mad-Dogs hatten die Fahne eingezogen und das verbrannte Land aufgegeben.

Die taktische Überlegung, mit dem Bildhauer gemeinsam eine Strategie auszuhecken, um die Kiesgrube für ihre Zwecke zu retten, um hier weiter kämpfen und ballern zu dürfen, in friedlicher Koexistenz mit einem crazy Typen, dem zuzutrauen war, dass er die Kettensäge wieder als Waffe einsetzte: Nein, danke.

Sandra hatte die Idee vorgetragen, sie hatte ihrem Vater den Rat gegeben, Kontakt aufzunehmen.

Soll ich mit der weißen Fahne ins Feindesland einmarschieren?, hatte er gespottet. Severin Lerch widerte es an, mit den Kriegern gemeinsame Sache zu machen, nicht einmal um seine Existenz zu retten, würde er sich mit ihnen arrangieren wollen. Lieber ging er unter.

Greenpeace zeigte kein Interesse. Barbara hatte Severin die Absage übermittelt. Sie war enttäuscht, sah eine weitere Hoffnung zerschlagen. Er tröstete sie. Die ablehnende Antwort der geräuschvollen Organisation berührte ihn nicht. Er hatte gar nicht mit Hilfe gerechnet.

Severin Lerch war schwer zu helfen, Akita fehlte ihm, sein fauler Japaner war wohl tot, oder jemand hielt ihn an der Kette.

Was die Vandalen mit den Skulpturen auf dem Werkplatz und in der Kiesgrube angestellt hatten, blieb unfassbar. Severin hatte die deprimierende Empfindung, in einer Krater- und Mondlandschaft zu hausen, in der Mamsellen und Eingeborene geschändet herumlagen, zwölf seiner Skulpturen trugen Feuerspuren, waren umgestoßen und abgefackelt worden.

Er musste weg von hier.

Er wollte weg von hier.

Severin hatte sich das Massaker nach seiner Entlassung aus dem Gefängnis angesehen. Musste sich danach übergeben. Fassungslos war er gewesen. Und nicht allein. In der Grube fotografierten Journalisten, ein Fernsehteam bat um ein Interview. Das Radio berichtete über den Krieg, den der Bildhauer selbst angezettelt haben sollte. Ein wutentbrannter Bildhauer geht mit der Kettensäge auf einen Paintball-Spieler los, so die öffentliche Meinung, und auch sein Hund greift an. Nach dem Hund wird noch gesucht. Vorsicht, der Hund, ein weißer Akita, ist extrem gefährlich. Die japanische Bestie hat einer Person schwere Bisswunden zugefügt.

Severin Lerch hatte sich mit der Idee, die Kiesgrube aufzugeben, selbst überrascht. Sie war ihm plötzlich folgerichtig erschienen, der feindliche Ansturm hatte ihm die Augen geöffnet. Vor dem Krieg mit den Paintball-Kämpfern war er der Überzeugung gewesen, sein Leben hänge von diesem Ort ab, und nun stellte sich heraus, dass das Gegenteil der Fall war. Er musste diesem Ort den Rücken kehren, er musste sich abwenden und endlich loslassen.

Das wollte er mit seiner Frau besprechen.

Er lud Isa zu ihrem liebsten Italiener in der Stadt ein. Da Carlo war ein kleines Ristorante, der Chef kochte persönlich, und an der Wand hing ein gerahmtes Foto von Isa Lerch, das sie mit einem blauen Filzschreiber signiert hatte.

Severin ging gern zu Carlo, und Isa sagte am Tisch sitzend nur, was Carlo am liebsten hörte: Verwöhne uns, Maestro.

Während Carlo in der Küche arbeitete, breitete Severin vor Isa seine Überlegungen aus, erzählte, was ihn bewog, sein Paradies zu verlassen, bevor er daraus vertrieben wurde. Isa hörte zu, ohne ihn zu unterbrechen. Und als Carlo das Essen auftrug, bunten Salat, gegrillte Hähnchenbrust mit Thymian, Safranrisotto, waren sie mit dem Thema schon durch.

Sie tranken einen Rotwein aus Umbrien, und als Nachspeise brachte Carlo ihnen seine üppige Zuppa Inglese. Sie waren gelöst, Carlo hatte sie glücklich gekocht. Einzig den Grappa hatte Isa ausgeschlagen und einen alten Brandy bestellt.

Isa erzählte Severin von dem Feature, an dem Dorit Rösner arbeitete. Es sollte ein Zweiteiler werden. Das Material war gesichtet, das Konzept festgelegt, Dorit arbeitete nun am Rohschnitt. Isa blieb zuversichtlich, obwohl Dorit sie nicht mehr anrief, sie hatte offenbar keine Fragen mehr, der Weg schien klar zu sein, sie wollte das Ding allein durchziehen, den Ablauf und die Details bestimmen, ohne sich von Isa dreinreden oder sich auch nur über die Schulter blicken zu lassen.

Beim zweiten Brandy nahm das Gespräch eine unerwartete Wendung. Isa begann, von ihrer Ehe zu sprechen, von den vielen Jahren in dem Haus auf dem Land, wo sie nie ganz glücklich war.

Es war gut für die Kinder, gut für dich, Severin, nah bei der Kiesgrube. Aber es war viel zu abgelegen für mich, viel zu ländlich. Die Lage hat nie meinem Lebensgefühl entsprochen.

Er hörte zu, neu war das für ihn nicht.

Der Baumgarten mit den Skulpturen. Schön. Die Abende im Sommer, wenn der Rote Milan über dem Haus kreiste. Wunderbar. Lesen auf der Terrasse, ein Brandy.

Ich möchte unser Haus nicht schlechtreden.

Wir hatten hier gute Tage.

Im Verlauf von vierzig Jahren war das Dorf Teil einer Agglomeration geworden, integriert in einen bestens erschlossenen Ballungsraum, sagte Rainer, wo es sich angenehm leben lässt.

Trotz der tadellosen Infrastruktur vermisste Isa das Urbane, die Stadt. Wie oft hatte sie spät noch mit dem Taxi nach Hause fahren müssen, hinaus aus der leuchtenden Stadt, weg von den Theatern, Kinos, Bars, weg von den Jazzlokalen und Konzertsälen, weg vom Scheinwerferlicht und von den Mikrofonen? Nur ungern war sie an den düsteren Industriebauten, Wohnblocks und Bauernhöfen vorbeigefahren. Sie wohnte draußen im stumpfen Ackerland, das man unsinnigerweise Kulturland nannte, und auf der einsamen Fahrt hatte sie oft an ihren Vater gedacht, an seine Abneigung gegen die Provinz, an seine Liebe zu Neapel.

Die sie teilte.

Isa Lerch hatte ihre Stadtsehnsucht erfolgreich verdrängt, auf kleiner Flamme gehalten. Jetzt loderte sie auf. Sie beschrieb sich als unglücklich auf das Land verbannten Stadtmenschen, als eine zum Landleben verdonnerte Städterin. Am liebsten hätte sie in New York gelebt, in Barcelona, Berlin, in Neapel.

Aber sie lebte in Opfikon.

Ich will weg, hatte Isa trocken gesagt, selbst erschrocken von ihrem Fazit, von der Bestimmtheit, mit der sie den unscheinbaren Satz ausgesprochen hatte, erschrocken von seiner Sprengkraft. Isa war aber auch erlöst, weil sich all das, was sie seit Jahren überlegt und verworfen hatte, ersehnt und bekämpft hatte, so schlicht zusammenfassen ließ.

Wenn es dein Wille ist, machen wir das, hatte Severin zugestimmt.

Matthias, in Liebesdingen gekränkt, war übervorsichtig, er fürchtete sich vor Wiederholungen, vor alten Mustern und neuen Verletzungen und misstraute seinen Gefühlen. Er wollte sich am Morgen nie mehr schlafend stellen müssen, bis die Frau, neben der er aufgewacht war, aufstand und wegging.

Jeden Tag lief Matt ein paar Kilometer im Wald oder bewältigte eine virtuelle Radstrecke mit der Spinninggruppe im Fitnessstudio. Die körperliche Anstrengung lenkte ihn ab, und wenn er beim Joggen ins Grübeln geriet, verschärfte er das Lauftempo, bis es mit dem Brüten und Denken vorbei war, bis die Muskeln brannten, die Augen drohten zu platzen, sogar die Zähne und das Zahnfleisch schmerzten. Endlich verschwand jede Frau aus seinem Kopf, jetzt schnappte er nur noch nach Luft.

Isa und Severin hatten eine Familienkonferenz einberufen. Er überlegte, was seine Eltern wohl im Sinn hatten, sie neigten dazu, ihre ahnungslosen Kinder vor vollendete Tatsachen zu stellen.

Worum geht es?, hatte er gefragt.

Du wirst es erfahren

Die Geheimniskrämerei verstimmte ihn.

Lass dich überraschen, hatte Sandy geraten.

Es nervt mich, Schwesterherz.

Sandra und Matthias hatten sich verabredet und zusammen mit den Kindern einen Nachmittag im Park verbracht.

Milchiges Licht, graue Wolken.

Die Vorstellung, dass ein Fremder die Geschwister für ein Paar mit zwei Kindern halten könnte, fanden sie witzig. Eine schlechte Familie würden sie bestimmt nicht abgeben. Sie waren alte Vertraute, einander nah, immer nah gewesen, und als Bruder und Schwester gewohnt, offen miteinander zu sprechen, ohne die ständige Sorge, das Gesicht wahren zu müssen.

Lars spuckte gelangweilt in den Sandkasten.

Es riecht nach Katzenpisse, schimpfte Lucie.

Wir suchen Akita, schlug Lars vor.

Das war inzwischen eine Beschäftigung, die er, wenn Fußball zu spielen nicht durchzusetzen war, bevorzugte, weil er unter dem Vorwand, den armen Hund vielleicht zu finden, entlegene Orte aufsuchen durfte, die er besonders mochte. Die Absicht des Jungen war leicht zu durchschauen, trotzdem hatte Lars Erfolg damit. Er nahm seine kaum widerstrebende Mama an der Hand und zog sie fort.

Die Kinder suchten Akita, riefen seinen Namen hinter dem Spielplatzkiosk und im nahe gelegenen Park mit den hohen Platanen.

Die Geschwister warteten beim Kiosk. Matthias begann, von Elmira zu erzählen, wer sie war, woher er sie kannte und dass er Gefühle für sie hatte, Gefühle für sie entwickelte.

Das sind ja erfreuliche Nachrichten, unterbrach Sandra schneidend, bevor er ihr sagen konnte, dass Elmira verschwunden war, irgendwo in Quarantäne, befürchtete er.

Die neue Frau ist der Augapfel eines Clans aus dem Kosovo, wenn ich dich richtig verstanden habe, Matti, und die Frau himmelt dich an, obwohl du nicht in die Familie passt. Verstehst du etwas falsch? Vermutlich hat sie einen Vater, der fünfmal am Tag den Gebetsteppich ausrollt, und eine Mutter, die immer zwei Schritte hinter ihrem

Mann hertrottet. Vermutlich hat sie Brüder und Cousins und Onkel mit Ansichten aus der Steinzeit.

Sei nicht zynisch, bremste er Sandy.

Unvermittelt begann die große Schwester zu weinen.

Sandra schniefte, schüttete ihr Herz vor ihm aus, erzählte ihrem verwunderten und überraschten Bruder knapp, wir haben eine Therapie begonnen, eine Paartherapie bei einem Eheberater, bei Dr. Hormann. Aber ich weiß zurzeit gar nicht, ob ich mir helfen lassen will, ob ich Hilfe annehmen kann, meine Gefühle, es ist wie eine Geisterbahnfahrt. Ich weiß nur, dass das Leben, das ich mir aufgebaut habe, vorbei ist.

Matt schwieg.

Ich habe Verdacht geschöpft, vertraute Sandra ihm an und kaufte ihnen am Kiosk einen Becher Kaffee. Ich habe Rainer zur Rede gestellt, ihn damit konfrontiert, ich habe getan, als wüsste ich die Wahrheit, als handelte es sich um eine erwiesene Tatsache. Er ist in die Falle getappt, er hat sich vor Verlegenheit gewunden und seine Verfehlung gestanden.

Er geht fremd! Stell dir das vor!

Nun hatte es seine große Schwester erwischt. Matthias hatte ihr Leben und ihre Ehe für gefestigt gehalten, ja, aber auch für erstarrt. Doch er hatte nicht bemerkt, wie fortgeschritten die Erosion schon war. Er kannte das leider auch, hatte es mehr als einmal am eigenen Leib erfahren: zunächst kaum erkennbare Auflösungserscheinungen, bald schmerzhafte Abstoßungsprozesse.

Sandra war zerschmettert.

Matthias streichelte ihren Rücken.

Er machte die Paartherapie nicht herunter, bezeichnete sie als echte Chance, um die angeschlagene Ehe zu retten. Um die Liebe zu reparieren. Um einander nicht ganz zu verlieren.

Es ist nicht bloß die Untreue, dass Rainer Sex mit dieser Frau hatte, es ist der Vertrauensbruch, der mich fertigmacht, umschrieb Sandra ihre Gemütslage. Es geht nun darum, Vertrauen zurückzugewinnen, sagt der Therapeut. Aber vorläufig schlafen wir in getrennten Betten, jeder hat sein Zimmer. Es tut extrem weh, klagte Sandy und tupfte Tränen aus dem Gesicht, ich hätte Rainer das nicht zugetraut, ich habe ihn falsch eingeschätzt, ich hätte nie gedacht, dass er mich hintergeht und mit einer anderen Frau schläft, es fühlt sich an, als hätte er mich fallen gelassen, ich empfinde es als Endstation.

Sandra stand auf.

Ich hasse ihn.

All die beschissenen Küchenmaschinen, die er mir schenkt, überhaupt seine behämmerten Geschenke, sagte sie böse.

Matthias legte der Schwester den Arm um die Schultern.

Rainer hatte seiner Frau nie aufregende Dessous geschenkt, nicht einmal sexy Strumpfhosen. Ausnahmslos praktische Geschenke ließ er sich einfallen, vernünftige Dinge, die ihr gemeinsames Projekt unterstützten, ihr Familienprojekt. Doch diese Verlegenheit wollte sie vor ihrem Bruder jetzt nicht ausbreiten. Auch dem Eheberater hatte sie nicht alle Details anvertraut. Außerdem wollte sie gar keine erotische Wäsche tragen, sie hatte diesen dämlichen Wunsch wirklich nicht, fand Reizwäsche komisch und war einen Augenblick lang irritiert, dass sie dieses anscheinende Bedürfnis vieler Frauen nicht teilte, sondern es geradezu affig fände, in einem String und mit Strapsen vor ihrem Mann zu stehen und mit dem Hintern zu wackeln.

Sie müsste losprusten.

Ungeachtet dessen hatte sie, seit Rainers sträflicher Verfehlung, manchmal mitten am Tag die Phantasie, mit einem Mann zu schlafen.

Wenn sich mein sexuelles Verlangen regt, gestand sie Matthias, denke ich nicht an Rainer, er hat die Favoritenrolle verspielt.

Sandra kräuselte die Nase, erwog, den Bruder in ihr Vorhaben einzuweihen, sich ein Tattoo stechen zu lassen.

Rot, das Datum der Schmach.

Schwarz, das Datum der Rache.

Nachdem sie es Rainer heimgezahlt und mit einem anderen Mann geschlafen hatte.

Schmutziger Sex.

Mach kein solches Drama, würde Matti sie wohl ermahnen.

Oder er würde fragen: Was hält dein Dr. Hormann davon?

Lauter berechtigte Einwände und Beschwichtigungen würde ihr Bruder vortragen und ihr nahelegen, keine Front zu errichten. Aber genau das wollte Sandra jetzt nicht hören. Sie wollte gar nicht vernünftig handeln. Niemand sollte ihr dreinreden. Nicht einmal der geliebte Bruder. Allein sie bestimmte, wie sie mit den Scherben ihrer Ehe umging, wie sie die Niederlage verarbeitete.

Zu Hause vor dem Aquarium war ihr eingefallen, dass sie sich auch einen Goldfisch stechen lassen könnte, er könnte dem Zweck auch dienen, ein Tattoo, das trotzig ausdrückte: Ich vergesse nach fünf Sekunden, ich bin ohne Erinnerung, du kannst mich weder verletzen noch mir Schmerz zufügen, weil ich nach fünf Sekunden vergesse, mein Lieber, was wehtut, wird dann gelöscht. Wenn du Pech hast, Rainer Flimm, streiche ich dich aus meinem Leben.

Denken Sie daran, sich scheiden zu lassen, Frau Flimm?, hatte der Therapeut in der ersten Einzelsitzung gefragt.

Dasselbe fragte nun Matthias.

Willst du dich scheiden lassen, Sandra?

Sandra hatte sich den Kopf darüber zerbrochen, aber nicht mit klarem Verstand, und die bitteren Gedanken wieder gekappt.

Isa hatte beim Vietnamesen reserviert. Das hatte es lange nicht mehr gegeben, dass sie alle zusammen an einem Tisch saßen. Die Kernfamilie, aus der Perspektive von Isa. Sie und ihr Mann und die Kinder. Die erwachsenen Kinder. Ohne deren Lebenspartner und ohne Enkel. Isa verstand unter Familie nur ihre Linie, die eigene Brut. Familie war etwas Enges. In Sachen Familie machte sich Isa Lerch nichts vor. Familien sind nicht aufnahmebereit, sondern ausschließend. Um die Gunst der Enkel wurde gekämpft, jedes Lager wollte sie auf seine Seite ziehen. Familien waren Streitkräfte.

Als Erste fand sich Sandra in dem beliebten Restaurant ein. Der Chef führte sie an den Tisch am Fenster. Sie setzte sich mit Blick auf einen asphaltierten Platz, auf den Regen fiel.

Sandy wirkte blass, verhärmt. Sie hatte abgenommen, passte wieder in einen Jeansrock, den sie mit achtzehn gekauft hatte und der eine Handbreit über den Knien endete. Sie trug ein langärmliges weißes und ein kurzärmliges graues Shirt übereinander. Ihr Hals war mit einer bunten Kette geschmückt. Sie hatte die Brille durch eingefärbte Kontaktlinsen ersetzt, strahlend blaue Augen hatte Sandra Flimm und brilliantweiß polierte Zähne. Nur die Sehnen am Hals logen nicht.

Nun kam ihre Mutter angerauscht, ganz in Rot, ein Hosenanzug, die Lippen eine Spur dunkler im Ton, wie die hochhackigen Schuhe und die Fingernägel; eine attraktive Frau, umhüllt von einer altmodischen Wolke Chanel N°5.

Es tut mir ja so leid, fing sie gleich an und schob die Sonnenbrille ins Haar, zweimal Prosecco, rief sie noch im Stehen dem Kellner zu, du nimmst doch ein Gläschen, Sandy, wow, dass es um Tonis Autowelt so schlecht steht, habe ich nicht gewusst.

Sie setzte sich. Rainer wird bestimmt eine andere Stelle finden, er ist ja so tüchtig, er ist ein sehr intelligenter Geschäftsführer, und seine Parteifreunde werden ihn bestimmt nicht hängen lassen.

Sie steckte ein Pfefferminzbonbon in den Mund.

Habe ich nicht recht?

Ja, antwortete die Tochter genervt, noch ist der Betrieb nicht eingestellt, Toni sucht einen Investor und Teilhaber. Rainer ist ohnehin auf dem Absprung.

Als Dritter betrat Severin das Restaurant. Er trug eine Cordjacke mit ausgebeulten Taschen, er hatte einen Roman von Banana Yoshimoto dabei, und in seiner Cargohose steckten sein Skizzenbuch und Stifte.

Zum ersten Mal nahm Sandra bewusst wahr, dass ihr Vater keinen Hund mehr hatte. Der Begleiter fehlte. Severin ohne Akita. Der Anblick war gewöhnungsbedürftig. Und traurig. Ihr fiel auf, dass ihr Vater bei allen Bewegungen, die er ausführte, den Raum für den Hund miteinberechnete. Wie er in der Tür stand, wie er durch das Restaurant ging, wie er sich setzte, er sparte den Platz für das abwesende Tier aus, neben seinem Stuhl, unter dem Tisch, überall war eine spürbare Lücke.

Severin Lerch orderte ein Bier, ein Helles vom Fass. Es sei denn, Sie führen das vietnamesische Tiger-Bier.

Der Kellner verbeugte sich: Ja, ja.

Also bringen Sie mir bitte ein Tiger-Bier.

Isa zog die Augenbrauen hoch, verkniff sich den Kommentar.

Von Matthias kam eine SMS: Autopanne.

Sie bestellten Frühlingsrollen mit roter und grüner Soße und einer honigfarbenen Tunke.

Es waren nur wenige Gäste im Restaurant. Gedämpfte Unterhaltung. Asiatische Musik aus dem Lautsprecher, vietnamesischer Pop. Auf einem Bildschirm lief ein Video, irgendeine Hanoi-Soap, zum Glück ohne Ton.

Gerüche von Anis und Zimt fielen Isa auf. Sie belästigten ihre italienische Nase. Na, dann Pröstchen, alberte sie.

Sie stieß zuerst mit Sandra an.

Aus meiner angedachten Radiosendung wird nichts, stellte sie ohne Umschweife klar. Es gibt kein Geld. Ende der Geschichte.

Du hörst also definitiv auf?, fragte Sandra.

Ich muss aufhören, stöhnte Isa, schürzte die Lippen und legte kurz die Hand auf den Mund, bevor sie mit verhaltener Entrüstung fortfuhr. Ich fürchte, Geldmangel ist nur eine höfliche Umschreibung, um mir nicht ins Gesicht sagen zu müssen, dass ich für das Zielpublikum des Senders zu alt bin. Niemand will für das strittige Format und Geplauder einer alten Schachtel Geld lockermachen.

Sandra spürte einen Stich, versagte sich aber eine gehässige Bemerkung, deren Ton verriete, dass sie selbst enttäuscht davon war, wie sie im Leben stand, wie sie mit vierzig taumelte.

Die Absage hat viele Vorteile, sagte Isa plötzlich ganz ruhig. Ich bin frei. Ich moderiere noch zweimal *Neue Mu-*

sik. Bevor endgültig Schluss ist. Danach trete ich in den sogenannten Ruhestand. Es übernimmt Dorit Rösner, sie ist meine Nachfolgerin, die Süße mit der Mädchenstimme, die klingt, als würde das Band zu schnell laufen. Dann darf ich tun und lassen, was ich möchte.

Aber du möchtest doch Radio machen?

Es gibt ein Leben ohne Radio, erwiderte Isa.

Die Frage ist, ob du es aushältst, hielt Sandra dagegen, verdutzt über die Schärfe in ihrer Stimme.

Severin gibt sein Atelierhaus und die Kiesgrube auf, damit eröffnen sich auch mir neue Perspektiven.

Isa legte die Hand auf Severins Arm und drückte ihn.

Du willst das wirklich durchziehen, Papa?, fragte Sandra.

Ja, dein Mann wird sich freuen, antwortete Severin.

Lass Rainer aus dem Spiel, pfiff sie ihn an.

Immerhin hat er die Lage zutreffend eingeschätzt, beschwichtigte Severin. Den Ausschlag hat die Nacht gegeben, in der die Skulpturen brannten und Akita verschwunden ist.

Da hast du dich schrecklich aufgeführt, tadelte Sandra ihren Vater, und ihre Mutter nickte.

Ich habe den Auftritt nicht geplant, der Krieger hat mir zuerst seine Farbspritze vor die Brust gehalten und dann auf Akita geschossen.

Es ist gestört, Papa, es ist pervers, die Kettensäge als Waffe zu benutzen, schimpfte Sandra.

Leider ist Akita ausgerastet, sagte Isa.

Diese verrückte Nacht hat mich ins Grübeln gebracht, Severin gab es unverhohlen zu. Ich muss die Geschichte und ihre Details immer wieder durchkauen.

Sandra bemerkte, dass ihre Mutter die Hand nicht von Severins Arm genommen hatte, eine schöne, gepflegte

Frauenhand, und dachte, dass die Eltern einander noch immer liebten, seit vierundvierzig Jahren waren sie ein Paar.

Severin und Isa hatten sich durch die Zeit gewurstelt, mit viel Langmut und Verständnis füreinander. Ganz gewiss waren sie nie so streng mit sich gewesen, wie Sandra glaubte, sein zu müssen. Ein Band hielt die Eltern zusammen, das sie in ihrer Ehe vermisste.

Mir graust es vor der Gerichtsverhandlung, sagte Isa.

Es war ein Fehler, räumte Severin ein.

Aber bereust du deine Dummheit?, wollte Sandra wissen.

Isa nahm die Hand von Severins Arm, trank einen Schluck Prosecco. Du kennst ihn doch, sagte sie lächelnd, dein Vater bereut es nicht, er ist nicht gerade einsichtig.

Erinnerst du dich an Alexander Kern?, fragte Severin.

Nein, sagte Sandra, wer ist das denn?

Der Sohn eines Sammlers, er schwärmt von dir, neckte Severin seine Tochter, er hat sich als Junge in dich verliebt, bei einem unserer Feste. Das hat er mir neulich erzählt, er war mit Mattis Gruppe auf Atelierbesuch. Sein Vater, Remo Kern, hat früher einige Skulpturen gekauft und bietet mir an, meinen Bestand bei ihm unterzustellen; ich habe das Angebot angenommen.

Ich weiß nicht, wie ich dein Verhalten einordnen soll, bekrittelte Sandra, du sprichst so betont locker von den neuen Umständen, als wäre es nichts Besonderes, den Werkplatz zu räumen, die Skulpturen abzutransportieren, das Atelier aufzugeben.

Das ist es auch nicht mehr, behauptete Severin.

Das glaube ich dir nicht, Papa, wirklich nicht, ich kenne dich doch. Du machst dir etwas vor. Auch uns machst du etwas vor. Du hast mehr als dein halbes Leben in der Kiesgrube verbracht, du hast den Ort als unverzichtbar erklärt und bist bereit gewesen, für dein Atelier und den Werkplatz zu kämpfen.

Sandra redete geduldig auf ihren alten Vater ein, als wäre er ein störrisches Kind: Gib nicht auf, Papa. Lass dich nicht unterkriegen. Alles wird gut. Ich besorge dir einen neuen Hund, wir fahren zum Züchter, ich schenke dir einen neuen, jungen Akita.

Akita V., sagte Isa, die Dynastie bleibt bestehen.

Ich will keinen Hund mehr, sagte Severin, die Hundezeit ist vorbei.

Die Mad-Dogs sind abgezogen, fuhr seine Tochter unbeirrt fort, das Projekt Baggersee findet weder eine Mehrheit noch Investoren, Papa. Der Rückbau der Grube, die Auffüllung mit Bauschutt, wird zurückgestellt. Rainer hat mir das gesagt. Vier, fünf Jahre kannst du bestimmt noch in der Kiesgrube arbeiten, ereiferte sie sich: Vorerst wird sich dort nichts verändern.

Ja, du magst recht haben, trotzdem würde ich die Tage zählen und mir Sorgen machen. Die Uhr läuft ab, wie groß ist der verbleibende Rest, was kann ich noch tun, sagte Severin, was habe ich endgültig verpasst, ich käme mir wie ein Mann vor, dessen Zeit knapp wird, dem sie zwischen den Fingern zerrinnt – und er kann das nicht aufhalten, er zählt die Tage aus Geiz, er zählt seine Tage, weil er Angst hat.

Matthias hatte das linke Vorderrad gewechselt und den Wagenheber mitsamt dem zerstochenen Reifen im Heck seines Autos verstaut. Am liebsten würde er das schwierige Familientreffen endgültig absagen und eine Zeit lang planlos in der Gegend herumfahren, er hatte genug mit sich selbst zu tun.

Ohne Eile fuhr er nach Hause.

Sein schwarzer BMW war zum zweiten Mal Ziel eines Anschlags gewesen. Ja, die Wortwahl stimmte. Schon vor drei Monaten hatte irgendein Idiot die Verriegelung manipuliert. Und nun war ein Vorderreifen zerstochen worden, während er joggte. Beim ersten Mal hatte Matthias der Beschwichtigung des Werkstattchefs mehr Glauben geschenkt als dem eigenen Zweifel.

Jetzt nahm Matthias den Angriff persönlich.

Vorgestern hatte er bei Brot & Mehr wieder einmal nach ihr gefragt. Der Bäcker war an die Theke getreten, hatte Elmiras Verwandte gar nicht zu Wort kommen lassen: Was geht dich das an? Elmira arbeitet nicht mehr hier, und du bist als Kunde nicht mehr willkommen. Geh! Bleib weg! Du bringst dich sonst in Schwierigkeiten.

Jäh hatte der Protz sich umgedreht und war zurück in die Backstube gegangen.

Matthias war ruhig geblieben, hatte einen Kaffee bestellt. Aber die Bedienung hatte seine Bestellung ignoriert. Sie hatte die Schultern hochgezogen, als er seinen Wunsch wiederholte, hatte die Augen gerollt und war untätig geblieben. Sie zeigte ihm ihr abweisendes, kleines und von blondem Haar gerahmtes Gesicht; wasserhelle, eisige Augen, der Mund verkniffen.

Da hatte er sich grußlos entfernt.

Als er das Restaurant betrat, waren alle drei schon beinahe fertig mit dem Essen. Auf dem Tisch standen Platten und Schalen mit unappetitlichen Resten von Gerichten. Matti dachte an eine Verwüstung. Er setzte sich an den Tisch. Er hatte keinen Hunger, nur Durst nach dem Laufen. Seine Glieder waren ungewohnt bleiern, der Kopf leer, die Muskeln zitterten. Doch es fiel nicht auf, niemand machte eine Bemerkung. Nur er registrierte, wie erschöpft er war, wie heftig ihm die erneute Attacke zusetzte. Die Frage nach dem Grund seiner Verspätung beantwortete er mit einer Lüge: Die Benzinpumpe, die Verbindung zum Filter ist gerissen, ein Schlauch musste ausgetauscht werden.

Pech gehabt, sagte Sandra knapp. Für solche Fälle gibt es das Smartphone und die Pannenhilfe.

Sie grinste, als hätte sie sich bei der Verbreitung von grünliberalem Gedankengut ertappt. Die Schweiz ist das Land der Auffangnetze. Anruf genügt – schon kommt die Rettung. Die durchschnittliche Wartezeit dauert zwölf Minuten. Damit war das Thema erledigt; niemand war erpicht, Genaueres zu erfahren.

Bringen Sie mir ein Bier, rief Matthias dem Kellner zu. Und zwei Frühlingsrollen. Es war wichtig, etwas zu essen, obwohl er gar keine Lust dazu hatte.

Severin bestellte ein Tässchen vietnamesischen Kaffee, ein Getränk, das ihn an Kakao erinnerte und das er empfahl. Isa bestand auf einem Espresso, obwohl sie nicht glaubte, ihn so serviert zu bekommen, wie sie ihn haben wollte. Darum sicherte sie sich mit einem Begleiter ab, einem doppelten Brandy.

Meine Zeit beim Radio läuft aus, Severin schließt das Kapitel Kiesgrube, das hätten wir durchgekaut, fasste Isa zusammen, konzentriert, als hätte sie eine schwierige Sendung zu moderieren: Deshalb haben wir euch nicht hierhergebeten. Wir haben euch gebeten zu kommen, weil wir unser Haus verkaufen, ja, wir haben uns zum Verkauf des Hauses entschlossen. Das wollten wir euch mitteilen.

Es war jetzt still am Tisch, Matt biss in eine der knackigen Frühlingsrollen und glaubte, alle müssten das Krachen und Kauen hören.

Was, bitte, ist denn in euch gefahren?, fragte Sandra, sie wirkte gefasst. Das Haus verkaufen? Wo wollt ihr denn wohnen?

Das ist noch nicht geklärt, begann Severin, wir sind mit einem Makler im Gespräch, das Haus soll im Internet angeboten werden, hoffentlich mit Erfolg: Das ist der erste Schritt. Wir haben selbstverständlich Vorstellungen, was danach kommt, es ist wichtig, aber noch wichtiger war es, die Entscheidung zu treffen, dass wir den Schritt machen.

Das Haus ist vom Keller bis zum Dachboden rappelvoll mit eurem Plunder, sagte Sandra.

Wir organisieren eine Entrümpelung, kündigte Isa an, wir sortieren die Dinge, wichtig, unwichtig. Wir räumen gründlich auf, Sandra, es werden einige schöne Stücke für deinen Laden abfallen. Henry wird ein paarmal fahren müssen.

Mit Henry habe ich gesprochen, sagte Severin.

Wirklich, er hat mich nicht eingeweiht, schnaubte Sandra.

Es ging vor allem um mein Holzlager. Henry interessiert sich dafür. Er will sich als Tischbauer selbstständig machen.

Was will Henry?, fragte Sandra schrill, das ist mir ganz neu.

Ich glaubte immer, du und Mama, ihr seid hier verwurzelt, versuchte Matthias das Thema zu wechseln.

Wir sind keine Bäume, fiel ihm der Vater ins Wort.

Sei nicht spitzfindig, rügte der Sohn.

Was will Henry tun, wiederholte Sandra scharf, warum weißt du mehr als ich, Papa, ich dachte, Esther und Henry sind meine Freunde?

Sind sie doch, Sandy, ich hatte nur ein Gespräch mit Henry. Das hat mich animiert, ihn zu fragen, ob ich ihn unterstützen könnte, die Idee, Tische zu bauen, gefällt mir, wir könnten das zusammen aufziehen. Ich habe ihm vorgeschlagen, dass wir nach Bali fliegen könnten.

Mein Vater, der Solist, bekennt sich zur Teamarbeit, wer hätte das vermutet, motzte Sandra. Ich kann mir nicht vorstellen, dass du dir von Henry viel sagen lässt. Sie war verärgert. Ich habe dich immer als Einzelgänger erlebt, als Mann, der lieber autonom in die falsche Richtung rennt, als sich von jemandem in die Spur einweisen zu lassen.

Nein, Sandra, das stimmt so nicht, entgegnete Severin, wenn ich sehe, dass der andere etwas besser kann, bin ich nie abgeneigt, von ihm zu lernen. Ich werde nach Bali fliegen, in Henrys Dorf, dort schnitzen sie Buddha-Statuen und furchterregende Türsteher, die Fremde und Diebe davon abhalten sollen, Grundstück und Haus zu betreten. Auf Bali ist mein Handwerk gefragt, ich denke, als balinesischer Holzschnitzer wäre ich zweifellos gut. Aber es geht mir nicht zuerst um Kunst, sondern um Bäume, um Palisander und Palmen, um Holz, das in die Schweiz ausgeführt werden soll, mit einem Containerschiff, mit einem Transportflugzeug, und es muss jemanden geben, der die Logistik betreut. Ich übernehme das. Ich freue mich auf Bali. Wenn alles rundläuft, bleibe ich ein paar Monate dort.

Du wirst also Holzhändler?, fragte Sandra gereizt.

Wenn du mich in dieser Rolle sehen möchtest, sagte Severin, ich nehme bestimmt auch ein paar Skizzenbücher und meine Stifte mit. Es ist ein gewichtiges Thema, mehr als ein Wunsch, es reizt mich schon seit Jahren, einmal einen Comic zu zeichnen, ein Buch, ein Album der Gegenwart.

Was hält Mama davon?, fragte Sandra.

Ich bin dafür. Wenn Severin das machen möchte, soll er es tun. Bali ist ein wunderbares Land. Als wir vor zwei Jahren auf der Insel herumgereist sind, hat uns Bali begeistert. Das Meer, der Heilige Berg, ein Vulkan wie der Vesuv, nur doppelt so hoch, so hoch, wie der Vesuv einmal gewesen ist. Wir haben damals Henrys Familie besucht. Die ganze Familie arbeitet in der Tischlerei. Eine Straße führt durch das Dorf, sie ist ein großes Schaufenster, die Familie verkauft Schnitzereien und Möbel unter freiem Himmel. Es sind geschickte Handwerker, die Möbel, die sie mit traditionellen Werkzeugen und ohne Plan bauen, sind wunderschön.

Sandra schaute ihre Eltern ungläubig an.

Und wahnsinnig schwer, ergänzte Severin, Stühle und Tische, die sich kaum verrücken lassen. Solche Tische will auch Henry bauen. Du bestellst bei ihm einen Tisch für dein Leben.

Du machst bereits Werbung, sagte Matt.

Jeden Morgen stellen die Balinesen ein Körbchen mit Blumen und kleinen Speisen für die Götter vor ihre Tür, erinnerte sich Isa, Häppchen, um sie zu beschwichtigen.

Sie füttern ihre Götter wie kleine Vögel, sagte Severin.

Severin war dort glücklich, verriet Isa ihren Kindern. Die Blumen, die einlullende Gamelan-Musik, lange, bunte Trauerzüge. Das Leben geht weiter, sogar für die Toten.

Wenn sie nach Hindu-Sitte bestattet werden, sagte Severin.

Isa lachte.

Das Licht, beschrieb Severin, das Licht haut dich glatt um. Wenn die Sonne untergeht, wird Bali in Gold gebadet.

Hier könnte ich es aushalten, hier möchte ich versinken, hat er geschwärmt, erzählte Isa amüsiert, jeden Tag hat er einen Cartoon gezeichnet.

Das ganze Land ist eine Holzbildhauerwerkstatt, überall stehen geschnitzte Geister und Hindugötter, Buddhas, Monster, Angst einflößende Tiere, riesige Vögel und Hunde, großartige Sujets.

Sogar Verkehrspolizisten, grinste Isa. Sie sehen wie echt aus. Ich habe Severin damit geneckt. Es gibt auf Bali ebenso viele stinkende, knatternde Motorroller wie hübsche Hausaltäre, und es wimmelt von touristischen Tempeln und unberechenbaren Führern. Das stört ihn nicht. Nun will er dorthin. Das ist seine Wahl. Ich mische mich nicht ein, erklärte Isa bestimmt, wir sind nicht mit Ketten aneinandergeschmiedet.

Wir haben schon immer den anderen machen lassen, bestätigte Severin.

Darum muss ich da nicht mit, ich finde Bali richtig nett, fuhr Isa fort, die Leute, das ganze asiatische, farbige Gewusel. Eine Augenweide, aber kein Glück für meine mediterrane Nase. Es stinkt bestialisch. Sie machte eine abfällige Geste.

Die Hindu-Kultur hat zwar etwas Ausgleichendes und Gutmütiges, trotzdem, meine Welt ist das nicht, in Bali ist es mir zu heiß und zu schwül, und es gibt zu viele frei herumturnende Affen.

Isa machte eine Pause, bevor sie gelassen sagte: Kinder, ich habe ganz andere Pläne. Ich will endlich in die Stadt ziehen, und ich werde meine Wohnung in Neapel viel mehr nutzen.

Seid ihr beide verrückt geworden?

Soll das heißen, dass ihr euch trennt?

Wir haben hin und her überlegt, fing Severin an.

Wir machen das nicht leichtfertig, erklärte Isa bestimmt, wir sind davon ausgegangen, eine neue Bleibe für uns beide zu finden, aber wir sind uns nicht einig geworden, wo wir wohnen sollten.

Ich will nicht in die Stadt, sagte Severin.

Da hat es sich zwangsläufig so ergeben, zwei Orte, sagte Isa. Wir lösen unseren Haushalt auf und verkaufen das Haus, wir werden nicht mehr zusammenwohnen, aber trennen werden wir uns nicht.

Und wenn ihr euch täuscht?, fragte Sandra. Ich fürchte, dass ihr scheitert, dass ihr euch auseinanderlebt.

Auseinanderleben können wir uns auch im alten Haus, wenn wir hierbleiben, antwortete Isa schnell.

Ihr setzt alles aufs Spiel, ihr habt so viel zu verlieren, Mama.

Ich sehe das nicht so tragisch, Sandra.

Eure Ausgangslage kann man auch als Win-win-Situation bezeichnen, mischte Matthias sich ein.

Es ist ein Wagnis, es ist so etwas wie ein neuer Weg, von dem wir bisher nichts gewusst haben, fügte Severin an.

Er rückte mit dem Stuhl etwas zurück, schaute zu Boden, als hätte Akita sich gerührt, als bräuchte der Hund unter dem Tisch ein wenig mehr Platz.

Ich habe mit der Kettensäge ein paar Hundert Skulpturen gemacht, ich habe sie nummeriert. Die Tulpe war das letzte Stück. Ich setze jetzt einen Punkt. Die gelbe Tulpe war der Schlusspunkt. Ich weiß, mit wie viel Leidenschaft ich Skulpturen hergestellt habe, die Bildhauerei ist mein Mittelpunkt gewesen. Nun spüre ich eine zunehmende Hemmung, es kommt mir vor, als lebte und arbeitete ich in einem geschlossenen System. Aber um diese Feststellung zu machen, musste ich die Blickrichtung ändern. Ich beurteile die Lage jetzt neu, weil ich meine Stellung im Leben seit den Vorfällen im Sommer auch mit neuen Augen betrachte. Seit ich mich selbst als Berserker erlebt habe, der die Kettensäge anwirft, kann ich sehen, wie fixiert ich gewesen bin. Mit Ingrimm habe ich mich an einen Ort geklammert, krampfhaft und überheblich. Ich habe den Status quo verteidigt, den Stillstand. Doch ich habe plötzlich erkannt, dass die Kiesgrube eine Einfahrt und eine Ausfahrt hat. Sie ist zwar eine Kraterlandschaft, liegt aber nicht auf dem Mond. Es war die Zeit, um die Situation neu zu bewerten. Heute bin ich frei genug, um mir einzugestehen, dass mir die Kettensäge zu schwer geworden ist und der Winter in der Grube zu kalt. Ein Ortswechsel und eine Klimaveränderung werden mir guttun. Ich freue mich auf Bali und auf die Arbeit an einem langen Comic. Ich werde Henry bei der Holzbeschaffung für seine Tische behilflich sein. Und ich werde den Heiligen Berg erforschen. Der Vulkan ist der Wohnsitz der Götter. Außerdem möchte ich auf dem Balkon eines Zimmers mit Meerblick *Liebe und Tod auf Bali* von Vicki Baum lesen. Esther hat mir das Buch geschenkt, die beschriebene Vergangenheit lebt noch heute.

Severin brach seine Ausführungen ab, schaute den Sohn und die Tochter verschmitzt an, seine skeptischen Kinder, legte eine Hand auf den Unterarm seiner Frau, die überraschend schwieg.

Das war es noch nicht, sagte er bestimmt.

Isa hob das Glas: Auf uns, auf die kommende Zeit.

Macht ihr euch nicht etwas vor?, fragte Matti süffisant.

Das ist wohl unausweichlich, stimmte Severin ihm zu.

Und behielt für sich, dass er nach der turbulenten Gespensternacht lange mit Barbara gesprochen hatte. Mit ihr konnte er seine Lebenslage und seine Gemütsverfassung am besten analysieren, gründlicher und ruhiger als mit seiner Frau, die mit ihrem eigenen Kram beschäftigt war, und mit seinen doch eher angepassten Kindern.

Auf der Dachterrasse, mit einem Eiswickel um den Oberschenkel, hatte Barbara ihn auf den hässlichen Gedanken gebracht, er könnte der Gefangene seiner eigenen Sichtweise sein, eingesperrt in seinem Kiesgrubenblickfeld.

Sie hatten Asahi-Bier aus der silbernen Dose getrunken und Sushi vom Take-away gegessen, die er bei seinem ersten Besuch ohne Akita mitgebracht hatte.

Lang hatte Severin von Bali, von seinem geplanten Comic und von Henrys Tischen erzählt. Am späten Abend, bevor er nach Hause ging, nicht mehr ganz nüchtern, hatte Barbara ihn heftig umarmt. Sie küsste ihn auf den Mund und fuhr ihm mit den Händen durchs struppige eisengraue Haar und sagte: Du weißt, wie sehr ich dein Atelier liebe, trotzdem, mach den Schnitt.

Isa hatte in Zürich eine Wohnung in Aussicht, genau die gewünschte Größe, der Vermieter hatte die Moderatorin unter Dutzenden von Bewerbern ausgewählt, weil er ein Fan ihrer Sendungen war.

Das schmeichelte ihr, sie erwähnte es gern.

Die Wohnung in Neapel, ihr zweites Domizil, kannten die Kinder von Besuchen, sie waren mit ihrer Mama mehrmals nach Neapel gereist, als Nonna und Nonno noch lebten.

Isa hatte Kontakte mit einem Reiseveranstalter und mit dem archäologischen Museum geknüpft, hatte ja als Isabella Leardi Kunstgeschichte studiert und sich mit den Tempelanlagen von Paestum auseinandergesetzt. Sie freute sich auf Neapel, freute sich auf etwas Neues, es gab keinen Grund, die Sache nicht mit Zuversicht voranzutreiben.

Und noch etwas anderes.

Mit fester Stimme, als zöge sie nach einer Sendung das Fazit, erklärte Isa: Ich mache zuerst eine Entziehungskur. Morgen gehe ich in die Klinik.

Sie senkte den Blick.

Das leere Glas, das vor ihr stand, geriet unvermittelt in den Mittelpunkt, der kleine Rest Brandy auf dem durchsichtigen Boden hatte die Farbe von Bernstein, der Rand des bauchigen Glases war von Lippenstift verschmiert.

Jetzt könnte ich einen Schlangenschnaps vertragen, sagte Sandra waghalsig und gab dem Kellner ein Zeichen.

Wenn Matthias herauszufinden hatte, wie das Innenleben einer Firma aussah, deren Nachwuchskräfte er entwickelte, wenn er wissen wollte, wie es um das Betriebsklima bestellt war, wandte er einen Trick an: Er benutzte den Fahrstuhl. So oft wie möglich fuhr er vom untersten in den obersten Stock. Dabei hörte er die Gespräche mit, die zwischen den Etagen geführt wurden. Niemand kannte ihn, niemand wusste von seinem Auftrag, und er staunte immer neu darüber, wie viel die Angestellten in den wenigen Sekunden zwischen den Stockwerken preisgaben, wie beredt ihr Schweigen sein konnte, wie still es in einem Fahrstuhl plötzlich wurde, wenn jemand zustieg, dem keiner traute, oder eine Person, vor der sich niemand eine Blöße zu geben wagte, weil sie gefürchtet war, und wie munter es zuging, sobald man einem Chef zu imponieren versuchte. Matthias setzte das Puzzle zusammen und bekam meistens ein klares Bild. Doch wenn es um Elmira ging, glückte ihm das nicht.

Matthias hatte Brot & Mehr schon lange nicht mehr betreten und sich damit abgefunden, ein anderes Café suchen zu müssen, in dem er willkommen war und bedient wurde. Trotzdem strich er jeden Tag am Schaufenster vorbei, spähte hinein, um in aller Heimlichkeit den bulligen Bäcker und die Schwester oder Cousine zu beobachten.

Er wusste inzwischen, wo Elmira wohnte, vielmehr gewohnt hatte. In einem Außenviertel der Stadt lebte die Familie unauffällig in einem doppelstöckigen Reihenhaus. Es hätte einen frischen Anstrich nötig, aber die Feststellung galt ebenso für die Häuser in der Nachbarschaft. Einzig der Gemüsegarten, den die Familie statt eines Rasens angelegt hatte, stach heraus. Der Garten erweckte den Eindruck, sie seien auf Selbstversorgung ausgerichtet, es würde Matthias nicht wundern, wenn sie hinter dem Haus Nutztiere hielten.

Mehr als zehn Erwachsene und ein halbes Dutzend Kinder hatte er bisher gezählt, dazu Fahrräder, Motorroller und vier große Autos mit blitzblanken Karosserien. Vor der Eingangstür standen mehrere Kinderwagen. Aus den offenen Fenstern hörte er vielstimmigen Lärm und Gelächter und jaulenden Balkan-Pop.

Er hatte sich den Namen auf dem Briefkasten gemerkt, Idrizi, und mit dem Smartphone ein paar Aufnahmen vom Haus und der Umgebung gemacht. Doch Matthias zeigte sie niemandem, hütete sich, über seine Narretei zu sprechen, dass er neuerdings in einer seltsamen Gefühlslage durch die Stadt tigerte und eine albanische Familie aus dem Kosovo ausspionierte, deren Tochter sich, wie er glaubte, verbotenerweise in ihn verliebt hatte und die nun untergetaucht war.

Ihre Abwesenheit ließ ihn nicht kalt, Matthias gestand es sich ein, er machte sich Sorgen um Elmira Idrizi.

Zwei ältere Frauen in Schwarz waren immer zu Hause, mutmaßlich die für die Enkelkinder, den Haushalt und den Garten zuständigen Omas. Ein krummer alter Mann gehörte zur Sippe. Er räumte ständig etwas auf oder um oder führte Reparaturen aus. Keine der Frauen trug ein Kopftuch. Die Omas hatten eisengraue Kurzhaarfrisuren. Die jungen Frauen hatten die Haare zu einem Pferdeschwanz gebunden. Die jungen Männer bevorzugten einen hahnenkammähnlichen Haarschnitt mit viel Gel. Die jungen Frauen waren blond, schlank und sahen gut aus. Die alten wirkten formlos. Die jungen Männer hatten zu viele Muskeln, die alten zu viel Bauch. Das Familienmerkmal der Idrizi waren die wasserhellen Augen.

Um das Haus herum gab es eine Unmenge von Tauben, das fiel ihm auf, sie hockten träge da oder trippelten mit ruckendem Kopf geradeaus und ließen sich von nichts aufschrecken.

Elmira bekam er nie zu Gesicht. Keine Beobachtung und kein Foto brachten ihn weiter.

Matthias verplemperte die Zeit mit fruchtlosen Spekulationen. Er vernachlässigte seine Arbeit, hatte sich seit Tagen nicht rasiert, trank zu viel Alkoholisches, aß Fertiggerichte aus der Mikrowelle. Sein Zustand kam einer inneren Verwahrlosung nahe. Auch passierte es, dass er sich in Kleidern rücklings auf sein Bett fallen ließ und die Zimmerdecke anstarrte.

Was fehlte ihm denn? Elmira Idrizi, eine junge Frau aus dem Kosovo, die ihm schöne Augen gemacht hatte, eine Frau, die er noch nie wirklich berührt hatte, Elmira, die er allerdings gern berühren würde, mit der er eine Nacht... So durfte das nicht weitergehen. Er musste sich zur Ordnung rufen, er musste sein Verhalten korrigieren. Er musste sich mit den Dingen auseinandersetzen, die er rational erfassen konnte.

Matthias war sich sicher, dass Elmira nicht wie eine aufmüpfige Jugendliche weggelaufen war. Warum sollte sie das tun, es gab doch keinen Grund dafür? Oder täuschte er sich? War sie unter Druck gesetzt worden? Gab es Drohungen? War sie eingeschüchtert worden? Gehorchte sie einem Befehl ihrer rigorosen Familie, sich von Matthias fernzuhalten?

Falls jemand eine ähnlich vertrackte Geschichte vor ihm aufrollte, würde Matt den Kopf schütteln. Mit einem nachsichtigen Lachen würde er möglicherweise einräumen: Die Liebe fällt nun einmal dorthin, wo es ihr passt.

Liebe? War Liebe das angebrachte Wort?

Er musste Worte und Gefühle kalibrieren.

In seinem Seminar schrieb Matt auf eine Flipchart: *Wer sich in einer Stresssituation richtig verhält und unter Druck die richtigen Entscheidungen trifft, ist intelligent.*

Das hatte er nach dessen üblem Ausraster in der Kiesgrube auch seinem Vater unter die Nase gerieben. Du hast dich irrational verhalten, du hast dich wie ein Dummkopf aufgeführt, hatte er nicht ohne Süffisanz gesagt. Nun erwies es sich, dass er, Matt, selbst ein Dummkopf war. Er schaffte es zwar, was er im Seminar auch seinen Schülern empfahl, einen Schritt zurückzutreten, um sich selbst mit Abstand zu betrachten. Und was sah er? Er sah einen Tölpel. Konnte jedoch nicht über ihn lachen. Er beobachtete sich, einen gerade noch jungen Mann, der einer verschwundenen Frau nachtrauerte, mit der er nie eine Nacht verbracht hatte.

Und Matthias hatte die Stimme von Amelie im Ohr:

Das nervt an dir, du wartest immer.

Wie kaltblütig hingegen sie jede Chance nutzte. Amelie ist eine Frau, die Eiswürfel pinkelt, hatte ihr Trainer geschwärmt, Respekt.

Matt erinnerte sich an Amelies Schelte: Du bist der geborene Zuschauer, du beobachtest, du kommentierst, aber du beziehst nie Stellung. Du würdest niemals ein Haus anzünden, Matt, aber es käme dir auch nicht in den Sinn, einen Brand zu löschen.

Matt nahm das zur Kenntnis, er ordnete es ein.

Matt konnte Elmira nicht ausblenden, er wollte sie wiedersehen, und er sollte dieses Bedürfnis nicht ersticken, sondern konkretisieren.

Im Kurhaus Alpenrose, wo Isa sich aufhielt, verstrichen der ungeduldigen Patientin die Tage zu langsam, und die Nächte kamen ihr wegen der Schlafmittel endlos und rabenschwarz vor. Ihr Zeitgefühl waberte. Isa stutzte, als ein freundlicher Pfleger feststellte: Bald haben wir den Entzug hinter uns, Frau Lerch, am Freitag werden Sie entlassen.

Der Chefarzt hatte ihr Medikamente verabreicht, die alle Symptome linderten, hatte sie kalt entgiftet und ihr einen Psychologen für Gespräche zur Seite gestellt. Isa war gezielt ernährt und von einer Physiotherapeutin begleitet worden. Wellness und Whirlpool und klassische Musik und das ganze Drumherum, für das sie sich nicht groß interessierte – Hauptsache, es machte den hässlichen Entzug so schmerzlos wie möglich.

Elende Qualen und Folterungen, angenehme Verwöhnprogramme; Massagen mit exotischen Ölen, teigige Fangopackungen, sie ließ die Prozeduren über sich ergehen.

Sogar ein Schokoladebad ist im Angebot, zu jeder Zeit wird dir ein Cocktail aus frisch gepressten Früchten serviert, hatte sie am Telefon zu Sandy gesagt und ihr verboten, sie zu besuchen. Isa wollte nicht, dass Sandra ihre Mutter in diesem erbärmlichen Zustand antraf, es musste wirklich nicht sein.

Isa empfand den Entzug als Strafaktion.

Dabei hatte sie ihn freiwillig angetreten.

In der ersten Woche hatte sie trotz des Wohlfühlprogramms geglaubt, sterben zu müssen. Sie schlotterte und fror, hustete und kotzte. Sie hielt Sehstörungen und Panikattacken aus, schlaflose Nächte mit Herzrasen und Schweißausbrüchen. Sie litt klaglos unter Wallungen und Durchfall, und einen Tag lang hatte sie fortwährend weinen müssen, es gab nichts, das sie nicht rührte und beschämte und aufwühlte. Dass dermaßen viele Tränen in ihr eingeschlossen gewesen waren, hätte sie nicht für möglich gehalten. Zu Isas Verblüffung vermochte ausgerechnet die Bachblütentante sie zu trösten, weil sie schwieg und still mitweinte.

Der Psychologe begrüßte Isas Entscheidung, das alte Haus zu verlassen und einen Ortswechsel vorzunehmen.

Alles, was Ihnen hilft, neue Gewohnheiten zu bilden, ist im Kampf gegen den Alkohol hilfreich, sagte er, Sie müssen Rituale, zu denen der Brandy gehört, aufgeben.

Isa Lerch war eine Gewohnheitstrinkerin geworden. Dabei war sie nie betrunken gewesen, nie sturzbetrunken, aber auch nie ganz nüchtern. Sie hatte auf ihrem ansehnlichen Promillepegel ihr Bestes gegeben, sodass niemand ihre Sucht direkt angesprochen hatte, sie rettete sich dank ihrer Schlagfertigkeit aus heiklen Situationen, einen plötzlichen Blackout hatte sie nie gehabt. Immer war Isa routiniert genug, um eine Schwäche zu überspielen, oder mit Arabesken, die sogar unterhaltsam waren, die Lücke zu schließen, eine Unkonzentriertheit auszubügeln.

Aber da kam leider ihre Ausdünstung ins Spiel. Isa roch oft schlecht, sie roch nach altem Brandy, sie roch nach zu viel Chanel N°5 und nach saurem Alte-Leute-Schweiß, wenn sie sich schon am Vormittag den ersten Doppelten eingeschenkt hatte.

Es hatte immer einen Grund gegeben, um ein Gläschen zu kippen. Fortwährend hatte es etwas zu feiern gegeben (Gerade über Kleinigkeiten muss man sich freuen!) oder etwas zu verarbeiten (Jetzt geht es mir wieder viel besser!). Es galt, sich für einen Auftritt zu rüsten, und nach der gelungenen Sendung musste sie sich mental wieder herunterfahren, musste es sacken lassen. Isa, die Moderatorin, hatte immer ein Ungleichgewicht auszutarieren, den Adrenalinhaushalt einzupendeln. Es gab Höhepunkte zu feiern, und sie musste Tiefschläge verkraften, missratene Sendungen, bei denen die Fäden nirgendwo zusammenliefen, schon gar nicht in ihren Händen.

Isa Lerch hatte jeden Tag reichlich Gelegenheit gehabt, um sich ein Gläschen von dem bernsteinfarbenen Brandy einzuschenken. Bloß die Entsorgung der leeren Flaschen hatte sie in Bedrängnis gebracht, das verräterische Leergut in ihrem Büro.

Und ihr Mann hatte sie immer mehr unter Druck gesetzt, sein despektierlicher Blick, seine Ermahnungen. Severin war unbarmherzig geworden. Statt sich in Nachsicht zu üben, kritisierte er ihr Verhalten. Das tat weh. Sein Argwohn. Das humorlose Quengeln eines alternden Mannes, der Müsli löffelte und Milch trank und acht Stunden Schlaf benötigte, während seine Frau gar kein Schlafbedürfnis hatte.

Wie stark das verleugnete Brandy-Problem sie belastet hatte, war Isa während des Aufenthalts in der Klinik bewusst geworden, wo sie grübelte und sich mit ihrer Abhängigkeit beschäftigte.

Sie musste ihr Leben umkrempeln.

Bevor es zu spät war.

Ihr Körper hatte Isa zwar noch nie im Stich gelassen. Sie hatte kräftige Muskeln, starke Arme und Beine. Ihr Herz raste nicht bei jeder Anstrengung los. Sie war noch immer eine gute Sportlerin. Aussichtslos konnte es noch nicht um sie bestellt sein, trotz ihrer weißen Leber. Es bereitete ihr noch keine Mühe, einen Kilometer zu schwimmen. Sie musste sich dabei nicht einmal verausgaben.

Es war also noch nicht zu spät.

In der Zeit vor ihrem Entzug, in ihrem alten Arbeitszimmer mit Blick auf den Baumgarten und Severins Skulpturen, hatte sie oft den Springer von Paestum betrachtet, Il Tuffatore, über den sie immer gern ein Radiofeature gemacht hätte. Der schöne, nackte Etrusker schwebte in einem Momentum, das ihr vertraut war: Der junge Mann weiß nicht, was der nächste Augenblick bringt und was auf ihn zukommt, wohin er sich so lebhaft stürzt.

Da Isa um die Bedeutung des eleganten Sprungs wusste, sah sie einen Zusammenhang. Die Lage zwischen Himmel und Hölle hatte mit ihrem Leben große Gemeinsamkeiten.

Ein letzter kleiner Brandy.

Wenn Isa in diesem Schwebezustand CDs hörte, störte es sie, dass die Musik der großen alten Meister von so weit her kam. Mozart, Beethoven und Bach tönten wie Funksignale aus einer Vergangenheit und Ferne ohne Bezugspunkte, ohne eine Schnittstelle mit ihrem eigenen Leben.

Il Tuffatore war Gegenwart.

Darüber und über Alkohol hatte sie mit Dorit Rösner nicht gesprochen. Isa war nun, seit die Rösner sich abschottete und nichts mehr von sich hören ließ, froh, nicht alle Geheimnisse ausgeplaudert zu haben. Mittlerweile traute sie ihrer jungen Nachfolgerin auch Schlimmes zu. Die neigte zu Klatschsucht und Verrat. Trug sie nicht breite Silberringe an beiden Daumen? Und warum fiel ihr das erst jetzt auf?

Der Hausarzt hatte Isa bei seinem jährlichen Check ungebeten auf ihren Alkoholkonsum angesprochen. Die Blutwerte sind schlecht, die Leberwerte gefallen mir nicht, hatte er diagnostiziert, die Leber ist vergrößert, nicht gravierend, aber merklich, und sie sticht hell heraus. Sie haben es auf dem Monitor selbst gesehen, das Helle ist Fett, Frau Lerch, eine sichtbare Verfettung, und darum muss ich Sie fragen.

Sie hatte ihrem Hausarzt nicht die Wahrheit gesagt, sie gab das Trinken vor niemandem zu und verheimlichte es am liebsten auch vor sich selbst. Isa hatte die Menge, die sie täglich trank, mehr als halbiert, hatte gesagt, weniger als eine Flasche in der Woche, dabei waren es mehr als zwei. Doch ihr Hausarzt glaubte ihr nicht, von seinem Gesicht las sie ab, dass er sie für eine Lügnerin hielt.

Sie kommen seit Jahren zu mir in die Praxis, Frau Lerch, holte er aus, und nun muss ich Ihnen etwas sagen, was dazu führen könnte, dass Sie mich nicht mehr konsultieren: Einmal abgesehen von der Menge, die Sie angeblich trinken – Ihr Blutbild sagt mir, dass es zu viel ist, Ihre Leber sagt mir, dass es zu viel ist. Sie müssen das ändern, Frau Lerch, ich rate Ihnen zu einer Entziehungskur.

Sie hatte ihren Hausarzt entgeistert angeschaut.

Bevor es zu spät ist.

Sie war ziellos durch die Straßen der Stadt gelaufen,

aufgewühlt, als nähme sie diese ein letztes Mal wahr. Durch die getönten Gläser ihrer Sonnenbrille sah die Welt noch kostbarer aus, seltsam vergoldet. Tränen kullerten ihr über die Wangen.

Und nun hatte sie den entsetzlichen Entzug bald hinter sich, die lausigen Tage im Kurhaus Alpenrose, auf dem Land, wo Kühe auf der Wiese herumstanden und wiederkäuten. Isa konnte Milch nicht ausstehen, es war ein Stoff für Babys, für Säuglinge. Ein Glas Milch zu trinken wäre ihr unmöglich. Milch wurde sauer, flockig. Das hatte sie dem Psychologen angewidert gesagt und auf die Kühe, die vor seinem Fenster herumstanden und glotzten, gewiesen, als er ihr geraten hatte, Brandy gedanklich mit etwas stark Ekelerregendem zu verknüpfen. So, wie man sich, wenn man verlassen wurde, vorstellen sollte, der Expartner riecht übel, er hat Fußschweiß, Mundgeruch, er hat Dreck zwischen den Zehen. Ein Bild, das große Abscheu auslöst, ersetzt das frühere Bild, das einen verführt hat.

Milch, hatte Isa die Ausführung unterbrochen.

Kuhwarme Milch trinken zu müssen wäre der Horror, und da sie gelernt hatte, aus jeder Situation das Beste herauszuholen, fasste Isa Lerch den Entschluss, sich für jeden Brandy, den sie in Zukunft trinken würde, mit einem Glas Milch zu bestrafen. Hand aufs Herz. Isa setzte noch einen drauf: Die Milch wird erwärmt und stehen gelassen, damit sich eine Haut bilden kann.

Diese Aussicht half ihr, beim Entzug über die Runden zu kommen, in diesem lichtdurchfluteten Kurhaus, wo das Personal in Schuhen mit weichen Gummisohlen herumlief und die Wände wattiert zu sein schienen und die Zimmer der Insassen schallgedämpft, als würden arme Trinker auf Entzug in der Nacht toben und in ihren Träumen schreien.

Alex Kern hatte mit Severin Kontakt aufgenommen. Von seinem Vater Remo wusste er, dass der Bildhauer seinen Werkplatz aufgab und dass er ihm Asyl für seine Skulpturen angeboten hatte.

Ich helfe Ihnen beim Umzug, diente Alex sich an, ich fahre den Transporter.

Als Alex in der Grube vorfuhr, eine halbe Stunde früher als vereinbart, um eine Bestandsaufnahme zu machen und mit Severin die Logistik der Auswanderung zu besprechen, erschrak er zunächst über die zerstörten Werke, über die verkohlten und angebrannten Skulpturen, beinahe hätte er Leichen gesagt, Tote, die starr herumstanden oder umgestürzt herumlagen, als hätte hier ein Sturm gewütet, als wäre die stillgelegte Kiesgrube der Ort einer Brandschatzung gewesen.

Die flachen Strahlen der Sonne verliehen der oberen Bruchkante der Grube einen gelben Rand. Die Stimmung berührte Alex. Das Licht hatte eine tiefe Klarheit, es war rein und machte die Szenerie unwirklich. Alex Kern kam sich wie in einem Theater vor. Er bewegte sich auf einer großen Bühne. In seinem Kopf poppten Ideen auf, während er, die Hände in den Hosentaschen, auf dem Werkplatz und im Gelände umherging und bald den Tümpel erreichte, wo eine Skulptur ins Wasser gekippt worden war.

Der Anblick löste einen Gedankenfilm aus.

Und Barbara spielte darin die Hauptrolle.

Alex kehrte auf den Werkplatz zurück, die Angelegenheit war klar, er hatte eine starke, die Skulpturen betreffende

Idee, und er musste Severin Lerch davon überzeugen. Doch er durfte jetzt nichts überstürzen.

Die Autos, die in der Kiesgrube vorfuhren, nahm er zur Kenntnis, aber Alex schien kurz vergessen zu haben, warum er eigentlich gekommen war und vor dem Atelierhaus wartete.

Drei Personen stiegen aus, Severin Lerch kannte er bereits, der Künstler kam mit offenen Armen auf ihn zu, der zweite Mann war dunkelhäutig, ein Inder vielleicht, und die Frau mittleren Alters, da war Alex sich nicht ganz sicher, doch, sie war Sandy, Lerchs Tochter, die er seit dem Jahre zurückliegenden Fest nicht mehr gesehen hatte.

Das ist Henry, stellte Severin ihm den Mann vor, Henry baut Tische und übernimmt mein Holzlager.

Henry ging, ohne den Austausch von Höflichkeiten unnötig zu verlängern, zum überdachten Lager, um die Stämme und Bretter zu begutachten, er machte sich Notizen.

Sandra betreibt einen Secondhandladen, sagte Severin, wir sehen zusammen den Hausrat und die Bücher durch.

Wann soll der Transport denn stattfinden?, fragte Alex.

Ich habe alles vorbereitet, die Skulpturen sind reisefertig.

Wie viele?

576 laut Verzeichnis.

Severin zeigte Alex im Haus ein Regal mit blauen und roten Ordnern. Der Bildhauer hatte akribisch Buch geführt und jede Arbeit in sein Verzeichnis aufgenommen. Er hatte seine Skulpturen fotografiert, datiert und nummeriert.

In den roten Ordnern waren ausschließlich Fotos und Angaben der verkauften Skulpturen abgelegt. Gewissenhaft hatte Lerch die Namen der Käufer verzeichnet, genau wie den Preis, den sie bezahlt hatten, und den Ort, wo das Werk sich befand.

Alex Kern war beeindruckt. Die Aufzeichnungen verrieten, wie ernst der Künstler seine Arbeit nahm. Wie wichtig sein Werk für ihn war. Mit einem Schlag wurde ihm bewusst, wie viel es Severin Lerch bedeutete, dass seine Skulpturen ein neues Dach über dem Kopf erhielten.

Alex entwarf einen Plan, er legte dar, wie die Skulpturen mit dem Laster auf das Firmengelände transportiert und in einer dafür geeigneten Halle eingelagert werden sollten.

Wir schaffen es mit zehn Fuhren. Die Strecke, einmal hin und zurück, beträgt neunzig Kilometer.

Das sind mindestens zehn Stunden Fahrt, sagte Severin.

Um die Skulpturen auf- und abzuladen benötigen wir einen Hubstapler mit Fahrer, zehnmal eineinhalb Stunden hier und eineinhalb Stunden dort, macht nochmals dreißig Stunden.

Wir benötigen eine Arbeitswoche. Oder ein wesentlich größeres Auto und zusätzliche Helfer, schloss Alex.

Severin hatte für alle Kaffee zubereitet. Sie tranken ihn im Atelierhaus und aßen Donuts, die Henry mitgebracht hatte, vier verschiedene Sorten.

Gepflegte Hölzer, Severin, sagte Henry anerkennend, die kann ich alle verwenden, daraus mache ich superschöne Tische.

Er rüttelte am Tisch, an dem sie zu viert saßen, als prüfte er die Standfestigkeit.

So lala, urteilte Henry lachend, ein Tisch muss massiv sein, schwer, man sollte einen Tisch hinstellen, wo er hingehört, und er sollte da stehen bleiben und nicht mehr verrückt werden. Ein Leben lang. Ein schwerer Tisch ist ein guter Tisch. Er ist das Zentrum des Hauses.

Und solche Tische machen Sie?

Ja, beantwortete er Alex' Frage. Meine Tische sind noch schwerer und schöner als dieser Tisch. Ich baue sie mit einer dicken Platte aus Palisander und Beinen aus einheimischer Eiche.

Hat Herr Lerch exotische Hölzer im Lager?

Nein, stellte Henry klar, Palisander und Rosenholz importieren wir, Severin reist nach Bali. Wir sind Partner, er beschafft das Holz, ich baue die Tische.

Die Menge, die Anzahl der zu transportierenden Skulpturen, bereitete Severin und Alex Kopfzerbrechen, es war ein kniffliges Problem. Henry meinte, es wäre das Beste, den Transport mit einem Hubschrauber der Armee durchzuführen.

Allen gefiel der Gedanke, Skulpturen hoch am Himmel, aber das wäre zu teuer.

Zweckmäßig wäre ein Lastwagen mit Anhänger, wie man ihn für Langholz verwendet. Mit einem solchen Transporter schaffen wir das mit einer Fahrt, überlegte Henry.

Mein Vater hat einen zweiten Laster, der größer als das vorgesehene Fahrzeug ist. Den darf ich leider nicht fahren. Ich habe keine Bewilligung für einen langen Truck, gestand Alex.

Aber ich, sagte Henry.

Sandra hatte in den letzten Tagen das alte Elternhaus durchforstet. Es hatte ihr wehgetan, es in einem derart schäbigen Zustand vorzufinden und an der Auflösung beteiligt zu sein, an seiner Zerstückelung. Das Haus war ein Sanierungsfall, sie hatte das verdrängt, und würde nach der Renovierung kaum mehr zu erkennen sein. Sie wusste das. Das Haus ihrer Kindheit wurde zerstört.

Und nun saß sie müde und etwas ratlos im vertrauten Atelierhaus, dessen Tage ebenfalls gezählt waren, und hatte das Gefühl, mit gebundenen Händen zuschauen zu müssen, wie das, was ihr viele Jahre lang Rückhalt gegeben hatte, auseinanderfiel.

Abschied nehmen, Blickwinkel ändern.

Henry und ihr Vater sprachen über Bali. Die Konditionen für die Übernahme des Holzlagers wurden ausgehandelt. Henry hatte die Holzpreise gegoogelt.

Alex überlegte, gleich nach der Besprechung Barbara Rey anzurufen und ihr ein Treffen vorzuschlagen, er würde sie in ein Restaurant einladen. Alex würde Barbara ganz direkt auf Severin Lerch ansprechen, hatte noch lebhaft im Kopf, wie begeistert sie die gelbe Tulpe gekauft hatte. Er würde die verkohlten Skulpturen erwähnen, die abgebrannten Holzmänner, das Versehrte, Verletzte, Zerbrechliche ins Gespräch einbringen. Fragilität war das Thema. Er würde Barbara fragen, was sie davon hielte, mit diesem Brandgut, das von Severin entsprechend präpariert und überarbeitet werden müsste, eine One-Man-Show aufzuziehen, eine große Präsentation.

Sandra beobachtete Alex Kern. Er schien die Donuts zu genießen, überhaupt die Gesellschaft von Severin, den er verehrte.

Hatte Alex auch Augen für sie?

Übersah er Sandy, eine Frau von vierzig Jahren? Begehrte er sie noch immer, kam ihm das Gefühlschaos in den Sinn, das sie in seinem Herzen angerichtet hatte? Falls stimmte, was ihr Vater, der Übertreibungskünstler, ihr berichtet hatte.

Ihre Mutter war damals nur zwei Jahre älter gewesen als Sandra jetzt. Erkannte Alex in ihr heute ihre Mutter von damals? An die er sich weniger gern erinnerte?

Die Tatsache, dass sich Alex Kern vor dreiundzwanzig Jahren in sie verknallt hatte, machte sie nervös und schürte das Verlangen, jetzt die gleiche Wirkung zu erzielen. Sie stellte plötzlich fest, wie dünn sie geworden war, wie knochig, und wünschte sich ein paar im Sommer verlorene Rundungen zurück. Ihre Erinnerung an die Lampions, an das offene Feuer und die Musik, zu der sie auf dem Werkplatz getanzt hatte, war blass, gar ein blinder Fleck, sobald sie sich das Bild von Alex, dem Jungen, vor Augen zu rufen suchte.

Jetzt schaute Alex sie an. Er musterte sie, er checkte sie. Sandra hielt dem männlichen Blick stand, sonnte sich darin und war plötzlich ganz entspannt. Sie wusste, was er erwog: Ob es eine Möglichkeit gab, die Zeit zurückzudrehen, die Stunde und den Ort nochmals heraufzubeschwören. Er hatte mit ihr tanzen wollen, es aber nicht gewagt. Er hatte sich bei den langsamen Stücken, wenn die Paare sich näher kamen, danach gesehnt, sich auch so, in Tuchfühlung, mit ihr zu bewegen.

Sandra ging durch den Kopf, dass sie seit der Nacht, in der sie, statt nach dem verschollenen Akita zu suchen, Barbara kennengelernt hatte, nicht mehr mit ihrem Mann geschlafen hatte. So beklagenswert mitgenommen, so kurvenlos und mickrig, so bemitleidenswert die junge Frau ihr erschienen war: Sandra hatte Verdacht geschöpft, sie hatte Rainer am anderen Tag damit konfrontiert und sich ihm seit seinem Geständnis und erbärmlichen Gestammel verweigert.

Käme Sandra auf den Gedanken, ein Tagebuch zu führen, müsste sie es mit diesem Satz eröffnen: *Am Tag, als ich beschloss, nie mehr einen Marmorkuchen zu backen.*

Sie hatte ein Experiment gewagt. Auf einem Flohmarkt hatte sie einem Mädchen einen selbst gebackenen Marmorkuchen abgekauft und ihn zu Hause auf dem üblichen Teller auf den Tisch gestellt. Rainer hatte ein Stück gegessen, kommentarlos, Lars fand den Kuchen lecker, ohne etwas zu bemerken. Sie hatte Esther und Henry beim Kaffeetrinken davon angeboten, sie genossen ihre Stücke, ja, wirklich lecker. Der Kuchen war gelungen, selbst gebacken, kein Zweifel, das Mädchen hatte das sehr gut gemacht, und das Kapitel Marmorkuchenbacken war für Sandra abgeschlossen, erledigt.

Severin und Henry standen nach der Kaffeepause vom Tisch auf, der schwer war, aber nicht unverrückbar.

Sie ließen eine leere Donutschachtel zurück.

Als Sandra sich erhob und zur Spüle ging, um die Kaffeetasse hineinzustellen, streifte sie Alex absichtlich mit der Hüfte. Leider schien er die Berührung nicht wahrzunehmen.

Seit Sandra verheiratet war, hatte sie nur selten mit einem anderen Mann geflirtet und bestimmt keinen plump angebaggert. Jetzt dachte sie: Ich wäre nicht abgeneigt.

Sie war siebzehn gewesen, Alex fünfzehn, ein großer Junge, ungelenk und befangen, ein Schlaks. So musste das gewesen sein. Alex hatte sich in die Tochter des Künstlers verknallt, von dem sein Vater Skulpturen besaß, eigenartige Holzmänner, die aus einem fernen Reich zu kommen schienen.

Die Frau des Künstlers hatte Alex in eine Notlage gebracht. Mit ihr tanzen zu müssen war fast so peinlich gewesen, wie mit der eigenen Mutter tanzen zu müssen. Die ältere Frau roch stark nach Alkohol, außerdem schien sie sich mit ihm zu amüsieren. Dabei war sie älter als seine Mutter. Isa Lerch veralberte ihn. Doch während er ihrem Körper auswich, dem Kontakt mit üppigen Brüsten und gepolsterten Hüften, wurde er dermaßen steif, dass er befürchtete, Isa Lerch könnte seinen Penis bei einer Berührung spüren, sie könnte nicht nur seinen Zustand wahrnehmen, sondern auch erraten, warum er so erregt war, ja, dass er nicht wegen ihr, sondern wegen Sandra eine Erektion hatte, wegen ihrer knackigen Tochter.

Sandra langweilte sich auf diesem Fest. Sie hatte aus Protest gegen die Mutter das Gymnasium verweigert und eine Berufslehre als Kauffrau begonnen. Ihr war das Künstlermilieu zuwider, die Sammler, die Museumsmenschen, die Galeristen und Kunstkritiker, die Szene, diese schillernde Blase, in der ihr Vater ein wichtiger, auf Applaus bedachter Mensch war und sie, seine Tochter, bloß Zubehör. Sie verachtete diese Wichtigtuer mit ihren dekorativen Damen. Und sie hasste die überspannten Ladys, die Zigarillos rauchten und in ihren schwarzen Anzügen und Hornbrillen und helmartigen Kurzhaarfrisuren so betont streng wirkten.

Sie hatte sich zunächst nicht an Alex erinnert.

Erst als er beim Ausspülen seiner Kaffeetasse weiter ausholte, kamen die Bilder, hatte Sandra die Szene wieder vor Augen; verbunden mit einem Groll gegen die lächerliche Mutter, die mit dem staksigen Jungen getanzt hatte, mit einem Teenager in der Stimmbruchphase.

Es hatte etwas Anstößiges.

Sandra hatte sich am fortgeschrittenen Abend auf die breite Treppe des Atelierhauses gesetzt und Akita herbeigelockt. Sie erinnerte, dass er unruhig war, den Festplatz mied, das Feuer fürchtete. Er hatte sich neben sie gelegt, hechelte. Ein junger weißer Hund, muskulös, ein breiter Kopf, spitze, dicke Ohren, die Rute auf dem Rücken gerollt.

In hellen Nächten, hatte Sandy in einem Aufsatz geschrieben, *ist der japanische Akita besonders schön. Sein Fell hat dieselbe Farbe wie der Mond. Wenn Akita durch den Nebel rennt, ist er unsichtbar.*

Vergangenheit, Gegenwart.

Nun war Alex Kern ein gut aussehender Mann. Würde Sandra ihm jetzt auf einer Party unter Lampions oder an einem Tisch mit schönen Speisen begegnen, würde sie ihn nicht mehr übersehen. Beim Tanzen könnten sie als ein Paar durchgehen, das gut aussieht. Der Altersunterschied war eingeebnet. Beide waren noch jung, aber nicht mehr ganz jung. Doch es fand jetzt keine Party statt, hier wurde nicht an einer Geschäftsbelebung gearbeitet, sondern an einer Geschäftsaufgabe.

Nach der Kaffeepause streifte Sandra mit der Kamera durchs Atelierhaus und fotografierte Gegenstände, die sie später für In & Out abholen würde. Den Flipperkasten konnte sie bestimmt verkaufen. Sie listete Einzelstücke auf, eine Stehlampe, ein mannshoher Kühlschrank, elektrische Geräte.

Die aussortierten Bücher waren schwer zu veräußern.

Im Atelierhaus des Vaters und im Haus der Eltern hatte sie Aufnahmen gemacht und ein Inventar angelegt. Ein paar Sachen würde sie für sich behalten, Grundstoff ihrer Erinnerung an die Kindheit. Aber sie ahnte, dass das mit Dingen verbundene Gefühl nicht immer verstärkt wurde, wenn man sie in den Händen hielt. Ihre ersten Ballettschuhe, die Dose für die Weihnachtsplätzchen, der Papagei aus Porzellan. Sie kamen ihr wie aus der Zeit gefallen vor. Die Nähe in der Gegenwart war schwieriger herzustellen als in der Erinnerung. In der Phantasie lebte der Papagei, in der Hand blieb er leblos. In der Erinnerung war die Plätzchendose leuchtend rot lackiert, in der Hand sah sie alt und matt aus. Das Leben war daran vorbeigerauscht, das Leben war weitergewirbelt, immer vorwärts.

War es nicht absurd: so viel vergangene Zeit?

Der Anlass für das Fest in der Kiesgrube war ein namhafter Kunstpreis gewesen, den Severin Lerch erhalten hatte. Er war gefeiert worden. Damals. Seine Werke waren gefragt, wurden gerühmt, der Bildhauer wurde bejubelt, jedermann wollte eine Skulptur von Severin Lerch besitzen; es gab eine Warteliste, die er wie ein Berserker mit seiner Kettensäge abarbeitete. Das Fernsehen hatte ausführlich über ihn und seine Arbeiten berichtet, die Kiesgrube war ein Sujet gewesen, das begehrte Bilder hergab. Nun brach diese Welt zusammen, Ende der Geschichte.

Sandra war mit dem Fotografieren fertig. So viele Stücke wie möglich würde sie verkaufen. Über die Homepage von In & Out und direkt in ihrem Laden. Auch bei eBay, Ricardo und Zalando wollte sie Angebote ins Netz stellen.

Die Auflösung wühlte Sandra auf, obwohl sie schon oft Räumungen organisiert hatte. Bisher hatte sie die Habe stets über eine fremde Schwelle getragen, nicht über die des Elternhauses.

Außerdem musste sie den düsteren Gedanken beiseiteschieben, die Abwicklung ihres eigenen Haushalts stünde ihr auch noch bevor. Henrys Ansicht über die Zeit kam ihr in den Sinn. Er hatte ihr das einmal auseinandergesetzt.

Einerseits lag die Vergangenheit ausgebreitet vor ihren Augen. Anderseits spürte sie die Zukunft als dunkle Macht im Rücken.

Sandra hatte es plötzlich eilig, das Atelierhaus und die Kiesgrube zu verlassen. Der Paartherapeut wartete. Sie umarmte ihren Vater, gab Alex die Hand, fast artig mutete sie das an, und der angeblich unsterblich in sie verliebt gewesene Mann schien sich nicht zu grämen, dass sie sich auf den Weg machte, ohne ihn mitzunehmen.

Henry rief ihr zu, in einer Stunde komme ich nach, richte das Esther bitte aus.

Sie hörte seine Bitte nicht mehr, eilte zum Auto, fuhr los. Die Sonne schien auf die Felder, die Bäume waren dabei, die Farbe zu wechseln. Über den Dächern stiegen senkrecht weiße Rauchfahnen hoch. Erste Laubbläser lärmten. Der Himmel war blau und leer, der Rote Milan ließ sich nicht blicken.

Sandra wollte alles, was mit der Paartherapie und mit Rainer zu tun hatte, vorwärtstreiben, und alles, was mit ihren Eltern zusammenhing, entschleunigen. Sie wünschte sich Entschlusskraft und Mut.

Der freundliche Dr. Hormann bot ihr einen Tee an, sie lehnte ihn ab. Rainer war vor ihr eingetroffen, sie beobachtete die Männer, fahndete misstrauisch nach einem Zeichen, das sie als Komplizen verriet, und überlegte, ob sich Dr. Hormann und Rainer wohl unter vier Augen ausgetauscht hatten, ein einvernehmliches Männergespräch.

Rainer umarmte Sandra, legte ihr die Hand kurz auf

den Nacken. Ihr Mann war guten Willens, sie nahm es zur Kenntnis, aber glücklich machte sie das nicht.

Nach dem mühsamen Sortieren und Räumen fiel es ihr schwer, mit dem Aufarbeiten weiterzumachen. In zermürbenden Disputen hatten sie das Thema Ehebruch schon x-fach durchgekaut. Sandra glaubte, nun stehe die schwierigste Phase bevor: Das Paar hatte sich zwar ausgesprochen. Aber noch nichts war ausgestanden.

Es ist nicht einfach so, sagte Sandra am runden Tisch, dass ich meinem Mann nicht verzeihen kann.

Worin besteht denn das Hindernis?, fragte Rainer.

Ich vertraue dir nicht mehr.

Du denkst, es könnte sich wiederholen?

Wie könnte ich das ausschließen?

Rainer schwieg. Er schloss die Hände, die auf dem Tisch lagen, zu Fäusten. Sandra war bewusst, wie sehr er nun mit sich rang, und genoss das.

Ich verstehe Sie, Frau Flimm, sagte der Therapeut, er hielt die Hände locker vor sich, sie bildeten ein Haus, alle zehn Fingerspitzen berührten einander. Aber, Frau Flimm, so kommen wir keinen Schritt voran.

Sie suchte Rainers Augen, fixierte ihren Mann: Ja, wie würdest du dich aufführen, fragte sie ihn, wenn ich fremdgehen würde wie du, wenn ich mir das, bitte schön, auch herausnähme?

Ich sage am besten gar nichts, antwortete Rainer. Alles, was ich nun von mir gebe, ist falsch oder wird von dir falsch verstanden. Wenn ich dich anflehe, Sandra, tu es nicht, lachst du mich aus, wenn ich sage, tu es, wenn du es tun musst, bist du beleidigt, weil ich nicht um dich kämpfe.

Er schwieg, hatte er nicht schon genug Abbitte geleistet?

Warum denken Sie, Rache könnte die Lösung sein?, fragte der Therapeut. Heilt Ihre Wunde schneller, wenn

Sie Ihrem Mann einen Stich versetzen? Besteht nicht die Gefahr, aus einer Affäre mit einer doppelten Verletzung hervorzugehen? Der Liebhaber könnte sich von Ihnen abwenden. Er merkt, dass Sie ihn instrumentalisieren. Das tut ihm weh.

Sandra dachte an Alex, sie zog es in Betracht. Sie merkte aber auch, dass eine anhaltende Abscheu und engherzige Gefühle sie daran hinderten, vernünftig zu denken. Und sie beschloss, dass es jetzt nur um ihr Befinden gehen sollte, nicht um den Schmerz eines potenziellen Liebhabers, der Schmerz eines Mannes war ihr vollkommen egal.

Vor nicht allzu langer Zeit hatte Matthias Sandra aufgefordert zu beschreiben, was sie am besten konnte. Einmal mehr hatte sie als Testperson für sein Seminar her halten müssen. Doch Sandra hatte sich nicht auf ein Wort festlegen wollen. Inzwischen war ihr Selbstbild zerbrochen. Sie könnte nun frustriert benennen, was ihre Schwäche war. Seit sie um den Treuebruch ihres Mannes wusste, war ihr der Boden entzogen, und statt ihr Leben weiterhin mit Schneid zu meistern, gab sie das streitsüchtige Opfer. In dieser passiven Rolle musste sie zuschauen, wie der Marmorkuchen zerbröselte.

Hören Sie mir jetzt gut zu, begann Dr. Hormann: Sie kommen als Paar zu mir. Ich versuche, Sie zu verstehen. Verstehen, das ist mein Part. Vertrauen ist die praktische Seite des Verstehens. Das Vertrauen baut auf das Handeln des anderen und auf seine Gesinnung – sofern es für mich wichtig ist. Stets wird beim Vertrauen die Bedeutung für mich mitgedacht. Das Verstehen kann theoretisch bleiben. Das Vertrauen schließt Taten ein. Ein Vertrauensbruch hat zum Vertrauensentzug geführt. Das ist die Sicht von Sandra. Daher der Groll. Vertrauen heißt: Ich glaube, dass ich auf der sicheren Seite bin, dass mein Partner es gut mit mir meint, dass ich geborgen bin. Zu diesem Prinzip sollten Sie als Paar zurückfinden. Sie wollen doch, dass Ihre Ehe, ich sage jetzt einmal, sich wieder ins Glückliche fügt? Aber dafür müssen Sie arbeiten, nur Sie selbst können das richten. Der Weg...

Ich möchte mit dir zusammenbleiben, unterbrach Rainer den Redefluss des Therapeuten, ich möchte es wirklich, Sandra, beschwor er und bemühte sich, ruhig zu bleiben, damit sich seine Stimme nicht überschlug. Das ist das Einzige, was ich sagen will, glaub es mir, ja. Ich möchte, dass es weitergeht mit uns, Lars und du...

Rainer machte eine Pause, er räusperte sich, schluckte leer, sein Adamsapfel hob und senkte sich, als steckte ihm ein Kloß im Hals.

Ich will dich nicht verlieren.

Rainer Flimm öffnete die Fäuste. Es war ihm jetzt gleichgültig, dass er einmal mehr einfältig lächelte oder das falsche Gesicht aufsetzte. Er war am Wendepunkt angelangt, hatte genug davon, seine Schuld nochmals und wieder einzugestehen. Er hatte Sandra verletzt, er hatte Sandra unglücklich gemacht, ja, ja, ja. Er hatte sich etwas Unverzeihliches zuschulden kommen lassen. Punkt. Er verstand ihren Zorn. Wenn er an ihr Familienprojekt dachte, an die Vorzeichen, unter denen sie ihr gemeinsames Leben begonnen hatten und gestalten wollten, hatte er versagt.

Doch er spürte auch seinen Trotz, jetzt zum Beispiel, während Rainer in der Paartherapie am Tisch saß und glaubte, es wäre klüger gewesen, nicht zu gestehen, das Ganze abzustreiten. Der vertrackte Blumenstrauß hatte Sandras Misstrauen geweckt. Das war der Anfang gewesen. In der Folge hätte er darauf hinarbeiten sollen, das nächtliche Geschehnis im Dunkeln zu belassen. Eine Lüge hätte nur Vorteile gehabt. Er hätte die Nacht mit Barbara als Geheimnis hüten sollen. Kaltschnäuzig hätte er die Wahrheit, mit einer anderen Frau geschlafen zu haben, von sich weisen sollen. Hat man nicht das Recht, sich zu schützen? Es hätte ihm viel Ärger erspart.

Doch er war eingebrochen.

Beim Kniefall vor seiner Frau hatte Rainer allerdings eine Ungeheuerlichkeit unterschlagen, einen Aspekt, den er wirklich besser für sich behielt, einen Aspekt, der ihn, falls er ihn ausplauderte, in ein Lügengestrüpp führte, aus dem er nicht mehr herausfände. Sobald Rainer an die für einen Ehemann verbotene Stunde mit Barbara dachte, wurde ihm warm ums Herz, und ein Gefühl, das er unter anderen Umständen als Glück bezeichnet hätte, durchströmte ihn. Die Liebesnacht hatte ihm gutgetan, sie hatte ihn gestärkt.

Obwohl er diese Wahrheit in sich verschloss, hatte sich Rainer doch gebührend entschuldigt, genug, er hatte hundertmal erklärt, dass es ihm leidtue. Er war kein falscher Hund. Doch wenn Sandra ihn fragen würde, ob er seine Dummheit rückgängig machen würde, falls das möglich wäre, würde er den Kopf schütteln.

Nein. Die Nacht mit Barbara wollte er nicht löschen. Weder in seinem Kopf noch in seinem Leben. Nein, auf keinen Fall mochte er diese Nacht nicht erlebt haben. Die Liebesstunde war aus seiner Sicht nicht nur ein Liebesverrat gewesen. Rainer war sogar dankbar für sie, und es war bitter, sich in diesem Zwiespalt zu befinden. Denn er liebte Sandra. Er wollte seine Ehe nicht aufgeben. Der Traum von der glücklichen Familie war nicht ausgeträumt, Rainer Flimm war nur mitten im Traum aufgeschreckt worden.

Nach der Therapiestunde fuhr das Ehepaar Flimm getrennt nach Hause, jeder saß allein in seinem Auto und hing Gedanken nach. Rainer hätte gern gewusst, was Sandra und Barbara in jener Nacht im Atelierhaus besprochen hatten. Was Barbara Sandra erzählt hatte.

Männer machen Fehler, aber wenn sie um Vergebung bitten, vergeben die Frauen ihnen…Wo hatte Rainer diesen entgegenkommenden Satz gelesen, wo gehört? Im Kino, in einem amerikanischen Film aus den Fünfzigerjahren. Der Satz war ihm geblieben. Aber er hatte auch das derbe Lachen von Sandy im Ohr. Die Frauen vergeben ihnen, weil sie müssen, hatte sie voller Spott gesagt und Rainer, der sich wand, nicht aus den Augen gelassen. Die Frauen sehen sich zur Vergebung genötigt, weil sie von ihren Männern abhängig sind. Es ist ein dämlicher Satz.

Sandra war nicht von Rainer abhängig, sie hatte ihren eigenen Laden, sie könnte ihren Mann vor die Tür setzen, er traute ihr das zu.

Sandra hatte sich von den Schocks des Familientreffens erholt und sich mit der Tatsache angefreundet, dass sich ihre Eltern nochmals an etwas Neues heranwagten. Rainer fand, Isa und Severin fehle eine altersgemäße Besonnenheit, ihr Verhalten sei unverantwortlich. Sie benahmen sich wie Amerikaner, die sich weder an ein Haus noch einen Ort gebunden fühlten und wegen eines neuen Jobs die Stadt und den Staat verließen. Amerikaner räumten das Haus, gaben den Schlüssel ab und zogen tausend Kilometer weiter, für seine Schwiegereltern war das wohl auch nichts Besonderes.

Aber Rainers Art wäre das nicht.

Er war ein sesshafter Mensch.

Eben noch hatte der Bildhauer mit Vehemenz und großmäulig gegen die Behörden gekämpft. Er hatte den Gemeindepräsidenten verunglimpft und auf sein Recht zu bleiben gepocht. Auf die Notwendigkeit des Ortes als Voraussetzung für seine Kunst. Nun schmiss er hin. Wie ein kleines Kind. Ein Trotzkopf. Auf diesen Künstler konnte man sich nicht verlassen. Die Idee, mit Henry eine Bali-Connection zu gründen und als Holzhändler und Logistiker in Padang Bai zu operieren war doch absonderlich.

Hast du dir das Ganze gut überlegt, ich meine, mit allen Konsequenzen?, hatte Rainer seinen Schwiegervater gefragt.

Severin hatte mit einem überlauten Lachen reagiert:

Nein, lieber Raini, wenn ich die Lage gründlich durchdacht hätte, würde ich es bestimmt nicht tun.

In seinem Künstlerdünkel hatte er dazugesetzt: Manche Dinge muss man einfach wagen, mit dem Risiko, die Sache in den Sand zu setzen.

Und Isa? Seine Schwiegermutter wäre für das grünliberale Denken und Gedankengut zu gewinnen, Rainer hatte das ausgekundschaftet. Er hatte den stufenweisen Abstieg von Isa Lerch hautnah miterlebt. Ihr Mann hätte schon lange eingreifen müssen, Severin hätte auf Isas Alkoholkonsum nicht mit Nachsicht reagieren dürfen, mit einer lausigen Toleranz. Sandra und Matthias hatten die Sucht ihrer Mutter gar nicht erst wahrhaben wollen, die erwachsenen Kinder hatten alle Zeichen missachtet.

Zuletzt hatte Isa sich vermehrt dem Brandy zugewandt, weil sie mit zwei Dingen nicht klarkam. Erstens mit dem

Altern. Zweitens, das war für Rainer der springende Punkt, mit dem Abschied vom Mikrofon.

Die Grünliberalen könnten Isa Lerch wieder ein Mikrofon in die Hand geben. Sie wäre eine erfahrene Moderatorin. Trocken wäre sie eine lebenskluge Frau, eine starke Persönlichkeit. Man müsste Isa Lerch auf Linie bringen und ihr eine Plattform bieten, sie wäre eine zugkräftige Botschafterin für die grünliberale Weltsicht, eine überzeugende Stimmenfängerin.

Die Zukunft ist grünliberal.

Rainer stellte sich vor, wie Isa in einem eleganten Kostüm auf einer Bühne stand und ins Mikrofon sprach, wie sie den Slogan mit ihrer unverkennbaren, bekannten Stimme einer Menschenmenge einbläute und wie sie, die Beliebte, die Populäre, das Statement in Interviews wiederholte.

Er war begeistert.

Diese Überlegungen und Visionen halfen Rainer Flimm, sie erlösten ihn von seinen Grübeleien; er wusste privat nicht weiter, seine Frau fühlte sich nachhaltig gedemütigt, er hatte das gemeinsame Familienprojekt entweiht und verraten, aber irgendeinmal musste Sandra es doch dabei bewenden lassen, es gut sein lassen.

Sandra sah das Auto ihres Mannes im Rückspiegel, nicht aber sein Gesicht. Rainer folgte mit einem Sicherheitsabstand, nahm denselben Weg nach Hause. Die Sonne stand am Himmel, zugleich war der Abendstern zu sehen, ein kühles Glitzern.

Dass Rainer mildernde Umstände geltend machen wollte und mit ihrem Einlenken rechnete, mit weiblicher Nachsicht, ärgerte sie.

Aber hatte Rainer eine andere Wahl?

Wenn er wirklich mit ihr zusammenbleiben und die

Ehe, ja, ihr Familienprojekt retten wollte, blieb ihm gar nichts anderes übrig. Es dämmerte Sandra, dass sie ihre Ansicht korrigieren musste. Es war noch gar nicht so lange her, seit ihr Bruder sie anerkennend geneckt hatte: Du bist eine Frau, die beim Jonglieren nie einen Ball fallen lässt. Und nun purzelten die Bälle nur so herunter.

Ob verzweifelt oder trotzig oder eben entscheidungsunfähig: Statt nach Hause zu fahren, nahm sie im Kreisel die falsche Ausfahrt. Sie war sich nicht sicher, warum sie das tat. Es verbesserte die Lage nicht, Rainer zu narren und abzuhängen. Vielleicht wollte sie prüfen, ob er ihr folgte.

Sie verlor ihn im Rückspiegel.

Rainer Flimm war zu erschöpft, um auf Sandras Ränkespiel einzugehen. Er verstand seine Frau nicht, seine durchgedrehte Frau. Ihr Verhalten zermürbte ihn. Es begann ihn auch zu ärgern. Er hatte einen anstrengenden Tag in der Firma und die nutzlose Therapiestunde hinter sich, er sehnte sich nach Frieden. Er dachte an einen Feierabend. Er sehnte sich nach einem anständigen und einfachen Leben.

Er verkrampfte sich, verwünschte seine Frau.

Sandy war doch früher nicht so überdreht gewesen?

Für einen Augenblick verwandelte sich der Kreisel in ein Karussell; die Fliehkraft wirkte. Sandy raste davon, er sah ihr Auto nicht mehr, er würde seine Frau nie wiedersehen.

Sandra versuchte, ihn fertigzumachen. Das verdross ihn, er hatte es dem laschen Therapeuten, bevor Sandy eingetreten war, in aller Deutlichkeit gesagt: Ich verschwende hier meine Zeit. Man kann jedes Teil in noch kleinere Teile aufspalten, vom Hundertsten ins Tausendste kommen, bis zum Stillstand.

Er sollte Sandra den Vorschlag machen, am Abend in die Stadt zu fahren, er sollte einen Film aussuchen, der ihr gefallen könnte. Danach ein mexikanisches Restaurant. Sandy liebte doch diese Taquito-Dinger. Die Abwechslung würde ihnen als Paar guttun. Rainer lächelte, er spürte es. Würde jetzt ein Foto von ihm gemacht, sähe er gut darauf aus.

In das Bild, das er von sich selbst hatte, passte, dass er fähig war, aus seinen Fehlern zu lernen. Aber Rainer war trotzdem auf Zustimmung angewiesen, benötigte Rückhalt, war abhängig von Liebe. Nicht bloß er musste sich ändern, Sandra musste sich ebenfalls ändern.

Rainer hatte die richtige Ausfahrt genommen. Die Straße führte durch den Wald, eine Strecke, die er liebte. Er versuchte, sich zu lockern, obwohl Sandra ihn ausgetrickst hatte und irgendwohin fuhr, nur nicht nach Hause. Einmal mehr war seine Frau dem Hang erlegen, ihr Leben als Drama zu inszenieren. Rainer erkannte das Kalkül. Bestimmt befand sich Lars in der Obhut von Esther und Henry, Sandra hatte das arrangiert, sie würde den Kleinen niemals im Stich lassen.

Rainer hatte plötzlich Hunger, ein Loch im Bauch, er hatte den ganzen Tag fast nichts gegessen und beschloss, mit Lars zu McDonald's zu fahren. Das gefiel dem Jungen und würde Sandra missfallen. Vater und Sohn würden aus XL-Bechern Cola mit viel Eis drin schlürfen. Lars würde am dicken Halm nicht nur ziehen, sondern auch durch ihn blasen. Damit die Cola im Becher blubberte. Sie würden knusprige Chicken Wings genießen und ein Männergespräch über Fußball und Schule und die Mama führen.

Rainer verbrachte den frühen Abend gern mit seinem Jungen. Sie würden nicht zum ersten Mal allein zusammen ausgehen. Schon an ihrem vierzigsten Geburtstag war Sandra abgehauen. Dabei hatte er ihr an diesem Tag eine Freude machen und sie versöhnlich stimmen wollen. Ein Ausflug zu dritt müsste nach ihrem Geschmack sein, hatte Rainer sich eingebildet.

Doch er hatte sich getäuscht, Sandra war allein losgezogen. Es war ein Affront gewesen, er fand sie zickig. So ist sie jetzt, dachte er. Dabei hatte er freigenommen, um mit ihr und Lars ein Thermalbad zu besuchen. Dorthin, in die Berge, waren sie trotz allem gefahren, statt zu dritt nur zu zweit, Lars und er, und es war ein lustiger und ein bitterer Tag geworden, ohne Sandra.

Nachdem er seinen kleinen Sohn nach dem vermasselten Geburtstag zu Bett gebracht hatte – Sandra war noch nicht nach Hause gekommen – stand er enttäuscht vor dem Aquarium. Bläschen stiegen hoch, die Pflanzen bewegten sich kaum merklich, Steine lagen im Sand, prächtige Fische mit runden Augen standen befremdlich still, nur die dicken Lippen bewegend, in ihrer geschlossenen Welt, vielmehr in ihrem engen Wasserbehälter. Ihre Gegenwart, die auch seine war, aus der auch er nicht herauskonnte.

Seine Frau war heute vierzig, sie hielt sich irgendwo auf, das tat ihm weh. Er war allein, seine Frau zog ihm eine andere Gesellschaft vor. Mit aufflammender Eifersucht stellte Rainer sich ein Paar vor, in neuer Besetzung. Seine Frau Sandra, die lachte und tanzte, viel redete und mit einem Mann schäkerte, von dem er nur den Rücken sehen konnte.

Er hatte den Schrank mit den Spirituosen geöffnet, das tat er selten, die Flaschen standen für Gäste bereit, Rainer bevorzugte ein Bier, vor allem im Sommer, allerdings nicht jeden Tag, er brauchte keinen Alkohol. Heute war die Ausnahme, heute verlangte er nach etwas Hartem, Betäubendem, nach etwas, das Gedanken zum Stillstand brachte, Grübeleien beendete.

Mit dem Glas in der Hand saß er vor dem Aquarium, unbequem auf Sandras Gummiball, und trank mehr Whisky, als er vertrug. Als er die Wirkung spürte, war er versucht, den Rest der Flasche ins Wasser zu kippen. Er unterließ das. Seine Frau liebte das Aquarium, diese hermetisch in sich geschlossene Welt; und unter der Regie des Whiskys halluzinierte er, ein exotischer Fisch zu sein, der in das Aquarium hineingekippt worden war und nun von den anderen Fischen gemobbt wurde.

Rainer verschloss die Flasche, stellte sie in den Schrank zurück. Er trat in den Garten hinaus, sah auf dem Rasen einen Fußball schimmern, kickte ihn ins Blumenbeet. Ernüchtert stand er vor einer Skulptur von Severin, einer Mamsell mit einem blauen Farbfleck zwischen den Schenkeln. Rainer empfand Mitgefühl mit dieser plumpen Frau, die nie die Wahl gehabt hatte, etwas anders zu werden, als sie war, ein Klotz, ein Stück mit der Kettensäge bearbeitetes Holz, eine Seelenverwandte.

Rainer erinnerte sich, während er eine Spur zu schnell durch den vorherbstlichen Wald nach Hause fuhr, wieder an diese unglückseligen Stunden, an den allein verbrachten Abend, an einen Mann Mitte vierzig, der eine neue Orientierung suchte.

Ein Lastwagen kam ihm entgegen.

Rainer schreckte aus seinen Gedanken auf.

Der Laster preschte vorbei. Ein Tier stand plötzlich vor dem Kühler, ein riesiger Hirsch, ein Reh, ein schwarzes Pferd. Was war los? Rainer drehte am Lenkrad, trat auf die Bremse, das Auto geriet aus der Spur, schlingerte, schoss über die Fahrbahn, rammte einen Stapel Holz, kam zum Stehen.

Scheiter prasselten herab.

Das Reh, der Hirsch, das schwarze Pferd, das Tier hatte sich davongemacht. Der Motor war tot. Warum spielte das Autoradio? Eine Sopranistin sonderte Koloraturen ab, erstarb nun jäh. Die Stille nach dem Knall, dem Lärm von herumfliegendem Holz, das auf Blech und Glas schlug. Die Frontscheibe ein Spinnennetz vor seinem Gesicht. Der Airbag ein Ballon vor seiner Brust.

Und jetzt?

Rainer schloss die Augen.

Er fühlte Leere und Eis, das Herz raste, es drohte zu erfrieren, es drohte zu platzen, das Eis konnte schmelzen und das Herz ertränken. Ihm wurde schlecht, der Magen rumorte.

Er öffnete die Augen, wollte aus dem Auto hinaus, ihm war übel. Doch die Tür war verklemmt. Auch die Fensterscheiben ließen sich nicht bewegen. Er kletterte über den Sitz, um hinten herauszukommen. Aber es gelang ihm nicht. Er übergab sich im Auto, viel Galle dabei, Bitteres im Mund. Trotzdem war ihm leichter. Und der Puls kam herunter. Er saß in seinem kaputten Subaru Hybrid, entgeistert.

Ohne fremde Einwirkung brach die Frontscheibe in sich zusammen, zerfiel in Bröckchen. Das dicke Glas war geschreddert wie Eis im Colabecher bei McDonald's. Umständlich kletterte er aus dem leeren Rahmen und rutschte über die Kühlerhaube auf den Waldboden hinunter, stand neben seinem Subaru, ging um das Auto herum, klopfte seinen Körper ab, drehte den Kopf, beugte den Rumpf: anscheinend war nichts verletzt.

Er rief Sandy an. Sie hatte ihr Smartphone ausgeschaltet. Fassungslos stand er neben dem Wrack. Er wählte Barbaras Nummer.

Sie meldete sich, ja, sagte sie, Rey.

Rainer schilderte das Vorgefallene, beschrieb seine augenblickliche Lage. Sie unterbrach ihn nicht. Er hatte das Smartphone am Ohr, fixierte den demolierten Wagen. Der Konflikt mit Sandra, die ergebnislosen Therapiestunden bei Dr. Hormann: all das, was ihn belastete, brach aus ihm hervor.

Barbara hörte zu. Geduldig, unbeteiligt.

In der Nacht, als Akita verschwand, hast du dich mit Sandra getroffen, warum, stieß er hervor, hast du ihr von uns erzählt?

Das habe ich nicht getan, sagte Barbara ruhig.

Doch, du hast es ihr erzählt, Rainer beharrte darauf.

Nein, das habe ich nicht getan, wiederholte Barbara. Wir haben uns über andere Dinge unterhalten, haben über Severin gesprochen, die Eskalation, und wir wussten, dass es aussichtslos wäre, den Hund zu suchen, außerdem hatte ich üble Schmerzen, ich konnte kaum gehen. Nein, Rainer, dein Name wurde in dieser Nacht kein einziges Mal erwähnt.

Rainer lachte auf, er konnte sich gegen dieses dümmliche Lachen nicht wehren. Es war ihm angeboren. Er hatte Rotwild sehen müssen, er hatte sogar ein schwarzes Pferd sehen müssen, er hatte von der Straße abkommen und einen Stapel Holz rammen müssen, er hatte aus einem Wrack klettern müssen, um mitten im Wald gesagt zu bekommen, dass er sich geirrt hatte.

Und das ist die Wahrheit?

Ja, bestätigte Barbara.

Hilf mir, flüsterte Rainer.

Ich kann dir nicht helfen, sagte Barbara.

Amelie Brisac hatte Matt angerufen und sich mit ihm verabredet. Sie machte ihre stärkste Saison. In der langen Ligapause sollte sie Beachvolleyball spielen. Ein Turnier auf Sardinien. Mit einer Brasilianerin von ihrem Club. Da war gut Geld zu verdienen. Amelie musste unbedingt zusagen. Berni riet ihr auch zu, er würde das Team coachen, auf keinen Fall durfte sie diese Chance auslassen, sie musste an ihr Standing denken.

Jetzt war ihre beste Zeit, sie stand im Zenit.

Berni war neuerdings ihr Mann, Bernard Levrat, ein Romand und ehemaliger Nationalspieler. Sie strich das heraus, Matt kam es vor, als täte sie es triumphierend. Amelie im Glück. Sie bat ihn, Lucie während ihrer Abwesenheit zu sich zu nehmen – er freute sich auf die Tage mit dem Mädchen.

Amelie war aufgedreht, vital, sie hatte nochmals drei Kilo Muskeln zugelegt, mehr Sprungkraft hieß das, ihr Neuer, ein geduldiger Zweimetermann, tat ihr offensichtlich gut.

Berni ist enorm bodenständig, beschrieb sie ihn, und er macht es wirklich toll mit Lucie.

Matthias schwieg, das war nicht gerade sein Lieblingsthema.

Sei nicht eingeschnappt, Matti, sagte Amelie und setzte ihm ihre Volero-Cap verkehrt herum auf, er sollte lachen.

Für mich ist das wichtig, betonte sie, und für Lucie ebenso. Sie nennt ihn Berni, und dich nennt sie Papa, alles klar?

Ich freue mich für euch, sagte er zögerlich.

Berni spielt nicht den Ersatzvater, er will dich nicht verdrängen. Für Bernard ist Lucie das kleine Mädchen, ohne das Amelie, das große Mädchen, nicht zu haben war. Sie grinste und fischte ihre läppische lila Cap von seinem Kopf und setzte sie sich wieder auf, den gewölbten Schirm ins Gesicht gezogen.

Sie sah umwerfend aus, sie könnte Berge versetzen.

Er spürte einen Stich, wenn er die neue Amelie mit der launischen Amelie verglich, die mit ihm gebrochen hatte. So, wie sie sich jetzt präsentierte und wie sie eben gelacht hatte, anzüglich, trug sie im Bett bestimmt keinen rosa Strampelanzug mehr. Sie hatte die störende Verpackung abgelegt, Berni hatte den verdammten Reißverschluss geöffnet.

Oh mein Gott, Matti, äußerte Amelie feixend, nachdem er die Elmira-Geschichte erzählt hatte: Man sollte dich in eine Ausnüchterungszelle stecken.

Amelie hatte recht gehabt, fand Matthias, als er Wochen später an ihr Gespräch zurückdachte. Stets hatte er sich als stiller Beobachter definiert, als ein Mann, der das Leben von außen betrachtete.

Nun war er mittendrin.

Er hatte die Übersicht verloren.

Zu Hause bereitete er sich auf eine neue Seminargruppe vor und überlegte, den Kurs mit der Lektion über die Bedeutungsperspektive zu beginnen.

Stellenwert: Wie groß zeichnest du dich neben deinem Chef, neben deinem Partner, neben deinen Eltern, in deiner Familie?

Er konnte mit der neuen Gruppe keinen Atelierbesuch

machen: Severin war dabei, die Kiesgrube zu räumen. Aber er könnte das Kunstmuseum besuchen, die Abteilung Gemälde des Mittelalters.

Matthias sah den Jungen zufällig; der war zu seiner Überraschung ohne Skateboard unterwegs, die Hände in den Taschen des Kapuzenpullovers vergraben, den Blick gesenkt.

Matt folgte ihm.

Der Junge betrat ein Warenhaus und fuhr mit der Rolltreppe in die Sportabteilung. Matthias beobachtete ihn. Der Junge stöberte beim Skateboard-Zubehör herum, zog sich verschiedene Jacken und Hosen an, hatte plötzlich eine rote Brixton-Cap auf dem Kopf, trug eine große grüne Sonnenbrille und betrat, nachdem er weitere Kleidungsstücke ausprobiert hatte und an der Kasse vorbeigeschlendert war, die Rolltreppe nach unten.

Der Junge trottete zu Starbucks, holte ein Gatorade und setzte sich in einen der Sessel, er nahm die Sonnenbrille ab, um sie genau zu betrachten. Matthias sprach ihn an.

Coole Brille, ja?

Der Junge musterte ihn und verzog keine Miene; er setzte sich die Brille auf, nahm einen Schluck Gatorade, und seine Hand schloss sich nervös um die Flasche.

Ja, sagte der Junge.

Bestimmt nicht ganz billig.

Nein, sagte der Junge.

Kennen wir uns nicht?, fragte Matthias.

Nicht, dass ich wüsste.

So eine Brille habe ich noch nie gesehen, sagte Matthias.

Sie werden aus alten Skateboards hergestellt, Recycling, wusste der Junge und entspannte sich. Er nahm die Brille wieder ab und legte sie auf den Tisch. Er hatte wasserhelle Augen, Idrizi-Augen, dachte Matthias.

Wir sind uns schon ein paarmal begegnet, begann er wieder zu sprechen. Aber ich weiß noch immer nicht, wie du heißt und was du gegen mich hast, und gegen mein Auto.

Ich kenne Sie nicht, sagte der Junge, Sie verwechseln mich mit jemandem, shit, was machen Sie mich blöd an?

Ich verwechsle dich nicht, und ich habe eben gesehen, dass du dir in der Sportabteilung eine schicke Brille ausgeliehen hast.

Was reden Sie für Scheiß?

Der Junge stand auf.

Matthias erhob sich ebenfalls. Er überragte ihn um einen Kopf und wirkte entschlossen:

Setz dich wieder, sagte er scharf.

Der Junge gehorchte, verschränkte die Arme vor der Brust.

Ich muss die Details nicht wiederholen, sagte Matthias, du hast sie ja im Kopf und wirst dich bestimmt fragen, warum ich bisher nichts gegen dich unternommen habe, warum ich auf der Polizeiwache deinen Namen verschwiegen habe.

Du weißt gar nicht, wie ich heiße.

Du willst es mir ja nicht sagen.

Nein.

Du heißt Idrizi, sagte Matthias bestimmt und mit einem Lächeln, für mich bist du Hulk. Und du bist ein Dieb.

Du hast den Laptop zurückerhalten.

Und mein Auto?

Der Junge schwieg.

Bist du der Bruder von Elmira?

Ja.

Der große Kerl, der Bäcker, ist er euer Bruder?

Marko ist ein Cousin.

Und er ist scharf auf Elmira.

Was geht dich das an, Elmira ist keine Schlampe.

Das habe ich nie angenommen.

Du bist hinter ihr her, zischte der Junge. Du stellst ihr nach.

Wo ist Elmira?

Weiß ich denn das?

Du solltest endlich begreifen, dass ich nicht dein Feind bin.

Marko macht mich platt, wenn er erfährt, dass ich mit dir spreche, Mann. Er schneidet mir den Schwanz ab.

Nein, das wird er nicht tun.

Du kennst ihn ja nicht.

Er wird es nicht tun, weil ich dich beschütze, Hulk.

Elmira ist nach Priština gezogen, sie lebt jetzt in Albanien.

Und warum ist sie nicht hiergeblieben, im Café?

Wegen dir!

Wegen mir?

Sie wollte Marko nicht als Mann, Elmira will noch nicht heiraten, sie will noch keine Kinder, und Marko sieht das Problem bei dir, wegen dir hat Elmira Flausen im Kopf, du bist das Problem, ey, er denkt, dass du ihm seine Elmira ausgespannt hast, er denkt, dass seine Elmira heiß auf dich ist, Mann, und das konnte er nicht zulassen, du hast ihr den Kopf verdreht, es hat ihn rasend gemacht, die Fotos auf dem Laptop, warum hast du Elmira fotografiert, warum lächelt sie so nuttig auf deinen Fotos, warum gafft sie dich so geil an?

Wenn du das wie Marko siehst und auf seiner Seite stehst, Hulk, warum hattest du denn ein blau geschlagenes Auge?

Ich stehe nicht auf Markos Seite.

Aber du bewunderst ihn, und du hast Angst vor ihm.

Marko ist wichtig in der Familie.

Warum hast du dich an mein Auto herangemacht?

Von was redest du?

Denk mal nach.

Ich habe deinen Laptop geklaut, ich wollte, dass Marko mich gut findet, dass er Respekt vor mir hat.

Elmira hat dir den Laptop wieder abgenommen?

Ja.

Deswegen hat Marko sie geschlagen?

Nein, das würde er nicht wagen, Mama hat sie geschlagen.

Und wer hat dich vermöbelt?

Marko, ein Schlag aufs Auge, weil ich auf Elmiras Seite war, weil ich sagte, mach nicht so viel Stress, meine Schwester will dich nicht, okay, hast du verstanden?

Los komm, steh auf, Hulk, befahl Matthias, wir fahren jetzt mit dem Auto nach Priština oder Tirana und holen Elmira zurück.

Hast du einen Schock, Mann?

Nein, ich bin ganz klar im Kopf, komm, Hulk.

Wenn dir ein Typ etwas verklickert, Mann, heißt das noch nicht, dass er die Wahrheit spricht, ey, Menschen sind Lügner.

Sie erhoben sich gleichzeitig, schossen hoch, Hulk wollte abhauen. Matthias hatte damit gerechnet, hielt ihn am Arm fest.

Mach keinen Scheiß, schäumte Hulk, hob drohend den Arm.

Darauf war Matthias gefasst, er packte Hulks Handgelenk und drehte ihm den Arm auf den Rücken.

Wir gehen jetzt zu meinem Auto, befahl Matthias.

Ich habe ja nichts dabei.

Wir kaufen unterwegs, was wir benötigen, Zahnbürste, Unterwäsche, sagte Matthias.

Auch ein Skateboard?

Ja, lenkte Matthias ein, ein Skateboard liegt drin.

Dann lass mich sofort los.

Wo finde ich Elmira?

Der Junge bildete mit den Händen eine Pistole und zielte auf Matthias.

Ich bin ein Freund, Hulk.

Henry hatte den Transport mit dem großen Lastwagen gefahren, die Skulpturen waren nun in einer Halle auf dem Werkgelände von Remo Kern untergebracht.

Die Halle hatte eine Höhe von vierzehn Metern. Die Skulpturen waren mit dem Kran in ein stählernes Regal gehievt worden, das vom Boden bis zur Decke reichte. Wie Stapelware, Severin grinste. Kunststoff und Holz, Röhren und Skulpturen, sagte er, als alle Werke ihren Platz gefunden hatten.

Seine Skulpturen füllten die Halle nicht, sie verschwanden eher darin. Sein ganzes Lager auf so kleinem Raum verstaut zu wissen kratzte ein wenig an seiner Ehre. Wenn jemand durch die Halle lief, ohne darauf zu achten, konnte er die Skulpturen übersehen. Dabei könnte man ein ganzes Museum damit ausstatten.

Neben der Halle, auf einem Sandplatz, hatten Alex Kern und Barbara Rey die angesengten und verkohlten Skulpturen aufgestellt. Die *Brandopfer*, darauf bestand Alex.

Wir haben uns bei einem Fachmann erkundigt, sagte Barbara, mit einem speziellen Lack könnte die Kohle konserviert werden, sodass sie nicht weiter bröckelt und abfärbt.

Sie bildeten einen Kreis, zwölf Torsi, Stümpfe, Versehrte. Die Überreste der von den Paintball-Kriegern beschädigten Skulpturen. Es tat Severin weh, sie in diesem Zustand zu sehen, es wühlte ihn auf.

Sie sehen entsetzlich aus, sagte er.

Sie haben ein Riesenpotenzial, fing Alex an. Sie wirken außerhalb der Kiesgrube so kantig, sperrig, unbesiegbar, sie haben dem Feuer getrotzt, es hat sie verletzt, aber nicht zerstört.

Barbara stand seltsam stumm zwischen den beiden Männern.

Ich finde die invaliden Skulpturen erhaben, rühmte Alex, sie erhalten im geometrischen Kreis eine andere Bedeutung, sie sind Symbole der Verwundbarkeit, sie zeigen, was Hass, Rassismus und Intoleranz anrichten, sie zeigen, wozu Fanatiker fähig sind.

Na ja, Severin winkte ab. Du siehst das so. Er steckte die Hände in die Hosentaschen. Aber der gegenwärtige Zustand ist nicht das Ergebnis eines Gestaltungswillens, sondern das zufällige Resultat blinder Zerstörungswut.

Ja genau, das ist das Entscheidende, der Knackpunkt, es ist die Schnittstelle unseres Projekts, referierte Alex. Jetzt kommt der Bildhauer Severin Lerch wieder ins Spiel, er setzt die Kettensäge an. Nur bearbeitet er in diesem besonderen Fall nicht frisches Holz, sondern verletzte Skulpturen, er heilt sie, wenn ich das mystisch ausdrücken darf, er rettet sie, er verleiht ihnen eine neue Gestalt.

Du meinst wie ein einfallsreicher Chirurg, der Schönheitsoperationen vornimmt, scherzte Severin, der Nasen begradigt, Ohren korrigiert, der Brüste vergrößert?

Alex jubelte: Kein schlechter Ansatz.

Severin hörte nicht mehr zu; er hatte das Smartphone aus der Cargohose gezogen und fotografierte. Er ging auf die Rümpfe zu, schritt um die Überbleibsel herum.

Alex und Barbara schauten ihm zu.

Es reizte den Künstler, die Kettensäge anzuwerfen, er teilte die Auffassung von Alex und Barbara nicht unbedingt, für ihn war der Überbau, war die Theorie, die Argumentationskette nicht ausschlaggebend, er erkannte als Gestalter, wo überall die Säge anzusetzen war, er sah Formen, er sah Stellen, die sich für einen bildhauerischen Eingriff eigneten, die sich geradezu dafür anboten, und er sah, was weggesägt werden musste, er sah, was nach einer neuen Form verlangte, er sah, was stehen bleiben konnte, er sah die verkohlten Teile wie ein Skelett, er sah das Holz als Fleisch, er sah die Farbe, gut, ja, er sah, was möglich war, was machbar war.

Ich werde es versuchen, sagte er.

Das wäre großartig, rief Alex aus. Ich kann mir gut vorstellen, dass in der einen oder anderen Skulptur noch eine Überraschung steckt. Er zwinkerte Barbara zu, beugte den Kopf zu ihr und steckte die Nase in ihr Haar. Sie bemühte sich, nicht zu verkrampfen, war wegen Severin verlegen. Doch der Künstler zwinkerte ihr zu.

Wir haben konkrete Pläne für Ausstellungen in mindestens zwei Kunsthallen, und, was enorm wichtig ist, verriet Alex im Überschwang, mein Vater ist davon sehr angetan, er wird das Projekt unterstützen, die Kern-Holding wird unser Sponsor sein.

Die Begeisterung und Freude der beiden waren ansteckend. Ihre Energie und der aufrichtige Glaube an das Gelingen. Sie setzten auf ihn. Das war schmeichelhaft. Severin Lerch hatte viele Gedanken gewälzt. Nicht länger an einen Ort gebunden zu sein bedeutete nicht, die Bindungen aufzugeben. Die Verbundenheit mit den Skulpturen war unauflösbar. Er hatte sie hervorgebracht, sie hatten ihn hervorgebracht.

Sein Sohn Matthias arbeitete mit dem Computer, sein wichtigstes Arbeitsinstrument hatte ihn ortsunabhängig gemacht, immer hatte Matti sein Büro dabei. Dasselbe schwebte Severin nun vor, überall, er könnte überall Skulpturen machen, es war keine Frage des Ortes. Und überall auf der Welt konnte er sein Skizzenbuch öffnen und an seinem Comic arbeiten. Er fühlte sich befreit, zum ersten Mal seit vielen Jahren sah er offene Türen.

Nun beschäftigte er sich mit seinen von schießwütigen Vandalen abgefackelten Skulpturen. Er hatte gedacht, sie bestimmten das Ende einer langen Geschichte, sie besiegelten das Aus. Dabei standen sie für den Übergang. Alex und Barbara verlangten dem Altmeister nochmals eine Runde ab. Er musste über diese Brücke.

Bevor Severin die Kettensäge startete und zum Schlussbouquet ansetzte, war ihm die Gewissheit wichtig, nicht mit dem Ziel loszulegen, nun die große Korrektur an seiner Karriere vorzunehmen. Es gab keine Warteliste mehr für seine Skulpturen, die Museumsdirektoren und Kunsthändler ignorierten seine Werke, er stand nicht mehr in ihrer Gunst. Das Fest in der Kiesgrube lag dreiundzwanzig Jahre zurück. Damals hatte er den Erfolg genossen und von noch höheren Gipfeln geträumt. Doch bevor er sie erklimmen konnte, hatten sich die Kameras abgewandt, und die Scheinwerfer waren ausgeschaltet worden.

Ruhm musste man unbedingt wollen, mit jeder Faser, als könnte man ihn erzwingen. Er hatte das angestrebt, es hatte nicht ganz geklappt, nicht dauerhaft, Severin war hinter seiner Ambition zurückgeblieben. Jetzt war er ruhiger geworden. Der Glaube, alles tun zu dürfen, alles erreichen zu können, war eine Illusion, war eine Lebenslüge.

Manchmal warf er sich dennoch vor, als Künstler resigniert zu haben, seine Ansprüche aufgegeben und seinen Traum verraten zu haben. Diesen Nerv hatte der ambitionierte, auf die Rückeroberung von verlorenem Terrain ausgerichtete Plan von Barbara und Alex getroffen, darum hatte er seine Zustimmung gefunden. Er hatte sich breitschlagen lassen. Barbara und Alex dachten noch, alles sei möglich. Sie waren jung, es gehörte zum Repertoire der Jugend, es war großartig – und lächerlich in seinem Alter, wenn Zukunft eine eher verbrauchte Nummer war. Doch auch das hatte eine positive Kehrseite, der Augenblick war größer geworden, die Gegenwart stärker, das Momentum.

Ich werde mich reinhängen.

Sie klopften ihm auf die Schultern und umarmten ihn.

Nachdem er versprochen hatte, in den nächsten Tagen mit der Überarbeitung der Skulpturen zu beginnen, fuhr Severin Lerch zum Gemeindehaus, wo ein paar Dinge zu erledigen waren.

Zuoberst stand das Gespräch mit einer Schlichterin. Severin Lerch und Rico Comolli, Präsident der Mad-Dogs, sollten sich, es war der Rat des Friedensrichters, gütlich einigen.

Sie saßen in einem Zimmer mit Ölgemälden eines schon lange verstorbenen Künstlers an einem langen Tisch. Die

Schlichterin, eine unvoreingenommene, freundliche Frau um die vierzig, forderte Lerch und Comolli auf, den Tathergang zu schildern.

Jeder äußert seine Sicht, verlangte sie.

Die Schlichterin hatte schwarzes Haar und trug einen grauen Businessanzug. Während die Männer berichteten, hielt sie die Brille in der Hand, die Augen schmale Schlitze.

Nachdem sie ihnen zugehört hatte, schlug sie vor, abzuhaken, was beide übereinstimmend ausgesagt hatten, und sich um die Widersprüche zu kümmern. Severin Lerch und eine Frau, Barbara Rey, sind unversehens im Gelände der Mad-Dogs aufgetaucht, fasste sie zusammen. Warum hatten Sie die Kettensäge dabei?

Sie lag im Auto, ich wollte sie in die Werkstatt bringen. Als Barbara losmarschierte, bin ich ihr gefolgt.

Herr Comolli hat Sie angehalten?

Ich forderte das Pärchen auf, das Gelände sofort zu verlassen, bestätigte Comolli.

Sie haben uns angepöbelt und mir die Gewehrmündung auf die Brust gesetzt und dann auf meinen Hund geschossen.

Das Vieh wollte mich totbeißen.

Nein, Akita wollte mich beschützen.

Der große Hund hat zugepackt, und zwar heftig, entschied die Schlichterin.

Zuvor wurde er heftig beschossen.

Darauf haben Sie die Kettensäge angeworfen, kürzte die Schlichterin ab, Sie haben sie wie eine Waffe gegen den Mann gerichtet, das ist eine massive Drohgebärde.

Ich dachte, der Typ bringt mich um, ereiferte sich Comolli.

Ich habe Ihr Gewehr zersägt, sagte Severin, ich weiß, wie man mit einer Kettensäge umgeht, ich kann das, präzise, ja, ich hatte nie die Absicht, Sie zu verletzen, und ich habe Sie nicht verletzt.

Aber Ihr Hund hat es getan, stellte die Schlichterin fest.

Es tut mir leid, sagte Lerch zu Comolli.

Comolli knurrte und rieb sich die Schulter.

Aber zuerst haben Sie auf den Hund geschossen, sagte Severin.

Wo ist der Hund jetzt?, fragte die Schlichterin.

Ich weiß es nicht, Akita ist weggelaufen.

Sie beredeten ausführlich, was sich nach dem Zwischenfall mit dem Hund in der Kiesgrube abgespielt hatte, was die kriegerischen Mad-Dogs angerichtet hatten.

Meine Männer wussten nicht, dass das Kunstwerke sind, verteidigte Comolli die Mad-Dogs.

Was haben ihre Männer denn gedacht?

Es sind Attrappen, Pappkameraden, so etwas.

Die Schlichterin klappte den Ordner zu; sie hatte jetzt die Brille aufgesetzt.

Sie hatten Ihren Hund nicht im Griff, Herr Lerch. Und Sie hatten Ihre Männer nicht im Griff, Herr Comolli. Wenn jeder von Ihnen seine Anzeige zurückzieht, können wir eine außergerichtliche Einigung erzielen, meine Herren. Fahrlässigkeit mit der Folge einer Körperverletzung ist eine ernst zu nehmende Sache, belehrte sie Lerch. Die Schadenssumme ist erheblich, richtete sie sich an Comolli und schloss ihre Ausführungen. Sie schlug den Ordner nochmals auf und legte die vorbereiteten Papiere auf den Tisch. Lerch und Comolli unterschrieben.

Sie gaben nur der Schlichterin die Hand.

Vor der Tür polterte Comolli: Wenn ich den Hund erwische, erwürge ich ihn. Er grinste dreckig.

Severin hielt sich zurück. Der unterzeichnete Vergleich

war vorteilhaft für ihn. Als Hundehalter trug er die Verantwortung. Severin war zornig, er biss sich auf die Zunge.

Alex Kern hatte Severin aus einem wichtigen Grund gebeten, auf die Anzeige zu verzichten: Sobald die Versicherung für den Schaden aufkommt und die ausgehandelte Summe zahlt, verlierst du die Skulpturen. Die Schadensmasse wird Eigentum der Versicherung. Die Versicherung holt sie ab. Alex war Jurist, er wusste das. Das Projekt, das in seinem Kopf angefangen hatte, Gestalt anzunehmen, wäre gefährdet.

Hackfleisch mache ich aus Ihrem Hund, schwor Comolli im neonbeleuchteten Gang des Gemeindehauses.

Severin wusste, dass er das, was er dachte, eigentlich nicht aussprechen dürfte. Du blöder Wichser, würde er ihn am liebsten anschreien, du verdammte Pfeife, schimpfte er los, ich bereue nur eine Sache: Dass ich dir mit der Kettensäge nicht...Wahrscheinlich hättest du noch mehr abkriegen müssen.

Das lasse ich mir nicht bieten, schrie Comolli.

Die Schlichterin war ebenfalls empört.

Haben Sie das gehört, haben Sie gehört, was er eben gesagt hat?, wandte sich Comolli an die Frau, in deren braunen Augen Enttäuschung zu sehen war.

Ich bringe den blutrünstigen Kerl in den Knast, grölte Rico Comolli, ich ziehe meine Anzeige nicht zurück.

Wir sehen uns vor Gericht, schnauzte Severin ihn an.

Severin Lerch hatte nebst der Vorladung der Schlichterin den Anruf des örtlichen Polizeichefs erhalten, klopfte, nachdem er sich wieder gesammelt hatte, an dessen Bürotür und trat ein, als das grüne Lämpchen aufleuchtete. Ungeduldig stand er in dem karg eingerichteten Raum vor einem speckigen Tresen. Er musste warten. Zwei Polizisten saßen vor Bildschirmen und übertrugen Berichte aus ihren Notizbüchern in den Computer. Es war eigenartig, sie im Hemd und mit umgeschnallter Pistole im Büro arbeiten zu sehen.

Der Polizeichef kam zum Tresen, er hatte einen Behälter aus Kunststoff in den Händen, darin lag das Halsband von Akita.

Severin hatte es sofort erkannt.

Ein Jogger hat das Halsband gefunden, die Hundemarke passt, Sie sind als Besitzer des Hundes registriert.

Ja, das ist Akitas Halsband, wo?

In einem Wald im Kanton Aargau.

Severin nahm das Halsband entgegen, unterschrieb ein Formular und bezahlte die Gebühren. Er empfand nichts, er konnte nicht sprechen, dieses Stück Leder, das geöffnet wie ein Gürtel aussah, hatte mit dem lebendigen Akita gar nichts mehr zu tun, es erinnerte nicht einmal an das wunderbare Tier. Trotzdem war Severin froh, nun die Gewissheit zu haben, dass sein Akita tot war, der alte, treue Japaner.

Als Severin zum Parkplatz ging, wünschte er Akita an seine Seite zurück. Der große Hund fehlte ihm, seine selbstverständliche Präsenz. Severin überlegte, was er mit dem Halsband anfangen könnte. Es war ohne Hund eine wunderliche Reliquie, die ihn traurig stimmte. Er hatte es sich an den Arm gehängt, das Halsband war einmal rot gewesen, weiches Leder mit Metallbeschlägen und einer Schnalle aus Messing. Er erwog, das Halsband Sandra zu überlassen, für In & Out, beschloss aber, noch einmal mit Schaufel und Pickel in die verlassene Kiesgrube zu fahren, um Akitas Halsband beim Tümpel, wo sein Hund den Fröschen aufgelauert und nach Zitronenfaltern geschnappt und kleine Schlangen gefangen hatte, feierlich zu vergraben.

Sandra hatte mit Esther über In & Out gesprochen und ihr die Partnerschaft angeboten. Wir führen den Laden wie bisher, tragen aber auch deinen Namen im Handelsregister ein. So lautete ihr Vorschlag. Mit Henry hatte sie ebenfalls eine Vereinbarung getroffen, er würde trotz seiner Tischlerwerkstatt weiterhin Transporte für In & Out fahren.

Nun war sie mit ihrer Mutter in der neuen Stadtwohnung verabredet und ein wenig bang davor, ihre Mama zum ersten Mal in einer fremden Umgebung zu besuchen. Obwohl sie die Eltern oft getrennt erlebt hatte, war es doch ungewohnt, sie getrennt zu wissen. Sandra kam es vor, als hätten zwei Magnete ihre Anziehungskraft verloren. Severin und Isa waren nicht, wie sie gern geglaubt hätte, ein-Herz und eine Seele, sondern nur lose verbunden. Das hätte sie eigentlich nicht überraschen dürfen. Früher hatte die Tochter die Selbstständigkeit ihrer Eltern immer hervorgehoben, die auch als Ehepaar Einzelpersonen mit Eigensinn geblieben waren. Jeder ging seinen Weg, und Wege kreuzten sich und strebten wieder auseinander.

Die Mutter hatte sich, abgesehen von ein paar unersetzlichen Stücken, darunter der Tisch von Henry, komplett neu eingerichtet. Die Wohnung war viel kleiner als das alte Haus, das Haus ihrer Kindheit, dachte Sandy, aber mehr als drei Zimmer benötigte Mama ja nicht, und sie hatte einen schönen Balkon, von dem aus sie die Baumwipfel eines Parks sah, die Wohnung war nicht weit vom See entfernt und nah bei einer Straßenbahnhaltestelle.

Das Viertel war lebendig und bot ihr all das, was Rainer Flimm als anstrebenswerte Infrastruktur bezeichnete.

Kleine Läden, der Supermarkt, Restaurants, ein Kiosk, ihre Bankfiliale und die Arztpraxis lagen nah zusammen. Mama konnte die Wege bequem zu Fuß zurücklegen. Sogar eine Buchhandlung war da.

Verdichtetes Wohnen, so hatte Rainer die Lage beschrieben und dargelegt: Für Isa ist das nach dem Entzug ideal, hier kann sie sich vom Druck des alten Lasters befreien.

Zu Sandras Verblüffung hatte Rainer seiner Schwiegermutter beim Umzug geholfen und sie beim Kauf der neuen Möbel begleitet. Sie hatte ihn von dieser Seite gar nicht gekannt. Seit seinem Blackout und Unfall vor ein paar Wochen, als angeblich ein riesiger Schatten oder ein schwarzes Pferd vor seiner Kühlerhaube aufgetaucht war, hatte sich ihr Mann zu seinem Vorteil verändert.

Sandra glaubte festzustellen, dass die kleinen Falten, welche die Verbitterung um ihre Mundwinkel hatte ansiedeln lassen, sich wieder glätteten.

Sie war nach jener Sitzung bei Dr. Hormann auf dem Weg nach Hause für einen kurzen Moment in Versuchung geraten, im Kreisel einfach rundum zu fahren, rundum und rundum wie auf dem Karussell, ohne eine Ausfahrt zu wählen, um schließlich doch blitzschnell den falschen Ausgang zu nehmen und wider besseres Wissen in eine falsche Richtung zu fahren.

Von zu Hause weg.

Sie hatte einen weiten Bogen gezogen und war auf Nebenstraßen zurück in die Stadt gelangt. Sie hatte sich dort bei dem Tätowierer gemeldet, dem jungen Kubaner, den sie schon an ihrem vierzigsten Geburtstag aufgesucht hatte, als sie sich den Plänen von Rainer widersetzte, nicht bereit, auf Knopfdruck glücklich zu sein.

Die kleine, intakte Familie im Thermalbad: Nein danke.

Stattdessen war Sandra in das Studio Stechwerk geflüchtet, um sich das Datum von Rainers Untreue auf den Leib schreiben zu lassen.

Der Tätowierer hatte sie nach dem Motiv gefragt.

Sandra gab ihm ihren Zettel.

Sie wollen sich diese Zahlen stechen lassen?, fragte der junge Mann im schwarzen Muscle-Shirt, dessen Haut mit Tätowierungen bedeckt war, der eine Fantasy-Landschaft auf dem Körper trug.

Ja, darum bin ich hier.

Ist es ein Datum?

Ja, das ist es.

Ist es positiv besetzt oder negativ?

Zuerst schämte sie sich, doch er ermunterte sie mit einer Geste zu sprechen.

Sie hatte ihm ihr Leid geklagt.

Nun wollen Sie das Datum auf den Arm tätowieren, damit Sie die Verletzung niemals vergessen. Wollen Sie einen Gedenktag einrichten?

Ich habe heute Geburtstag, flennte sie, als bräuchte sie einen besonderen Anlass für ihren Besuch im Stechwerk, als müsste sie ihn rechtfertigen. Ich bin jetzt vierzig, sagte sie.

Sie schniefte.

Der Kubaner grinste: Das hat mit der Tätowierung nichts zu tun. Ich werde Ihnen das Datum nicht auf den Arm schreiben, es wäre ein Fehler. Die Haut liebt solche Tätowierungen nicht.

Stattdessen hatte er ihr empfohlen, ein Motiv mit einer positiven Aura stechen zu lassen, statt den Schmerz zu verewigen, und ihr mit dem Daumen die Tränen aus den Augen gewischt.

Unerwartet küsste er sie auf den Mund.

Aufgewühlt war Sandra weggegangen. Der Tätowierer hatte sie zur Tür begleitet. Sie schätzte ihn auf Mitte zwanzig.

Kommen Sie bald wieder, hatte er sie verabschiedet.

Da stand sie nun, zurückgekehrt, und sagte, ich möchte mir einen kleinen Fisch stechen lassen, zwischen die Schulterblätter.

Warum einen Fisch?

Ich mag Fische, der Fisch ist mein Lieblingstier, ich habe zu Hause ein Aquarium.

Während der Vorbereitungen sagte sie, Fische haben ein kurzes Gedächtnis, ein Goldfisch vergisst nach ein paar Sekunden.

Der Tätowierer blieb ernst: Ihr Mann hat Sie verraten und verletzt, er hat Sie betrogen. Wären Sie ein Fisch, hätten Sie es schon längst vergessen.

Sie bringen es auf den Punkt, antwortete sie. Das Schwierigste ist das Vergessen. Ich will nicht ständig erinnert werden, es soll aus meinem Kopf heraus.

Darum soll ich dir den Fisch stechen, fasste der junge Kubaner zusammen. Ein kleiner Fisch als dein persönliches Symbol für das Vergessen. Habe ich dich verstanden?

Er duzte sie jetzt.

Ja, antwortete sie, du siehst das vollkommen klar.

Nichts mehr soll dir lange wehtun, du vergisst es.

Er zeigte ihr ein paar Vorlagen und Muster, und sie traf ihre Wahl.

Sie saß auf dem Stuhl, hatte ihr Haar hochgesteckt, das T-Shirt ausgezogen und nur den BH anbehalten.

Der Tätowierer berührte sie mit den Händen, mit einem Stift, mit der Nadel. Ein Schauer lief ihr über den Rücken, sie bekam Gänsehaut, und der Schmerz, den die Stiche bewirkten, forderte von ihr Hingabe, nein, sie hatte das nicht in der Hand, der Tätowierer hatte sie unter seinen Händen, Wellen von Schmerz löste er aus, Momente von Schmerz und Verzückung, Blut, blaue Tinte.

Wie es dazu gekommen war, dass sie sich, nachdem der Fisch gestochen und das Blut abgewischt war, im Studio liebten, erinnerte sie nicht genau. Er hatte ihr den Fisch gezeigt, im Spiegel, es sah wunderbar aus, trotz Schwellung und geröteter Haut. Er musste den Spiegel beiseitegelegt haben, sie spürte seine warmen Hände auf ihren nackten Schultern, die Details waren bereits verschwommen.

Er ließ die Hände liegen, bis ihre Schultern und seine Finger dieselbe Temperatur hatten und ihre und seine Haut nicht mehr zu unterscheiden waren. Sie hatte, statt ihr T-Shirt wieder anzuziehen, den BH abgestreift, oder der Mann hatte den Verschluss aufgehakt, ob ihre oder seine Finger? Sandra war aus der Jeans geschlüpft. Sie wartete, bereit, und als er die Kleider ablegte, nahm sie die Landschaft und die Tiere auf seiner Haut wahr, von ganz nah, sie berührte sie mit den Lippen und der Zunge, und er fasste sie um den Hintern und hob sie hoch, sie schlang die Beine um seine Hüften, sie waren zusammen, sie fanden in dieser Fantasy-Welt ihren Takt.

Und lösten sich wieder voneinander.

Ein Baum mit einer mächtigen Krone voller farbiger Vögel zierte seinen Rücken. Er zog das schwarze Muscle-Shirt über.

Als Sandra den Laden verließ und die Tür hinter ihr zufiel, wusste sie, dass sie für immer verschlossen bleiben, für sie nie mehr geöffnet werden würde. Zwischen ihren Schulterblättern schmerzten die Stiche, sie glaubte, jeden einzeln zu spüren, als eine Wunde, die bereits verheilte. Sie wünschte, der Fisch besäße fortan die Macht, sie vor unliebsamen Erinnerungen zu schützen und vor allem vor Wissen, das sie nur belastete. Die Augenfarbe des Tätowierers hatte sie bereits vergessen. Darauf kam es an, dass man Dinge ausblenden konnte.

Als sie an diesem Tag nach Hause gekommen war, hatte sie Rainer am Küchentisch vorgefunden. In sich zusammengesackt hockte er da. Esther hatte ihm einen Kaffee gemacht.

Lars kam auf seine Mutter zugelaufen, er drückte sich an sie und wirkte verängstigt, als sei in ihrer Abwesenheit etwas Verheerendes vorgefallen, von dem sie noch nichts wusste.

Endlich kommst du, Mama, wo bist du denn gewesen?, fragte der Kleine und begann zu weinen.

Beruhige dich, Liebling, sagte sie fast gurrend, jetzt bin ich ja hier, es ist nichts geschehen.

Rainer war blass.

Du kannst die Scheidung haben, Sandy, ich bin einverstanden, erklärte Rainer mit viel zu hoher Stimme.

Was ist los, fragte sie, ist etwas passiert?

Rainer hatte einen Blackout, berichtete Esther, er hat sein Auto zu Schrott gefahren. Der Abschleppdienst hat den Wagen abgeholt und ihn nach Hause gebracht.

Ich habe Toni Walser angerufen, sagte Rainer zu Sandra, dein Handy war ausgeschaltet.

Er sollte zum Arzt, meinte Esther, seit zwei Stunden wiederhole ich das, Rainer sollte seinen Kopf durchchecken lassen.

Es war Wild, bestimmt, ich habe den Hirsch oder das Reh zu spät gesehen, plötzlich hatte ich ein Tier vor der Kühlerhaube.

Außer dir hat niemand ein Tier gesehen, hielt Esther dagegen. Außerdem ist dort ein Wildzaun, damit das nicht geschieht.

Dann waren es Gespenster.

Rainer war unterzuckert, vermutete Sandra, er vergisst das Essen und läuft den ganzen Tag mit leerem Magen herum. Du solltest immer Schokoriegel und Wasser im Auto haben, Rainer.

Ich habe ja meine Traubenzuckertabletten.

Hast du ein paar davon genommen?

Nein, gab Rainer zu, hab ich nicht.

Sandra ging zu ihm hin, nahm seinen Kopf in die Hände, drehte ihn sanft, bis er ihr das Gesicht zuwandte, und schaute ihm in die Augen.

Pass auf dich auf, Rainer, ja.

Sandra glaubte, dass die schwierigsten Wochen ihrer Ehe hinter ihr lagen, aber auch die besten Jahre. Sie strich Rainer mit den Händen durch die Haare. Er hatte dichtes, kurzes Haar, es erinnerte sie an Akitas Fell.

Isa Lerch hatte sich nach der Kur nach Neapel zurückgezogen. Eine heftige Umstellung. Ihr war, als wäre der Sommer nochmals aufgerufen worden, sie genoss die Sonne und den wolkenlosen Himmel über dem blauen Golf. Das Meer hatte zwanzig Grad. Und der Vesuv, dieser dunkle, aus zwei konzentrischen Kegeln bestehende Berg, der immer da war, dessen ständige Anwesenheit man ohne Wissen über seinen wahren Charakter für ein Sinnbild der Ruhe, für einen Ort der meditativen Stille über der brodelnden Stadt halten mochte. Das Hin und Her zwischen Zürich und Neapel war das Wechselbad, das sie künftig beleben würde.

Es geht darum, die Rituale der Moderatorin Isa Lerch zu vergessen, so, etwas geschwollen, hatte sich ihr Schwiegersohn ausgedrückt, ihr Coach und sozusagen Bewährungshelfer.

Isa sollte als Isabella neu starten.

Im Kühlschrank standen Fruchtsäfte und Limonaden. Statt einmal in der Woche einen Kilometer zu schwimmen, schwamm sie einen Kilometer jeden Tag. Zwischen den Mahlzeiten knabberte sie Babykarotten.

Die italienische Verwandtschaft überhäufte Isa mit Einladungen, es war ein schönes Gefühl, sich willkommen zu wissen. Sie kochten phantastisch, und den unerlässlichen Wein abzulehnen fiel Isa leichter als angenommen. Die Leardi-Familie bemitleidete die Tante und Cousine, die in einem Land im Norden aufgewachsen war und dort viel zu lange als Wassertrinkerin hatte leben müssen.

Ihre Wohnung hatte einen Balkon auf die beliebte Piazza Bellini hinaus, in manchen Nächten war das ein Nachteil, zu viel Lärm, kein Schlaf möglich, wiederum, und das war der Vorteil, bildete der Platz in der Nähe der Kunstakademie ein Zentrum der studentisch geprägten Altstadt mit ihren Cafés, Restaurants und Büchertischen unter freiem Himmel.

Neulich, spät am Abend, hatte Isa Trommeln vernommen, Congas, und war auf die Piazza hinuntergegangen. Eine Gruppe, Afrikaner, alle mit nacktem Oberkörper, führten Tänze auf, machten Musik.

Isa hatte sich vorgestellt, mit dem Bandleader ein Gespräch über Neapel zu führen, über die Stadt und den Golf.

Der Vesuv und Pompeji bedeuteten ihm wohl nicht so viel wie ihr selbst. Gewiss würde er Orte aufzählen, die Plätze, auf denen er und seine Gruppe auftraten, wo sie die Erlaubnis zu spielen hatten. Bestimmt war er schon in Zürich gewesen, in Wien, Berlin, Amsterdam.

In jeder dieser Städte legten jetzt, im nochmals aufgeflammten Sommer, afrikanische Musiker los. Isa überlegte, wie man ihr Trommeln mit einer von Land zu Land springenden Sendung übertragen könnte. Die Schweizer Moderatorin würde das Mikrofon an ihre Kollegin in Italien weitergeben und so fort.

Die Gleichzeitigkeit hatte Isa beim Radiomachen begeistert: Sie sprach im Studio in ein Mikrofon und war in Tausenden Wohnungen und Automobilen zu hören, von Abertausenden, von unterschiedlichsten Menschen, die, jeder für sich, wie die Moderatorin im Kokon Studio, irgendwo in ihrer Gegenwart saßen.

Isa stellte sich vor, bei so einer Sendung mit dem afrikanischen Bandleader ein Interview über die Zeit zu machen.

Über die Zeit gibt es nichts zu sagen, no way, er grinste. Wir wissen, was damit gemeint ist, wenn ich anfange, über die Zeit zu palavern, verknotet sich mir die Zunge.

Isa sah den Horizont, ihren persönlichen Horizont, der für den Musiker noch nicht existierte, aber für den abwesenden Severin; dieses banale Wissen teilte sie mit ihrem Mann, dass es eine Endstation gab. Und dass man diese Gemeinheit nur aushielt, wenn man die Tage nicht zählte, sondern nutzte.

Isa wusste, dass sie es sich abgewöhnen sollte, alles in Zusammenhang mit dem Radio zu betrachten. Es ging jetzt ausschließlich darum, den afrikanischen Musikern zuzuhören, um die Magie der Stunde. Die Gegenwart zählte. Genau diese Lektion wollte sie lernen. Das fing damit an, dass sie aufhörte, alles auf seine Verwertbarkeit zu prüfen.

Auf der Piazza Bellini gelang es ihr, von der Rolle der Moderatorin in die Rolle der Zuhörerin zu schlüpfen: Die afrikanischen Rhythmen erschütterten sie, die harten Trommeln putschten sie auf, Energie strömte, Isa-Isabella bewegte ihr Becken, deutete kleine Tanzschritte an, nicht wild, nicht das Haar schüttelnd, ohne Brandy. Es war ein Triumph, in ihrem Blut kreiste kein Alkohol. Sie brauchte ihn nicht.

Sie war glücklich.

Sie war seit Jahren nicht so glücklich gewesen.

Hulk hatte Matthias verraten, dass Elmira sich in eine andere Filiale von Brot & Mehr hatte versetzen lassen müssen, die Familie hatte das von ihr verlangt.

Matthias war hingefahren, hatte seinen Latte Macchiato in der neuen Bäckerei getrunken, als wäre nichts vorgefallen; ich werde alles so wiederherstellen, wie es vordem war, dachte er in trotziger Erinnerung an den großen Gatsby, aber sein Besuch hatte keine Freude ausgelöst. Elmira zeigte ihm die kalte Schulter, als wäre ihre Zuneigung nur ein Strohfeuer gewesen.

Er lud Elmira in ein Restaurant ein.

Sie willigte ein.

Ihre wasserhellen Idrizi-Augen, das endlich offene Haar.

Du hast eine kleine Tochter?

Ja, sagte er, Lucie ist sechs Jahre alt.

Er bat Elmira darum, von sich zu erzählen. Von ihrer Kindheit in Albanien, von der Übersiedlung in die Schweiz, von ihrer Weiterbildung, die mit dem Ziel verknüpft war, die Filiale von Brot & Mehr, in der sie nun arbeitete, zu führen. Sie stellte ihm ihr Leben in der Familie Idrizi dar, das Sicherheit bot, aber nur, solange sie sich an die Regeln hielt. Mit Matthias in diesem Restaurant zu sitzen war bereits ein Verstoß.

Er bemühte sich, das zu verstehen, zumindest so zu wirken, als hätte er Verständnis, aber er verstand nichts. Ihm war, das Glücksrad sei dabei, sich gegen ihn zu entscheiden, es wurde langsamer, um einmal mehr bei der falschen Zahl stehen zu bleiben.

Als Matt seine Hände über ihre Hände legte, ballte Elmira sie zu Fäusten. Er spürte die Knochen, die kühle Haut, und vor allem, dass Elmira ihm die Hände nicht gleich entzog.

Aber sie verstummte. Und er hatte kein Herzklopfen.

Sie fuhr mit dem Taxi nach Hause.

Matt, ernüchtert, fand sich schrecklich unzureichend.

Der Seminarraum, ein Sitzungszimmer im Bürohochhaus der Firma, hatte eine Fensterfront mit Aussicht auf den See, und weil Föhnlage war, sah man am Horizont verschneite Berge.

Die neue Gruppe arbeitete gut, sie war kleiner als üblich, acht Personen, sechs Frauen, zwei Männer, alle im mittleren Kader der Versicherungsgesellschaft tätig, die ihn engagiert hatte.

Am Morgen hatte Matthias die Gruppe im Museum mit

der Bedeutungsperspektive bekannt gemacht und war dabei ins Stocken geraten. Mit einem Mal hatte er ein buntes Tableau gesehen, Menschen in seinem Leben, Begleiter, Konkurrenten, Freunde, die ihre Größe änderten und ihre Plätze tauschten, doch keiner stach heraus, und alle winkten ihm zu.

Matthias fing sich rasch wieder.

Mit einem Lächeln eröffnete er nach der Mittagspause die zweite Seminareinheit. Er hatte einen dicken Filzschreiber in der Hand, stand neben der Flipchart.

Ich erläutere die Vorteile der 6-W-Theorie.

Wer, wann, wo – wie, was, warum.

Er mochte das Geräusch und den Geruch des breiten Stiftes, mit dem er die sechs kleinen Wörter auf die Flipchart schrieb.

Die 6-W-Theorie, dozierte Matthias, hilft uns bei den meisten Problemen, eine grobe Struktur für die Lösung zu schaffen.

Er machte eine Pause, erwartungsvolle Gesichter.

Wann und *wo* hat *was* in Ihrem Leben begonnen?, fragte er die Gruppe. Denken Sie darüber nach. W*ie* und *warum* hat es geendet? Schreiben Sie es auf. *Wer* war jeweils der wichtigste Player? Kombinieren Sie die 6-W-Theorie mit der Bedeutungsperspektive. Verwandeln Sie Ihr Leben in eine kurze Geschichte.

Während die Teilnehmer schrieben, trat er ans Fenster und überlegte, wieder einmal in die Berge zu fahren, in den Schnee.

Er schloss die Augen.

Er wollte nichts mehr von all dem sehen, was hinter ihm lag, er wollte das Leben erwarten, das ihm entgegenkam.

Gestern Abend hatte er seine Mutter zum Flughafen gefahren, sie war guter Dinge gewesen, hatte ihn gebeten, sie bald in Neapel zu besuchen.

Das Haus ist nun verkauft, sagte sie.

Er hatte das schon gewusst.

Severin fliegt nächste Woche nach Bali, sagte sie.

Auch das hatte er gewusst.

Hast du deinen Vater in letzter Zeit einmal getroffen?

Nein, Mama, ich war zu beschäftigt.

Er hat ja nochmals zugelangt.

Du hast seine neue Gruppe gesehen?

Ja, Severin hat sich mit Furor über die beschädigten Skulpturen hergemacht und sie großartig überarbeitet, hatte Isa voller Respekt erzählt. Das habe ich immer geliebt, seine Tatkraft, die wilde Energie. Er hat die Skulpturen zersägt, zerlegt und neu zusammengebaut. Er hat sparsam Farbe verwendet. Er hat die Figuren in Acrylglas eingegossen, sie liegen darin wie in milchigen Eisblöcken, unberührbar-berührend, fern, man gewinnt den Eindruck, sie sind nicht von dieser Welt. Ich musste an Pompeji und Paestum denken. Severin hat die Blöcke so angeordnet, dass sie eine Sitzgruppe bilden. Man sollte sie auf einem öffentlichen Platz aufbauen, in einem grünen Park. Die Passanten und Fußgänger können sich setzen, sie können sich niederlassen, sie können sich ausruhen, ein Buch lesen, telefonieren, ein Sandwich essen, eine Cola trinken. Alle können Fotos machen, Kinder dürfen darauf herumklettern. Das Werk strahlt etwas Erhabenes aus und ist ganz einfach wunderbar. Severin hat nicht ein trauriges Mahnmal geschaffen, keine Metamorphose ins Dunkle inszeniert, er hat die pure Lebensfreude siegen lassen, Matthias, dein Vater ist wirklich ein großer Künstler, ich bin so stolz auf meinen Mann.

Und als müsste er ein Gegengewicht schaffen, sagte Matthias, den das Getue seiner Mutter nervte: Severin ist vor Gericht abgeblitzt. Auch weil er weder Einsicht noch Reue zeigte, wurde er zu einem Bußgeld und zu einer Haftstrafe auf Bewährung verurteilt.

Du sagst es, seufzte Isa.

Die Gruppe arbeitete konzentriert, es war erstaunlich, mit wie viel Ehrgeiz und Schwung alle bei der Sache waren. Sie hatten ein Ziel, sie wollten sich entwickeln, sie wollten besser werden.

Matthias blieb am Fenster. Er schaute einem Flugzeug nach, ohne zu wissen, wohin es unterwegs war. Ein weiteres tauchte am Himmel auf, es kam von den verschneiten Alpen.

Verborgen in dem verheißungsvollen Blau musste eine vom Kontrollturm des Flughafens gesteuerte Drehscheibe liegen. Ein Verteiler. Einige Flugzeuge peilten ferne Städte an, andere kamen von weit her geflogen, alle kreuzten sie durch Zeitzonen und entkamen doch niemals der Umarmung der Gegenwart.

Aus F. Scott Fitzgerald »Der Große Gatsby« wurde zitiert in der Übersetzung von Walter Schürenberg (Berlin, 1953).
Max Frisch wurde zitiert »Aus dem Berliner Journal« (Berlin, 2014).